쎄니사이드 업

닐라 장편소설

vol. 2

동아

써니사이드 업 2

초판 1쇄 인쇄일 | 2021년 6월 11일
초판 1쇄 발행일 | 2021년 6월 18일

지은이 | 닐라
펴낸이 | 박성면
펴낸곳 | (주)동아

출판등록 | 제406 - 3960100251002007000071호
주소 | 경기도 파주시 문발로 115, 세종대학교출판부 206호
전화 | (031)8071 - 5201
팩스 | (031)8071 - 5204
E - mail | bear6370@hanmail.net

정가 | 9,000원

ISBN 979 - 11 - 6302 - 495 - 8 (04810)
     979 - 11 - 6302 - 493 - 4 (set)

목　차

05. 재회

독일로 가야겠다. 5분 전까지 해인이 하던 생각이었다.

서진이 떠나야 된다면 나도 떠나면 된다. 어렵게 생각할 필요 없다. 어디든 내가 있어야 할 이유가 있는 곳에 있으면 된다. 더는 매인 계약도, 부양할 가족도, 지켜야 할 의무도 없으니 나 하고 싶은 대로 하면 된다.

태희는 지구 반대편까지도 갔는데, 독일이 뭐 저세상도 아니고 조금 먼 지방이라고 생각하면 그뿐이다. 영어도 독일어도 못하지만 거기도 사람 사는 곳인데 어떻게든 되겠지. 말하자. 서진에게 같이 가고 싶다고 하자. 독일이든 어디든 네가 있는 곳에 나도 함께 있고 싶다고. 아마도 서진은 틀림없이 반겨 줄 것이다.

그 특유의 수줍은 듯한 미소를 띠며.

"……너 누구야?"

해인의 질문이 떨어지자 서진의 얼굴에서 표정이 사라졌다. 그대로 복도에 우뚝 서서 잠시간 해인을 응시하던 서진이 말없이 뚜벅뚜벅 안쪽으로 걸어 들어왔다. 한 손엔 피처럼 붉은 장미 다발이 들려 있었고, 다른 손엔 유명 베이커리의 로고가 새겨진 종이 가방을 들고 있었다.

소리도 없이 꽃다발을 콘솔 위에 내려 둔 서진이 몸을 돌렸다. 처음 보는, 가면 같은 낯선 얼굴로 해인을 내려다보며 고저 없이 말했다.

"그러게, 왜 제대로 확인도 안 하고 함부로 사람을 집에 들여."

차라리 변명이라도 했다면, 아니라고 부정이라도 했다면 이렇게 놀라지는 않았을 것 같았다. 모든 내막이 다 들통난 영화 속 악당처럼 낭패한 척이라도 하며 조금이나마 자조하는 기색을 보이거나, 하다못해 멍청하게 속아 넘어간 저를 조롱하고 비웃기라도 했다면 이 정도로 충격적이진 않았을 것이다.

서진은 감정 하나 없이 하얀 얼굴로 기계처럼, 누군가 쥐여 준 대본 속 대사를 읊는 발연기 배우처럼 말 한마디로 간단하게 모든 의혹을 인정했다. 그건 해인의 예상 범위에 없는 반응이었고 해인이 모르는 서진이었다.

모르는 사람.

머릿속이 하얘지고 등줄기가 오싹해졌다.

해인은 자신이 어떤 행동을 취해야 할지, 무슨 생각을 해야 할지, 어떤 표정을 지어야 할지조차 알 수 없었다. 그런 해인을 가만히 쳐다보던 서진이 한 걸음 다가섰다.

해인이 무의식중에 움찔하며 방어적인 자세로 몸을 뒤로 물리자 멈칫한 서진이 쓴웃음 비슷한 것을 지으며 그 자리에 멈춰 섰다.

"왜 그래?"

"……."

"내가 무서워?"

무서웠다. 해인은 입을 다물고 대답하지 않았지만 서진은 해인의 얼굴에서 답을 들은 모양이었다. 길쭉한 눈매가 매서워지며 입술이 일그러졌다. 그대로 구겨진 미소를 지은 서진이 테이블에 포장 용기를 내려놓더니 안에 든 것들을 꺼냈다.

"배고프지 않아? 열두 시간 넘게 빈속일 텐데."

여상한 음성이었다.

"네가 좋아하는 복숭아 타르트야."

해인은 서진이 제게 들이미는 타르트를 보면서도 꼼짝도 하지 않았다. 몇 번 더 먹으라고 재촉을 하던 서진이 직접 포크를 들어 타르트 한 귀퉁이를 잘라 해인에게 내밀었다. 해인은 서진의 손을 피하며 고개를 저었다.

"싫어. 먹고 싶지 않아."

"일단 먹어. 먹고 얘기하자."

"……."

"해인아."

"안, 안 먹는다고……."

목이 메어 제대로 목소리가 나오지 않았다. 이런 상황에서 태평하게 디저트나 권하는 서진이 정상 같지 않았다. 그제야 정말이구나 하는 실감이 독약처럼 몸 전체에 퍼졌다.

정말 서진이 다니엘이 아니었구나.

그가 날 속였구나.

"왜 안 먹어?"

"……."

"너 배고프면 기분 안 좋아지잖아. 그러니까……."

탁, 소리와 함께 포크가 아래로 떨어졌다. 해인을 빤히 쳐다보던 서진의 시선이 바닥에 처박힌 타르트로 내려갔다가 다시 해인에게로 돌아왔다. 무언가를 참듯 입술을 꾹 깨물고 소리 없이 숨을 뱉은 그가 차가운 음성으로 내뱉었다.

"마음대로 착각하더니 이젠 또 마음대로 사람을 벌레 취급하네."

"……."

"뭐든 그렇게 마음대로지, 넌."

"……."

"왜 말이 없어? 왜 아무 말도 안 해? 이젠 나랑 말도 하기 싫다는 거야?"

해인이 꿀꺽 목울대를 울렸다.

"……너야말로, 내가 지금 너랑 이러고 어떻게 얘기를 해."

"왜 못 해?"

"……잠깐, 좀 생각할 시간이 필요해."

심적으로 너무나 위축된 상태였다. 이런 상황에선 정상적으로 머리가 돌아가지 않았다.

"얼마나?"

얼마든지 줄 수 있다는 태도로 느긋하게 다리를 꼬고 앉는 서진을 보고 해인이 고개를 저었다.

"한 10분이면 되겠어?"

"너, 너 일단 좀 나가……. 아니다. 내가 나갈게. 지금은 너랑 무슨 말을 할 수가 없어. 네가 있으면, 너랑 있으면……."

"나간다고?"

냉정하던 서진의 얼굴에 금이 가는 것 같았다.

"나가겠다고?"

"윤서진."

"안 돼."

정적이 흘렀다. 그대로 꼼짝도 않던 서진이 별안간 자리에서 벌떡 일어났다. 의자가 요란한 소리를 내며 뒤로 나뒹굴었다. 형형한 눈으로 해인을 내려다보는 서진의 입술이 파르르 떨렸다.

"네가 먼저 착각했잖아. 가만히 있던 나를 집에 끌어들이고 수건 주고 밥 주고 같이 살자고 열쇠까지 준 건 너야! 난 그 빌어먹을 다니엘인지 뭔지라고 한 적도 없어! 전부 너 혼자 멋대로 한 착각이잖아!"

터져 나오는 음성이 점점 고조됐다.

"네가 먼저 좋아한다고 했잖아. 네가 먼저 나 흔들었잖아! 매번 그러지, 매번. 늘 그렇게 사람을 미쳐 돌게 만들어, 너는. 내가 누군지 알아보지도 못한 주제에, 기억도 못 한 주제에. 그러면서 왜 그런 표정이야? 왜 나를 피해? 진짜 겁나는 게 뭔지나 알아? 진짜 무서운 게 누군지나 아냐고!"

목소리뿐만 아니라 그의 몸 전체가 부들부들 떨렸다. 이렇게 이성을 잃은 모습은 처음이었다. 서진은 자신이 지금 무슨 말을 하는지도 모르는 것 같았다.

"나간다고? 나중에 보자고? 어차피 돌아오지 않을 거잖아, 너. 내가 죽을 때까지 기다려도 안 돌아올 거잖아!"

충격에 빠져 핏기가 가신 얼굴로 그의 말을 듣고 있던 해인은 이때만큼은 놀람보다 의문이 앞섰다. 도무지 서진이 저 정도로 자신에게 격한 감정을 쏟아 내는 까닭을 알 수가 없었다. 그렇게까지 그가 제게 호소하려는 게 뭔지 도무지 알 수가 없었다.

어째서 저렇게 당장이라도 물에 빠져 죽어 가는 사람처럼 필사적인 얼굴을 하고 있는지. 왜 저토록 억울하고 서글픈 눈동자를 하고 있는지.

마치 배신당한 사람이 해인이 아니라 자신인 것처럼.

"……서진아."

"그딴 걸로 나를 탓할 수 없어. 그걸로 네가 또 나를 버릴 순 없다고!"

"서진아, 내 말 좀……."

"안 떠난다고 했잖아. 다 거짓말이었어. 또 거짓말이었다고."

"야 좀, 윤서진!"

"나를 이 꼴로 만들어 놨으면 씨발……!"

쾅, 하는 금속성 울림에 해인이 우뚝 동작을 멈췄다.

"책임을 져야 할 거 아니야……."

산산이 부서진 거울 조각들이 서진의 발 아래로 흩어졌다. 그 위로 떨어진 꽃잎처럼 붉은 핏방울들이 뚝뚝 흘렀다. 경악에 찬 해인의 눈이 크게 벌어졌다. 그 표정을 본 서진의 얼굴이 절망스럽게 일그러졌다.

"멋도 모르는 어린애 꼬여 냈으면."

해인은 말도 못 하고 단속적인 숨만 뱉어 냈다.

"책임진다고 했잖아, 네가……."

"……."

"왜 기억을 못 해…… 왜……?"

서진의 눈에서 응축된 눈물이 툭 떨어졌다.

* * *

집에 도착했을 때는 이미 캄캄해진 뒤였다. 버스를 잘못 타 한참을 빙빙 돌았는데 그것도 뒤늦게 알았다.

겨우 제대로 된 버스를 타고 대문 앞에 섰을 때, 해인은 어쩌면 안에 서진이 있을지도 모른다는 생각을 했다. 어쩌면 그가 자신보다 먼저 와 있을지도 모른다. 아직도 피가 멈추지 않은 주먹을 움켜쥔 채로, 여기저기 붉은 핏방울이 튄 얼굴로 눈물을 뚝뚝 흘리며 저를 기다리고 있을지도 모른다고.

하지만 아니었다. 집 안엔 아무도 없었다. 이틀 전, 서진과 급하게 나갔을 때에 시간이 멈춘 것처럼 한옥은 그 모습 그대로 조용했다.

해인은 무거운 발을 질질 끌고 겨우 툇마루로 가 무너지듯 주저앉았다. 그대로 멍한 눈을 들어 허공을 올려다보았다.

지금은 내리지 않는 비가 내리는 게 보였다. 하루 종일 내린 비 때문에 하지를 코앞에 둔 이른 저녁의 하늘이 컴컴했다. 아침에 온다던 손님은 아직도 소식이 없다. 초조하게 대문과 휴대폰을 번갈아 보던 해인이 덜컹 문이 흔들리는 소리에 벌떡 자리에서 일어났다. 그대로 달려가 문을 열어젖히자 비에 젖은 창백한 얼굴이 보였다.

"다, 다니엘 씨?"

다니엘은 아무 말도 하지 않았다.

그가 한 첫마디는 자신의 이름이 윤서진이라는 것이었다.

"아아⋯⋯."

고통스러운 탄식을 뱉으며 해인이 몸을 웅크렸다. 무릎 사이에 머리를 처박고 양손으로 짓누른 채 질끈 눈을 감았다. 끓어오르는 감정들을 감당 못 해 온몸이 터질 것 같았다. 억울함과 분노, 배신감과 수치스러움이 한데 엉켜 머릿속이 곤죽이 되었다.

지금 당장이라도 도로 호텔로 돌아가 서진의 멱살을 잡고 싶기도 했고, 그를 끌어안고 싶기도 했고, 대체 왜 그랬냐고 묻고 싶기도 했고, 흠씬 두들겨 패 주고 싶기도 했다.

그 모든 게 진심이면서 진심이 아니기도 했지만 하나 분명한 것은 이제 이전으로는 다시 돌아갈 수 없다는 것이었다.

몸을 일으켜 세운 해인이 집 안으로 들어갔다. 이틀 넘게 방치되어 있던 집은 의외로 쾌적했다. 곧장 서진이 쓰던 방으로 들어갔다. 깔끔하게 시트가 정리된 빈 침대에 앉아 해인은 오는 길 내내 버스에서 했던 생각을 이어 했다.

다니엘은 한국에 온 적이 없다.

서진은 다니엘이 아니다.

여전히 그 생각을 하면 거부감에 가슴이 울렁거렸다. 믿고 싶지 않았다. 아니라고 반발하고 싶었다. 지금이라도 질 나쁜 장난이거나 과한 농담이 아니었을까 자꾸 희망을 갖고 싶었다. 어리석게도.

"와……."

해인이 눈물 젖은 볼을 닦으며 중얼거렸다.

"진짜 별일이 다 있다."

별 이상한 일이 다 있다. 세상일 참 알 수 없고, 사는 거 진짜 한 치 앞을 모른다. 이렇게 거하게 뒤통수를 맞는 일이 살면서 또 있을 줄은 몰랐는데.

"영문을 모르겠네."

어디서부터 잘못됐는지, 자신이 뭘 잘못했는지, 아무것도 잘못한

게 없는데 왜 이런 일이 일어났는지, 이 코미디도 되지 못할 촌극의
의미는 대체 무엇인지.

아무 의미도 없다면 자신은 왜 이렇게 고통스러워야 하는지.

"아……."

모르겠다.

피곤하다.

쓰러지듯 스륵 옆으로 누운 해인이 눈을 감았다. 시트에서 희미
하게 서진의 향이 났다.

저도 모르게 깜빡 잠이 든 모양이다. 잠에서 깨고도 한참 동안,
해인은 눈 뜨고 잠든 사람처럼 꼼짝도 하지 않았다. 꿈을 꾸었다.
먼 여행을 떠났다 돌아온 것처럼 긴 꿈이었는데 시계를 보니 아직
자정도 되지 않았다. 하루가 참 길기도 했다.

부스럭대며 자리에서 일어난 해인은 먼저 집 안의 창을 모조리
열어 묵은 공기를 갈았다. 연일 열대야였는데 어쩐 일인지 제법 서
늘한 밤바람이 불었다. 오늘 일어난 일 중 그나마 좋은 일이었다.

욕실로 들어가 샤워를 하고 옷을 갈아입었다. 그제야 무언가를
먹을 의욕이 생겼다. 기분이 좀 나아지는가 했는데 냉장고 문을 열
자마자 어찌할 새도 없이 콧잔등이 찡해졌다.

"……."

하나부터 열까지, 죄다 해인이 좋아하는 것들로만 채워진 냉장
고였다. 깔끔하게 손질해 보관된 채소도, 유통기한이 빠른 것부터
앞에 나와 있는 요구르트도, 집에서 만들어 깔끔하게 밀폐 용기에

담긴 반찬까지 무엇 하나 서진의 손이 닿지 않은 것이 없었다.

손등으로 흐르는 눈물을 훔치며 해인이 반찬을 꺼내 식탁 위에 놓았다. 밥솥에 밥이 없어 찬장을 뒤지니 서진이 오기 전 사 두었던 즉석 밥 몇 개가 보였다. 즉석식품을 꺼리던 서진이 보고 버리려던 걸 안 된다고 억지로 우겨 남겨 뒀던 건데 역시나 잘했지.

해인은 식탁 앞에 앉아 꾸역꾸역 밥을 먹었다. 그 와중에도 눈물은 그치지 않았다. 우느라, 먹느라, 몇 번 사례가 들릴 뻔했지만 끝까지 꼭꼭 밥을 다 먹었다. 서진의 말대로 해인은 배가 고프면 기분이 나빠졌다. 생각도 짧아지고 판단력도 떨어졌다. 지금은 그래선 안 될 때였다.

식사를 마치고 해인은 다시 서진의 방으로 갔다. 가뜩이나 뭐가 없던 방에 주인까지 없으니 더 썰렁했다. 서진의 캐리어와 옷가지 일부가 남아 있긴 했지만 뒤져 봐도 딱히 별건 없었다.

하릴없이 불을 끈 해인이 벽 쪽을 보고 침대에 누웠다. 휴대폰을 꺼내 사진첩에서 서진의 고등학교 때 사진을 불러온 다음, 벽에 기대 놓고 가만히 들여다보았다.

화면이 어두워질 때마다 액정을 터치해 가며 어린 서진의 얼굴을 보았다. 그 얼굴에 해답이 있기라도 한 것처럼 한없이 보고 또 보다 어느 순간 기절하듯 잠에 빨려들어 갔다.

아직 시간이 좀 더 필요했다. 얼마의 시간이 지난들 충분진 않겠지만 그래도, 서진에게도 저에게도 혼자인 밤이 필요했다.

                              *　*　*

  길게 자지 못할 줄 알았는데 일어나니 해가 중천에 떠 있었다.
이번엔 아무런 꿈도 꾸지 않았다. 마음은 어쨌건 몸은 회복이 되었
는지 어제보다 훨씬 개운했다. 이곳저곳 쑤시던 관절도 한결 나아
졌다.

  샤워를 하고 휴대폰을 든 해인은 소민에게 연락을 할까 고민하다
그만두고 택시를 불렀다. 어차피 서진이 오늘까지 출근 못 한다고
미리 말을 해 두었으니 그대로 두는 편이 나을 것 같았다.

  도착한 택시에 올라타 호텔로 향했다. 정문에서부터 한눈 한번
팔지 않고 엘리베이터를 타고 객실로 올라가 그대로 거침없이 문을
열어젖혔다. 서진이 안에 있을 거라는 확신이 있었다.

  "아……."

  생각대로 서진은 거기 있었다. 떠나지 않았다. 다만 너무 그대로
였다. 호텔 특유의 방향제에 묻혔어도 해인은 공기 중의 희미한 피
냄새를 맡을 수 있었다.

  서진은 마치 오려 붙인 것처럼 어제 해인이 떠났을 때와 똑같은
자리에 똑같이 주저앉아 있었다. 구부정하게 등을 말고 자포자기한
듯 두 팔과 다리를 아무렇게나 늘어트린 채였다. 그 손은 여전히 엉
망이었고 오히려 여기저기 상처가 더 늘었다. 더 무슨 사고를 친 건
아닌 것 같고 바닥에 널린 유리 조각을 그대로 깔고 앉아 생긴 상
처인 것 같았다.

그 처참한 꼴을 보고 한숨을 쉬려다 삼킨 해인이 안쪽으로 걸음을 옮겼다. 슬리퍼를 신고 유리 조각들을 피해 콘솔 위 전화를 집어 들었다. 프런트에 연결해 구급상자를 부탁하자 얼마 지나지 않아 객실 벨이 울렸다.

그러는 내내 서진은 해인에게서 시선을 떼지 않았다. 그 눈동자가 어쩌나 붉은지 평소의 푸르스름할 정도로 맑고 깨끗한 흰자위는 보이지도 않았다. 그것보다 더 차마 보기 힘든 건 두 뺨에 죽죽 길을 내며 말라붙은 눈물 자국이었다.

"이리 와."

해인이 창가 쪽 소파로 가서 그를 부르자 서진이 훈련받은 개처럼 벌떡 몸을 일으켜 다가왔다. 그를 소파에 앉히고 일단 손부터 가져다 살폈다. 남아 있는 유리 조각이 없는지 꼼꼼히 확인하고 상처 위에 식염수를 왈칵 들이부었다.

서진의 어깨가 바르르 떨렸다. 좀 아픈 것 같았지만 해인은 오히려 기분이 약간 좋아지는 것 같았다. 그대로 자비 없이 식염수 한 통을 다 들이부어 피와 먼지를 씻어 내고 소독을 했다.

"여긴 나중에 꿰매야겠다."

오른손 엄지와 검지 사이에 길게 찢어진 부분이 있었다. 피는 멎었지만 상처가 깊어 구급약 따위로 될 일이 아닌 것 같았다. 그러거나 말거나 서진은 제 손의 상태 따위엔 관심도 없는 듯했다. 그저 눈도 깜빡이지 않고 형형한 눈빛으로 해인을 보기만 했다. 잘못 눈을 감기라도 하면 해인이 사라질까 두려워하는 것 같았다. 그러느라 가뜩이나 빨간 눈이 더 빨개졌다.

"이제 좀 씻어."

"……."

"씻고 나와."

방수 밴드를 꼼꼼히 바르고 해인이 치료를 마무리하고 상자를 정리하는데도 서진은 꼼짝도 하지 않았다. 씻고 나오라고 해인이 한번 더 일렀지만 아예 듣지도 못한 사람 같았다. 반쯤 혼이 나간 것 같은 그 얼굴을 보고 있자니 해인은 되레 안정이 되는 것 같았다.

사실 호텔방 문을 여는 순간까지 망설였다. 어제 일을 생각하면 더 그럴 수밖에 없었다. 이건 바보짓이 아닌가. 이러다 정말로 큰일 나면 어떡하지. 하지만 괜찮았다. 이제는 보였다.

해인이 아는, 알던 얼굴이.

"최서진."

서진이 몸을 움찔했다. 검은 동공이 확 수축하는 게 보였다.

"최서진."

해인이 한 번 더 말했다. 부르는 게 아니라 혼잣말처럼 확인이라도 하는 것 같은 어조였다. 서진은 대답하지 않았지만 눈빛이 아까와는 다르게 일렁였다. 두려운 듯도 했고 기대감에 찬 듯도 했다.

"가서 씻고 와. 씻고 밥 먹고, 그러고 나서 얘기하자."

"……."

"여기서 기다리고 있을게."

"무슨 얘기 할 건데……?"

서진이 조심스럽게 물었다. 해인이 눈에 힘을 주고 그를 보았다.

"몰라서 물어?"

"……."

"일단 씻고 나와. 찬물 끼얹고 정신 똑바로 차려. 어제처럼 난리 치면 바로 대화 종결이고 너랑 나는 끝이야."

서진이 숨을 훅 들이마시더니 성급하게 고개를 끄덕였다. 그 꼴을 보니 살짝 어이가 없었다. 제가 무슨 협박이라도 한 것처럼 불안해하는 저 사람이, 어제 그 불에 덴 망아지처럼 미쳐 날뛰던 사람과 동일 인물인가 싶었다.

"……진짜 안 갈 거지?"

"그렇다고 했잖아."

"문, 열어 놓고 씻어도 돼?"

해인이 기가 찬다는 표정으로 노려보자 서진은 황급히 고개를 젓더니 욕실로 들어갔다. 그 와중에도 문을 완전히 닫지 않는 게 보였다.

물소리가 나고 잠시 후, 그럭저럭 멀끔해진 꼴을 한 서진이 나왔다. 해인의 눈치를 보며 주춤주춤 다가오는 모습이 보기만 해도 처량하기 그지없었지만, 어제처럼 건드리기만 해도 터질 것 같은 폭탄 같은 상태보단 나았다.

"너 혹시 분노 조절 장애나 그런 거 있어?"

"없어……."

"근데 어젠 왜 그랬어? 아니, 생각할수록 어이가 없네. 왜 네가 그 지랄을 떨어? 지금 화낼 사람이 누군데."

서진이 해인을 물끄러미 쳐다봤다.

"왜, 뭐?"

서진은 아니라는 듯 고개를 저었다. 해인은 그를 데리고 방을 나와 호텔 아래층에 있는 식당으로 내려갔다. 밥을 먹일 의도도 있었고, 아무래도 폐쇄된 공간에 둘이서만 대화를 하다가 또 감정이 격해지는 일이 생기면 곤란할 것 같아서였다. 서진 본인은 분노 조절 장애가 없다지만 이제 해인은 그 말을 순진하게 다 믿을 입장이 못 되었다.

점심시간이었지만 평일이라 그런지 널찍한 한식당은 한적했다. 일부러 구석 자리에 앉은 해인은 서진에게 묻지도 않고 제멋대로 불고기와 돌솥밥 2인분을 주문했다.

"먹자."

주저하며 제 눈치만 보는 서진에게 고개를 까딱하며 먹으라는 시늉을 했다. 내키지 않는 게 역력한데 마지못해 수저를 드는 모습을 보니 마치 제가 형사고 서진은 범인이라도 되는 것 같았다.

"많이 컸네. 이런데 내가 어떻게 널 알아보겠어."

"……."

"그동안 잘 지냈어?"

서진은 아무 말도 하지 않았다. 그저 한 술도 뜨지 않은 수저를 든 채 벌써부터 목이 멘 사람처럼 해인을 보고만 있었다. 해인은 그 밥그릇 위에 불고기를 올려 주며 먹으라고 했다. 먹으면서 얘기하자고.

"너 그땐 나보다 작았잖아."

"……."

"내 어깨만큼도 안 왔던 것 같은데."

"……그 정도는 아니었어."

불퉁하게 튀어나온 말투에 어릴 적 서진이 오버랩되었다. 해인은 저도 모르게 웃음을 터트릴 뻔했다. 이상하게 눈시울이 뜨거워져 빠르게 눈을 깜박였다.

"어릴 때도 너 손발이 커서 키 클 줄은 알았는데."

"……."

"진짜 혼자서도 잘 컸네."

서진이 입술을 꾹 물었다. 살짝 풀려 가던 표정이 '근데 너 혹시 해외 입양 갔었어?' 하는 해인의 물음에 금세 다시 굳어졌다.

"무슨 멍청한 소릴 하는 거야."

"뭐?"

"아직도 내가 다니엘인지 뭔지라고 생각하는 거야?"

갑자기 사나워진 기세에 해인이 고개를 저었다.

"아니, 그냥 한번 물어봤어. 네가 어떻게 우리 집에 오게 되었나 생각하다가."

"……."

"그리고 안 까먹었지? 나 너보다 여섯 살이나 많아."

제 말에 제가 타격을 입은 듯 해인의 안색이 약간 창백해졌다. 그가 자신과 동갑인 윤서진인 줄 알았던 때의 기억이 주마등처럼 밀려오자 잠시 마음을 추스를 시간이 필요했다.

"그럼 넌 정말 태희랑은 아무 상관도 없는 거네."

"본 적도 없어."

"독일이랑도 아무 상관 없고."

"가 본 적도 없어."

"참 당당하다."

해인이 툭 쏘자 서진이 입을 다물었다. 해인이 생각보다 침착하고 차분하게 대화를 이어 가자 점점 마음의 안정을 찾는지 서진은 혈색도 나아지고, 쉴 새 없이 자꾸 쥐었다 폈다 하던 주먹에도 힘이 풀렸다.

"그럼 네가 나를 찾은 거구나."

해인이 담담하게 말했다.

"그동안 줄곧 찾았어? 나 없어지고 10년 동안?"

"……그러면 안 돼?"

"왜?"

"왜겠어?"

서진이 삐딱한 눈빛으로 해인을 노려봤다. 모르겠다고 하면 목이라도 조를 것 같았다.

"아무튼 그러니까 하필 네가 날 찾은 날이 다니엘이 우리 집에 오기로 한 날이었던 거지."

"……."

"정작 그 다니엘은 중간에 두바이인지 어딘지로 빠져서 오지도 않았고."

"……."

"다니엘을 기다리던 나는 널 그 사람으로 착각했고 너는 그걸 그냥 내버려 뒀고."

여기까지, 맞아? 하고 묻자 서진은 대충 맞는다고 대답했다.

"왜 그랬어?"

서진은 아무 말도 하지 않았다. 해인이 한참을 기다려도 입을 열지 않았다. 말하기 싫은 건 자유지만 그러면 해인도 제 마음대로 생각할 수밖에 없다.

"나 갖고 노는 게 재미있었어?"

순식간에 서진의 얼굴에서 핏기가 가셨다. 파르르 떨리는 입술을 앙다물고 손등에 퍼렇게 핏줄이 불거질 정도로 주먹을 꽉 쥔 채 시선을 아래로 떨어트렸다. 해인은 금방이라도 눈물을 흘릴 것 같은 그 얼굴을 한참 동안 물끄러미 쳐다봤다.

불쌍했다. 당장이라도 안아 주고 싶을 만큼. 방금 한 질문은 취소라고 넘겨 버리고 됐으니 그냥 밥이나 먹으라고 하고 싶었다.

"손, 그러다 상처 터져."

이런 감정이 어디서 오는지 해인 스스로도 알 수 없었다. 그저 이 서진이 그 최서진이란 걸 알아서, 마냥 귀여워하고 친동생처럼 예뻐하고 애처로워하던 어린 시절의 감정 때문에 그런 것인지, 아니면 그냥 원래 자신이 바람 든 무처럼 물러 터져서인지, 그도 아니면 어쩔 수 없이 남은 미련 때문인지.

"그 휴대폰은 뭐야? 복제폰 뭐 그런 거야?"

해인이 밥을 천천히 눌러 씹으며 물었다. 서진이 여전히 해인을 보지 않은 채 보일 듯 말 듯 고개만 끄덕였다.

"언제부터 내 휴대폰을 염탐하고 있었던 거야?"

서진은 또 침묵을 택했다. 이런 상황에도 질문을 골라 대답하는 그가 어이가 없어 웃음이 났다. 여기가 법정도 아니고, 불리할 것 같은 질문에 묵비권을 행사하는 게 무슨 의미가 있는지. 해인은 지금 그의 죄목을 조목조목 따져 그에 맞는 형량을 선고하려는 게 아닌데.

"차단 많이도 했더라."

자신이 한 적도 없는 긴 차단 번호 목록엔 지난번 베고니아 화분을 선물한 옛날 팬도 있었다. 어쩐지 갑자기 연락이 뜸해졌다 싶은 사람들은 다 거기 모여 있었는데, 평소에도 자주 연락을 하지 않았던 이들이 대다수이긴 했지만 중요한 건 그게 아니었다.

"내가 옛날에 너한테 뭐 잘못한 거 있어?"

아무리 생각해도 이해가 되지 않았다. 윤서진이, 다니엘이 아닌 최서진이라 해도 답은 되지 못했다. 비록 해인이 좋은 누나, 좋은 이웃은 아니었다 해도 이런 일을 당할 이유는 못 되었다.

애초에 어린 시절 한때 옆집에 산 게 전부다. 그런 그와 저의 서사 어디에 이렇게 10년이나 걸려 찾아내 범죄에 가까운 행동을 할 만큼의 동기가 숨어 있는지조차 모르겠다.

"나는 기억이 안 나니까 네가 얘기해 줘."

"……."

"서진아."

"……."

"말하기 싫어?"

"……네가 잘못한 건."

한참이나 말을 하지 않던 서진이 낮게 갈라진 음성으로 입을 열었다.

"내가 너를 얼마나 기다렸는지, 몰랐던 거야."

"뭐? 그게 무슨……?"

"내가 너를, 얼마나 보고 싶어 했는지, 몰랐던 거야."

띄엄띄엄 끊어지는 목소리가 녹슨 칼로 잘린 단면처럼 거칠거칠했다.

"내가, 내가 얼마나 죽을 것처럼 아팠는지, 넌 정말, 내가 얼마나 너를 좋아하는지……."

"……."

"하나도, 넌 정말 하나도……."

테이블 위로 쇳물 같은 눈물이 뚝뚝 떨어졌다. 해인은 할 말을 잃고 아연해진 얼굴로 덩어리진 눈물을 펑펑 흘리는 서진을 멍하니 보기만 했다.

"너는 절대 모를 거야."

그 선언 같은 말대로였다. 해인은 정말 알 수가 없어졌다. 다만 뭔지 모르게 압도되는 기분에 편하게 숨을 쉴 수가 없었다.

이제껏 해인은 자신이 윤서진을 아주 많이 좋아한다고 생각했다.

그보다 자신이 훨씬 더 많이 좋아한다고 생각했다.

하지만 이 순간 자신이 없어졌다. 그의 말을 부정할 자신도 없었지만 받아 본 적도, 줘 본 적도 없는 이런 비틀리고 무거운 감정이 자신이 아는 사랑인가 싶었다.

"나를 좋아했다고?"

"……."

"네가 나를 좋아했다고?"

해인의 혼잣말 같은 반문에 서진이 내리깔고 있던 눈을 들어 해인을 노려보았다. 여전히 눈물로 얼룩진 까만 눈동자엔 분기와 억울함이 가득했다. 주먹으로 떨쳐 내듯 눈물을 훔치며 서진이 짜증스럽게 중얼거렸다.

"……이렇게 말하려고 한 건 아니었는데."

"……."

"씨발."

"욕하지 마, 누나 앞에서."

해인의 입에서 저도 모르게 회초리 같은 말이 튀어나왔다. 서진이 기가 막힌 표정으로 해인을 쏘아보았다. 네가 나한테 그런 말 할 자격이 있냐는, 혹은 네 눈엔 아직도 내가 어린애로 보이냐는 눈빛이었다.

"언제부터 좋아했는데."

이상하게 마음이 싸늘해졌다. 해인은 찬물을 맞고 꿈에서 쫓겨난 것 같은 기분이 들었다.

자신은 누구를 그렇게 좋아했던 걸까. 누구에게 그렇게 제 마음을 쏟아 냈던 걸까. 다 허상이었다. 분명히 실재한다고 믿었던, 그 황홀했던 일체감과 다신 없을 것 같은 교감은 저 혼자만의 착각이었던 것이다.

"말했잖아."

"……."

"나는 처음부터 너만 좋아했어."

서진이 사납게 말했다. 나오는 눈물을 억지로 참는지 턱이 딱딱하게 굳어질 정도로 이를 악물고 있었다.

"부인하지 마."

"그럴 생각 없어."

"……."

"그러니까 마리아가 나라는 말이구나……."

해인이 허탈하게 중얼거렸다. 서진이 불안한 눈을 해인에게서 떼지 못했다. 어찌나 입술을 씹어 대는지 곧 너덜너덜해져 피가 날 것 같았다.

"무슨 말을 해야 할지 모르겠어."

해인이 솔직히 털어놓았다.

"아무 말도 생각이 안 난다."

"……밥, 밥 먹어."

서진이 떨리는 손으로 불고기 접시를 해인 쪽으로 약간 밀었다. 흔들리는 눈동자와 겁먹었음을 애써 숨기려는 그 표정을 보자 해인은 확실히 그가 최서진인 걸 알 것 같았다. 눈에서 껍질이 벗겨진 것처럼 정말 제대로 최서진의 얼굴이 보였다.

"나도 밥 먹을게. 너도 우선 밥부터 먹고……."

"……."

"안, 안 먹을 거야?"

"……."

"……윤서진인 건 맞아."

해인이 계속 아무 말도 하지 않자 서진은 안절부절 해인의 눈치를 보다 초조하게 털어놓았다. 해인이 약간 반응을 보이자 서진이 연달아 말했다.

"양부모 성이 윤씨야."

"……."

"그러니까 윤서진 맞아."

"……그랬구나."

입양됐었구나. 해인은 서진을 마지막으로 만났던 날을 떠올렸다. 이상하게 그 당시 기억은 모두 다 희미해서 생각이 잘 나지 않았다. 하지만 서진 아버지의 장례식이 있었던 때와 멀지 않다는 건 확실했다.

"그럼 지금은 양부모님과 살아?"

"아니, 혼자."

"독립했어? 너 학교 다녀?"

남자니까 군대도 갔을 테고 나이로 보면 대학생이어야 할 터였다.

서진은 해인이 본 중 가장 머리가 좋은 사람이었다. 초등학교 때부터 배운 적도 없는 해인의 수학 문제집을 술술 풀어냈고, 그를 가르친 교사들 중 대부분은 그가 좀 더 높은 수준의 교육을 받아야 한다고 안타까워했다. 해인도 마찬가지였다.

"대학은 자퇴했어."

"왜."

"더 공부할 필요가 없어서."

"그래도 졸업은 하지……."

"할 만큼 했어."

"그래도……."

"군대는 면제야. 고아원에 5년 이상 있어서."

아. 해인은 이번엔 아까와 다른 의미로 무슨 말을 해야 할지 알수가 없었다. 서진의 눈동자가 해인의 얼굴에 떠오른 표정을 기민하게 훑었다.

"어, 너, 양부모님들은, 좋은 분들이야? 너한테 잘해 주셔?"

"……."

"왜 대답이 없어?"

"뭐라고 할지 생각 중이야."

나한텐 별 의미도 없는데 뭐라고 대답하면 네가 나를 또 불쌍하게 생각해 줄지.

해인이 한숨을 쉬었다.

"무슨 생각이 그렇게 많아?"

"뭐가."

"넌 어릴 때도 그랬어."

"그래야 했으니까."

"뭐?"

"너도 너한테 관심이라곤 없는 사람을 오랫동안 혼자 좋아하다 보면 생각이 많아질 수밖에 없을 거야."

그 말을 끝으로 다시 대화가 끊어졌다. 해인은 말없이 묵묵히 수저를 놀려 남은 식사를 마저 했다.

서진도 따라 수저를 들었지만 시늉뿐이었다. 해인의 눈치를 살피느라 수저가 어디로 가는지도 몰랐다. 밥은 먹지도 않고 반찬으로 나온 멸치볶음만 몇 번을 퍼 먹으면서 그것을 알아채지도 못했다. 해인의 얼굴에 떠오른 동정과 안쓰러움을 알아채자마자 불안과 초조로 미친 듯 오르내리던 심장 박동에 기대감이 섞여 들었다.

"다 먹었어?"

서진이 고개를 끄덕였다.

"너 지금 사는 곳은 어딘데?"

서진이 지체 없이 제 집 주소를 불러 주었다. 듣고 있던 해인이 가벼운 말투로 좋은 데 사네, 하고 희미하게 웃었다.

"그럼 한옥에 남아 있는 네 짐은 내가 네 집으로 보내 줄게."

무심코 따라 웃으려던 서진이 멈칫하고 눈을 깜박였다.

"여기서 인사하자."

좋아해서 그랬다는 건 충분한 대답이 되지 못했다. 하지만 해인은 더는 그가 무슨 의도로 그런 행동을 했는지 알고 싶지 않았다. 알면 이해하고, 이해하면 그를 다시 받아 줄 것만 같았다.

그래선 안 되었다. 감정에 흐려져서 우선순위를 잊어선 안 된다. 어떤 일들은 그냥 덮고 넘어갈 수 없는 게 있다. 그러고 싶어도 그러지 말아야 할 것들이 있다.

"다시는 우리 집에 올 필요 없어."

살면서 불가피하게 받는 상처만으로도 충분하다. 가장 믿고 사랑하는 사람이 사랑한다는 이유로 나를 기만하게 두어선 안 된다. 사람을 가장 망가트리는 건 그런 거라는 걸 해인은 알고 있었다.

"······지금 그 말."

"······."

"헤어지자는 거야?"

서진이 헐떡이며 쥐어짜듯 물었다. 보이지 않는 총알이라도 맞은 사람 같았다.

"아니, 우리는 만난 적도 없지."

"······."

"애초에 내가 만난 건 네가 아니니까."

이런 식으로 만나지 않아도 됐었다. 그냥 최서진과 고해인으로 재회했어도 충분히 해인은 그를 반가워했을 것이다.

"내가, 내가 잘못했어. 잘못했어······. 정말······ 정말 미안해!"

서진이 두서없이 중얼거리기 시작했다.

"미안해! 나는, 나는 그냥 네 옆에 있고 싶어서 그랬어. 그냥 너무 좋아서, 너랑 같이 있는 게 너무 좋아서, 그렇게 조금만 같이 있다가 말하려고 했어. 나는 정말…… 그럴 생각은 아니었어. 너를 속이려던 게 아니라……."

물속에 빠진 것처럼 눈앞이 어른거려 해인의 표정이 잘 보이지 않았다. 다급해진 서진이 손등으로 눈을 세게 비볐다.

"너랑 같이 살고, 같이 밥 먹고 그런 게 너무 좋아서…… 그냥 조금만 더 그렇게 있고 싶어서……."

실은 언제나 바라 왔던 것 같다.

옆집에 살던 누추하고 불쌍하고 성가신 어린애 최서진이 아닌, 동등한 남자로 처음부터 만났으면 얼마나 좋았을까 하고.

"네가 나를 사랑해 줄 줄 몰랐어……."

"……."

"그래서 그랬어."

반쯤 넋 나간 투로 서진이 중얼거렸다. 그를 보는 해인 역시 그만큼이나 참담한 표정이었다.

"그래도 말했어야지."

"……."

"나중에라도, 더 늦기 전에 얼마든지 말할 기회가 있었는데……."

"하지만 봐……."

"……."

"그 결과가 이거잖아……."

서진의 눈에서 빛이 사라졌다.

"이렇게 될까 봐…… 내가, 나를 내칠까 봐……."

"최서진."

"아냐, 윤서진이야. 내가 윤서진이라고!"

"아니야."

해인이 단호하게 고개를 저었다.

"알잖아. 윤서진은 너 아니야."

서진이 벼락이라도 맞은 듯한 표정으로 해인을 보았다. 숨도 못 쉬는 것 같았다. 해인은 더는 그 익사한 사람 같은 얼굴을 보고 있을 수가 없었다. 제 손으로 그의 숨통을 조이고 있는 것 같아 견딜 수가 없었다.

"잘 먹었어. 계산은 내가 할게."

"……."

"먼저 일어난다."

곧바로 일어난 해인이 밖으로 나왔다. 몇 걸음 채 걷지도 못해 금방 뒤따라오는 발소리가 들렸다. 팔목이 붙들리고 몸이 억지로 돌려세워졌다.

"안 돼, 못 가."

"최서진."

"가지 마. 그렇게 가 버리면……."

"네 말대로 우리가 연애란 걸 한 거라면."

해인이 제 손목을 잡은 그의 손을 붙들어 떼어 내며 서진의 눈을 똑바로 보았다.

"연애는 그냥 한쪽이 헤어지자고 하면 헤어지는 거야."

"……."

"그런 거야."

"아, 아냐. 싫어, 안 돼. 못 가."

서진은 고개를 저으며 소리쳤다. 안 돼, 못 가. 그 말밖에 배우지 못한 어린아이처럼 막무가내로 되풀이했다. 해인은 한 번 더 그의 손을 뿌리치려 했지만 이번엔 떨어지지 않았다. 가파르게 치솟는 호흡을 가까스로 다스리며 서진이 어떻게든 말을 이으려 애를 썼다.

"아직, 할 말이 있어. 내가……."

"그럼 해."

마지막으로.

그 말에 서진의 머리에서 뭔가가 뚝 끊기는 소리가 들리는 것 같았다.

"거기, 무슨 일이야?"

저만치서 들려오는 소리가 물속에서 듣는 것처럼 웅웅 울렸다. 당황한 듯한 남자 목소리가 가까워지고, 웬 손이 달려들어 제 어깨를 붙잡고 저지했을 때에야, 서진은 자신이 아직 호텔 복도 한가운데 있고 해인의 팔목을 끌고 어디론가 가고 있었다는 것을 깨달았다.

"고해인."

남자가 헐떡이며 해인의 이름을 불렀다. 놀라서 딱딱하게 굳은 잘생긴 얼굴이 해인과 서진을 번갈아 보고 있었다.

"무슨 일인데?"

서진이 어둑한 눈으로 갑자기 끼어든 불청객을 보았다. 해인을 보는 남자의 시선이 몹시도 거슬렸다. 낯설지 않은 눈빛이라 더.

"유윤재?"

해인의 입에서 나온 이름을 듣자마자 서진의 안색이 돌변했다. 반쯤 초점이 나간 것 같던 눈에도 새파랗게 빛이 쏟아지기 시작했다.

유윤재.

존재를 인지한 순간부터 지금까지, 단 한 순간의 예외도 없이 끔찍하게 싫어했던 이름.

"윤재 네가 여기 어떻게……?"

"아니, 그보다 잠깐만, 저기요."

윤재가 해인과 서진, 사이에 끼어들 듯 몸을 들이밀었다. 지나간 세월의 공백만큼 단단하게 변한 남자의 얼굴이 서진을 향했다.

순간 서진은 온몸의 털이 바짝 서는 기분이었다. 경계와 혐오, 분노와 위험을 알리는 온갖 신호들이 눈앞에 어지럽게 점멸했다.

"저 이 사람 친구인데요. 무슨 일인지는 모르겠는데 말로 하세요."

윤재가 인상을 굳히며 서진을 똑바로 보았다. 비슷한 키였지만 서진이 좀 더 커서 눈동자가 약간 위로 향한 채였다.

"사람을 그렇게 막 잡아끌면 어떡합니까."

"윤재야."

"넌 좀 가만히 있어 봐."

무어라 말을 하며 끼어들려는 해인을 윤재가 막았다. 기가 막혔다. 감히 그가 제 앞에서 고해인의 경호원처럼, 보호자처럼 굴고 있었다.

서진의 턱이 굳어지고 목에 핏대가 섰다. 싫다. 저 눈이 해인을 담는 게 싫다. 저 목소리가 해인에게 말을 건네는 것도 싫다. 해인의 눈에 저 얼굴이 비치는 것도 싫고 해인이 윤재야, 하고 다정하게 그를 부르는 것도 소름 끼치게 싫다.

서진이 핏발 선 눈으로 윤재를 노려보았다. 순간 윤재의 눈에 이채가 떠올랐다.

"잠깐, 그쪽 어디서 본 것 같은데……."

"……."

"맞지? 맞지, 너?"

윤재의 눈이 크게 벌어졌다. 그것도 잠깐, 황당하다는 듯 허, 소리를 낸 그가 서진을 쏘아보며 해인을 조금 더 제 쪽으로 당겼다. 마치 위험한 것으로부터 해인을 떼 놓으려는 듯한 몸짓 같았다.

"그 손 놔."

"너야말로 그 손 놓고 꺼져. 남의 일에 함부로 끼어들지 말고."

"남 아닌 거 알 텐데."

"잠깐만, 윤재야……."

"닥치고 꺼지라고!"

서진이 소리를 쳤다. 해인의 입에서 한 번만 더 저 이름이 나오면 진짜 돌아 버릴 것 같았다. 큰 소리가 나자마자 저만치서 초조하게 이쪽 눈치만 살피고 있던 윤재의 매니저가 부리나케 달려왔다.

"무슨 일이야? 윤재야, 무슨 일인데 이래?"

"형, 사람 좀 불러."

"뭐?"

영문을 몰라 하면서도 매니저는 저 아래에 있던 호텔 보안 요원들을 향해 손짓을 했다. 해인이 다급하게 그를 제지하며 서진과 윤재 양쪽을 다 밀어 냈다. 윤재는 순순히 물러났지만 서진은 손이 떨쳐지기가 무섭게 다시 해인의 팔을 잡았다.

한숨을 쉰 해인이 난감한 눈으로 주위를 둘러봤다. 그들이 있는 곳은 호텔 로비가 훤히 내려다보이는 바로 위층 복도였다. 유리 난간 너머로 아래서 이쪽을 올려다보는 사람들이 보였다.

"어딜 봐."

서진이 해인의 시선을 다시 제 쪽으로 끌어왔다. 표정을 보니 아마도 해인은 연예인인 윤재가 사람들의 시선에 노출되는 것을 염려하는 듯했다. 그것조차 서진은 속에서 불이 날 정도로 질투가 났다.

"내가 여기 있는데 어딜 보냐고."

"최서진."

"지금 저 새끼 걱정하는 거야? 나랑 얘기하기로 했잖아. 지금 나랑 얘기 중이잖아!"

"하, 너 진짜……."

해인이 입술을 깨물며 팔을 비틀어 서진의 손을 떨쳐 냈다. 서진이 다가오려 하자 손을 뻗어 가까이 오지 말라는 신호를 했다. 서진이 신경 쓰지 않고 다시 손을 뻗자 윤재가 또 끼어들었다. 윤재와 서진의 기세가 심상치 않자 엉겁결에 덤벼든 매니저가 뒤에서 서진을 붙들었다.

그사이 몸을 뺀 윤재가 해인의 어깨를 감싸며 몸을 돌렸다.

"가자."

해인이 머뭇거리자 윤재가 재촉했다.

"일단 가. 지금은 얘기할 상태가 아냐."

"고해인!"

뒤에서 서진이 소리쳤다. 매니저가 부른 보안 요원 둘이 더 합세해 서진과 몸 씨름을 벌였다. 윤재가 어서 가자고 해인의 팔을 잡아 끌었다. 제압당한 채 붙들려 있는 서진이 눈에 밟혔지만 해인은 자신이 사라져야 이 상황이 진정될 거라는 윤재의 말이 맞는 것 같아 일단 그와 함께 아래로 통하는 계단을 내려갔다.

"가지 마, 가지 마!"

서진이 목 놓아 해인을 불렀다. 잠깐만. 가지 마. 기다려. 아무리 애타게 불러도 해인은 돌아보지 않았다. 깜깜한 벽 같은 절망이 서진을 덮쳤다. 물속에 잠긴 것처럼 숨이 잘 쉬어지지 않았다. 바늘 끝처럼 좁아진 시야에 점점 멀어지는 해인의 뒷모습만 보였다.

서진이 상처 입은 짐승처럼 헐떡이며 해인의 이름을 불렀다. 물에 빠져 죽어 가는 사람이 수면 너머 일렁이는 태양을 바라는 것처럼 절실하게 손을 뻗었다.

"아니, 이 사람이! 저, 저거 잡아!"

귀찮은 손들을 떨쳐 낸 서진이 곧바로 해인을 향해 몸을 날렸다. 가슴 위까지 오는 유리 난간을 뛰어넘어 그대로 아래로 떨어져 내렸다. 그 광경을 목격한 사람들의 높은 비명과 고함 소리가 로비

안에 메아리쳤지만 서진의 귀에는 아무 소리도 들리지 않았다.

"……."

서진이 천천히 몸을 일으켰다. 약간 불편하긴 했지만 그래도 큰 무리 없이 해인에게 걸어갈 수 있었다. 하얗게 질린 얼굴이 더 멀어지지 않고 가까워지자 절로 웃음이 나왔다. 안 갔네. 날 기다려 줬네. 그 옆에 있는 윤재는 눈에 들어오지도 않았다.

"누나."

"……."

"그 새끼랑 가지 마……."

그 뒤로 암전이었다.

＊　＊　＊

"받아."

불쑥 눈앞으로 종이컵 하나가 쑥 내려왔다. 입원실 안 응접실 소파에 오도카니 앉아 있는 해인에게 윤재가 커피를 든 컵을 내밀었다. 해인이 말없이 손을 뻗어 컵을 받아 들자 윤재가 맞은편 자리에 앉았다.

"좀 마셔. 너 얼굴이 창백하다."

받은 컵을 들고만 있자 윤재가 재차 권했다. 말할 기운도 없어 해인은 그저 컵을 입에 대는 것으로 대답을 대신했다.

그 모습을 가만히 보고 있던 윤재가 병실 안쪽으로 시선을 돌렸다.

해인도 그를 따라 고개를 돌렸다. 가려진 벽 때문에 아무것도 보이지 않았지만 그 너머 침대에 서진이 누워 있었다.

서진의 눈동자가 까무룩 뒤로 돌아가고 몸이 무너지며 호텔 대리석 바닥에 닿기 직전, 해인은 저를 잡는 윤재의 손을 뿌리치고 달려가 그를 부둥켜안았다. 서진은 이미 완전히 정신을 잃은 상태였다. 해인은 차마 그를 부르지도 못하고 떨리는 눈동자로 서진의 몸을 정신없이 훑었다. 손끝 발끝에서 심장이 뛰는 것처럼 온몸이 둥둥 울렸다.

"구, 구급차! 누가 구급차 좀 불러 주세요!"

단지 층 하나 간격이라기엔 호텔 로비층이라 보통 건물보다 층고가 훨씬 높았다. 뼈가 부러졌는지 서진의 발목 한쪽이 이상한 방향으로 비틀려 있었다. 기절하기 전에 기침을 했는데 가슴 한쪽도 균형을 잃은 것처럼 미세하게 꺼져 있었고 숨소리가 불안정했다.

무엇보다 머리가 문제였다. 분명 떨어질 때 부딪친 것 같았는데 어쩌면 뇌진탕을 일으켰을지도 몰랐다.

가까운 병원으로 이송되는 내내 서진은 정신을 차리지 못했다. 곧바로 응급실로 옮겨져 검사를 받는 사이 해인이 입원 수속을 했다. 평소 복용하거나 알레르기 반응을 일으키는 약물이 있냐는 간호사의 질문에 그제야 그의 가족에게 연락을 해야 한다는 게 떠올랐다.

서진의 휴대폰 연락처에 저장된 번호는 해인의 것밖에 없었다. 그나마 가장 자주 연락했던 것 같은 번호를 누르자 다행히 그의 지인과 연결됐다. 사정을 설명하자 곧 가겠다고 한 뒤 나타난 사람은 놀랍게도 보험사 직원인 줄 알았던 이정우였다.

이정우는 도착하자마자 서진을 곧바로 VIP 병동 1인실로 옮겼다. 이쪽엔 오가는 이도 거의 없어 윤재도 모자와 마스크로 얼굴을 가릴 필요가 없었다.

이정우는 해인을 보고도 놀란 기색도 없이 자신은 잠깐 처리할 일이 있어 그러니 병실을 좀 지켜 달라는 말만 하고는 금방 또 사라졌다.

서진은 갈비뼈 한쪽에 금이 가고 왼쪽 발목이 부러졌다. 다행히 골절 부위가 깨끗해 수술까지는 필요 없다고 했다. 걱정했던 뇌진탕도 증세가 심하지 않다고는 했는데 서진은 병실에 올라온 뒤에도 정신을 차리지 못했다.

"오랜만이네."

윤재가 입을 열었다.

"너도 그렇고, 저 녀석도 그렇고."

그 말에 해인이 고개를 들었다. 그러고 보니 윤재는 호텔에서도 서진을 알아본 눈치였다.

어떻게 그랬을까. 자신조차 몰라봤는데. 오다가다 몇 번 마주친 적이 있다 해도 이미 10년도 더 전이고 그나마도 윤재가 서진을 본 건 한 손으로 꼽을 만큼 적었다.

윤재가 씩 웃었다.

"나 쳐다보는 눈빛 보니까 바로 알겠더라."

"……."

"쟤가 나 찾아왔었거든."

해인이 놀란 눈으로 그를 보았다.

"너 회사 나간 뒤로."

* * *

회사 앞에서 저를 부르는 서진을 봤을 땐 윤재도 적잖게 놀랐다. 한참이나 기다린 것 같은 초췌한 얼굴로 해인의 행방을 묻는 서진은 정말로 절박해 보였다. 한 줄기 희망을 아슬아슬하게 품은 검고 큰 눈망울이 저를 유일한 구명줄처럼 보는 게 느껴졌다. 하지만 그때는 윤재도 해인이 어디로 갔는지 몰랐기 때문에 아무 말도 해 줄 수가 없었다.

그럼에도 서진은 단념하지 않고 매일 회사 앞을 찾아왔다. 끈질기게 오고 또 와서 그사이 새로 들은 소식이라도 없는지 물었다. 종종 회사 앞에 진을 치고 있는 팬들 사이에 최서진처럼 작고 어린 남학생은 이질적이었다. 그런 그가 윤재의 눈에만 띌 리도 없었다.

"걔 회사 몰래 재벌한테 스폰받다가 쫓겨났어. 이제 다신 여기 올 일 없으니까 너도 그만 찾아와. 자꾸 회사 소문만 더러워지게."

분위기가 좋지 않을 때였다. 갑자기 정확한 사유도 없이 계약을 해지한 해인을 두고 온갖 소문이 횡행할 때였다. 회사 연습생 하나가 서진에게 그렇게 윽박지르며 불쾌감을 드러내자, 서진은 자신이 계속 찾아오는 게 해인에게 좋지 않은 영향을 줄 수도 있다는 것을 깨달은 모양이었다.

"혹시 나중에라도 소식 듣게 되면 저한테 꼭 좀 전해 주세요."

그러겠다고 윤재가 약속하자 서진은 윤재의 휴대폰에 제 휴대폰 번호가 아닌 집 전화번호 같은 걸 남겼다. 그가 이름란에 입력한 '희망보육원 최서진'이란 글자를 보고 윤재는 흠칫했다. 서진은 눈 하나 깜빡하지 않고 윤재를 똑바로 응시하며 힘주어 말했다.

"부탁할게요."

"……."

"꼭 연락 주세요."

그리고 얼마 지나지 않아 데뷔를 하고 바빠지면서 윤재는 휴대폰을 바꾸었다. 희망보육원뿐 아니라 많은 번호들이 그렇게 잊혀져 갔다.

2년 뒤, 우연히 해인과 재회하고 서진이 잠깐 생각나기도 했지만 굳이 입 밖으로 꺼내어 말하진 않았다. 말할 필요가 없다고 생각했다. 그때쯤이면 그 애도 이미 다 잊었을 거라 여겼다.

"그런데 잊지 않았나 보네."

윤재가 어이없기도 하고 씁쓸하기도 한 표정을 지었다.

"너 쟤한테 대체 무슨 짓을 한 거야?"

"……나도 알고 싶다."

"사실 옛날부터도 좀 그랬어. 왠지 나를 보는 눈빛이……."

적대적인 게 꼭 연적을 보는 눈빛이었다. 그래 봐야 초등학생

꼬맹이여서 우습지도 않았다. 후에 저를 찾아왔을 때에야 이건 좀 아니라는 생각이 들었다. 보육원은 회사와 왕복 두 시간이 넘게 걸렸다. 그 거리를, 어린애가 비가 오나 눈이 오나 매일같이 찾아 왔다.

"그냥 어린 마음에 지나갈 풋사랑 같은 건 줄 알았는데."

지금까지도 이러고 있을 줄은 몰랐다. 전후 사정이 어쨌건 그 집 념엔 윤재로서도 혀를 내두를 수밖에 없었다. 해인은 잠자코 윤재 의 말을 듣기만 했다. 그때 윤재의 휴대폰이 진동했다. 매니저의 전 화였다.

"가 봐야 되는 거 아냐?"

"어, 조금 있다가."

"고마워."

해인의 말에 윤재가 고개를 저었다. 군 전역한 지 얼마 되지 않 은 때라 바쁜 일은 없었다. 호텔에서는 공백기 후, 첫 출연 할 작품 을 두고 제작진과 미팅을 하고 나오던 길이었다. 그저 좀 요란하게 다투는 연인인 줄 알았던 한쪽이 해인인 걸 알자마자 몸이 저절로 움직였다.

"군 생활은 잘했어?"

"남들처럼 했지 뭐."

"고생 많았겠네."

윤재가 머리를 비스듬히 기울이며 해인을 보았다.

"나 너 보고 싶었어."

"나도 너 보고 싶었어."

"거짓말."

그 말에 해인이 픽 웃었다. 사실, 예의상 한 말이 맞았다. 봐서 반갑기는 했지만 굳이 보고 싶다는 생각은 하지 않았다. 잘 있다는 건 텔레비전으로도 보이니까 그걸로 충분했다.

"그때 너랑 그렇게 끝내고 싶지 않았는데."

"……."

"후회가 되어서 미련이 남았나 봐."

"그러게 좀 잘하지 그랬어."

해인이 농담으로 눙치며 분위기를 가볍게 만들려 했다. 윤재가 난처한 듯 미간을 찌푸렸다.

"너 그런 말, 그렇게 생각 없이 막 하지 마."

"뭐가."

"희망 생긴단 말이야."

해인이 윤재를 쳐다보았다.

"지금이라도 잘하면 잘될 수 있을까 하는 희망."

"너야말로 그럴 생각도 없으면서."

해인이 코웃음을 치자 윤재도 따라 웃었다.

"그래, 이제 저런 열혈이랑 겨루기엔 좀 후달린다."

그러기엔 머리가 너무 컸다.

"쟤도 그런가 봐."

윤재의 말에 해인이 입을 다물었다.

"그때 남은 후회가 있어서 미련도 남았나 봐."

윤재의 휴대폰이 재차 울렸다. 액정을 확인한 윤재가 자리에서 일어났다.

"이제 그만 가 봐야겠다."

"응."

"연락할게."

"그래."

윤재를 배웅하고 해인은 서진이 누워 있는 침대 곁으로 다가갔다. 쾌적하고 널찍한 1인실은 그들이 투숙했던 호텔과도 비슷했지만 병원 특유의 냄새와 살풍경한 분위기는 지울 수 없었다.

의자를 끌어다 앉은 해인이 서진을 머리부터 꼼꼼하게 훑었다. 불을 끄고 커튼을 친 탓에 병실 안은 어둑했다. 그래서인지 흰 침대에 누워 있는 서진이 더 창백해 보였다.

깁스를 한 발목과 새로 붕대를 감은 손과 이불을 덮은 채 옅게 오르내리는 가슴을 차례로 보다 얼굴로 거슬러 올라갔다. 꾹 다문 입술과 길게 드리워진 속눈썹이 평소 보던 그보다 훨씬 어려 보였다. 원래 어렸다는 걸 감안해도 그랬다.

"매일매일 찾아왔었어."

이정우의 대표님 소리도, 이 호화로운 1인실도 다 뭔가 싶었지만 해인의 머릿속에 남는 건 그것뿐이었다. 그때 들고 있던 휴대폰이 진동했다. 소민이었다. 저만치 구석으로 가 짧게 통화를 하고 돌아서는데 서진과 눈이 마주쳤다.

"최서진."

순식간에 부풀어 오른 눈에서 눈물방울이 굴러떨어졌다. 해인이 한숨을 내쉬며 그쪽으로 다가갔다.

"괜찮아?"

"……."

"머리는 어때? 속은 메스껍지 않아? 울지 마. 너 지금 뇌진탕 상 태야."

하지만 서진의 귀에 제 상태에 대한 말 따위는 들리지 않는 듯했 다. 서진이 손끝을 떨며 입술을 달싹였다.

"……없을 줄 알았어."

"……."

"이젠, 나랑 말도 안 하고 싶어 할 줄 알았어……."

"그러려고 했어."

해인이 저를 향해 꿈틀대는 손가락들을 보다 못해 맞잡고 엄한 소리로 말했다.

"너 이게 무슨 짓이야."

"할 말이 있는데 네가 가니까……."

"……."

"불렀는데, 네가 가 버렸잖아."

"……진짜 내가 뭐라 할 말이 없다."

탄식하는 해인의 손을 서진이 제 입술로 가져갔다. 눈물 젖은 얼굴을 비비며 어리광을 부리듯 손 이곳저곳에 닿치는 대로 입을 맞췄다. 해인은 차마 환자에게 함부로 할 수 없어 좋게 말로 놓으라고 했다.

"그만 놓으라고. 간호사 부를 거야."

"키스해 줘."

"뭐?"

"결혼해 줘."

"……."

"안 그러면 나 진짜 죽을지도 몰라."

정적이 흘렀다. 이윽고 해인의 입에서 화난 음성이 터져 나왔다.

"이 새끼가! 너 진짜 분위기 파악 못 해? 계속 그렇게 말 함부로 할래?"

서진은 울며 웃으며 해인의 손에 얼굴을 마구 비볐다. 해인이 화를 내든 말든, 어미 개를 만난 강아지처럼 그에게 매달려 떨어지지 않았다.

눈 뜨면 혼자일 줄 알았는데 해인은 떠나지 않았다. 제 옆에 있어 줬다. 그게 동정심이든 책임감이든 저를 백안시하며 도망치지 않았다.

"너 또 이런 미친 짓 하면 가만 안 둘 줄 알아. 진짜 가만 안 둘 거야."

"응……."

"알았어? 내 말 똑똑히 알아들었냐고."

"응, 알았어. 네가 싫어하는 건 안 해……."

“…….”

“진짜로, 절대 안 해…….”

잦아드는 목소리와 가라앉는 숨소리에 잠이 드는 줄 알고 조심스럽게 등을 쓰다듬는 해인은 죽어도 모를 거다.

지금 이 순간에도 서진은 해인이 떠나지 않을 수만 있다면 무슨 짓이라도 할 수 있었다. 이보다 더한 짓이라도 얼마든지 할 수 있었다.

06. 최서진

옆집에 이상한 여자가 이사를 왔다.

일요일인데 이사하는 소리에 일찍 잠이 깼다. 지난겨울 이사를 나가고 한동안 비어 있던 702호에 드디어 사람이 들어온 모양이었다.

한동안 그대로 누워 벽과 바닥을 통해 전달되는 소음과 울림을 듣고 있던 서진이 자리에서 일어나 이불을 개고 거실로 나갔다. 텔레비전을 보며 콩나물을 다듬고 있던 할머니가 서진을 보고 우리 강아지, 시끄러워서 깼냐며 웃었다.

서진은 말없이 까치집이 진 머리를 하고 할머니 곁에 앉아 함께 콩나물을 다듬었다. 그걸로 국을 끓여 아침을 먹고 나자 달리 할 일이 생각나지 않았다. 뜨끈한 전기장판 위에 담요를 돌돌 감고 달팽이처럼 누워 있자니 또 슬슬 잠이 왔다. 깜박깜박, 눈이 감길락 말락 하고 있는데 길게 초인종 소리가 울렸다.

누구세요, 하고 현관으로 나간 할머니는 한참이나 돌아오지 않았다. 어른이라기엔 앳되고 아이라기엔 낮은 여자의 깔깔거리는 웃음소리와 말소리가 들렸다. 할머니와 둘이 사는 서진의 집엔 좀체 방문객이 없었다. 기껏해야 아래위층에 사는 이웃 몇이 전부고, 그래봐야 죄다 할머니 또래들이었다.

문득 호기심이 돋은 서진이 삐죽 고개를 빼고 현관 쪽을 보았지만 벽에 막혀 방문객의 모습은 보이지 않았다. 그렇다고 일부러 내다보는 것도 좀 그래서 담요에 말린 채 한껏 귀만 쫑긋거렸다.

"그럼 앞으로 잘 부탁합니다. 안녕히 계세요!"

활기찬 인사를 마지막으로 문이 닫혔다. 흐뭇하게 웃으면서 들어오는 할머니의 손엔 시루떡이 담긴 접시가 들려 있었다. 서진이 말똥말똥하게 뜬 눈으로 할머니를 올려다보자 할머니가 아직도 김이 모락모락 오르고 있는 붉은 떡을 내보였다.

"옆집에 이사 온 학생이 줬어."

"학생?"

"응, 요 앞에 고등학교에 다닌다더라. 예쁘고 성격도 아주 싹싹해."

할머니가 떡을 잘라 주었지만 팥을 싫어하는 서진은 한 입도 먹지 않았다. 새 이웃이 마음에 들었는지 할머니는 떡이 맛있다며 연신 칭찬을 했다. 그러더니 저녁엔 빈대떡을 부쳐 서진더러 옆집에 가져다주라고 했다. 빈 그릇만 달랑 돌려주는 건 예의가 아니라는 거다.

"……내가?"

"우리 강아지 가기 싫으면 할머니가 갈까?"

"……아냐, 내가 갈게."

낯선 사람과 말하는 건 내키지 않았지만 그 말 많은 여자가 또 할머니를 현관문 앞에 오래 세워 둘지도 모른다는 생각이 들었다. 가뜩이나 무릎도 안 좋은 할머니가 오래 서 있는 건 싫었다.

접시를 들고 옆집 문 앞에 선 서진이 한참을 망설이다 벨을 눌렀다. 왠지 부끄러워 자꾸 입술이 말랐다. 누구세요, 묻는 것과 동시에 활짝 문이 열려 조금 어이가 없었다. 이러면 누군지 묻는 의미가 없지 않나.

"……옆집인데요. 이거 접시……."

"아, 네가 서진이구나?"

10년은 본 것 같은 친근한 말투였다.

"아까 할머니한테 들었어. 초등학교 5학년이라고? 야, 근데 너 잘생겼다. 학교에서 인기 많겠는데? 이건 뭐야? 빈대떡이네? 와, 나 빈대떡 좋아하는데. 저녁은 먹었어? 지금 우리 아빠랑 짜장면 시킬 건데 들어와서 같이 먹고 갈래? 탕수육도 시킬 거야."

서진은 반쯤 넋이 나간 얼굴로 우두커니 서 있었다. 한 번에 저렇게 길게, 저렇게 획획 주제를 바꿔 가며 말을 하는 사람은 처음 봤다. 서진은 좀 기분이 나빠져 슬슬 뒤로 몸을 물렸다. 질문을 하고 답을 들을 생각도 없는 것 같은데 왜 질문을 하는지.

"들어와, 들어와."

"아, 아니요. 괜찮아요."

"왜? 잠깐 놀다 가지."

"……."

"너도 외동이라며? 나도 외동이야. 하나보단 둘이 놀면 덜 심심하잖아."

그러면서 활짝 웃는 얼굴을 서진은 어안이 벙벙해져 쳐다보았다. 다행히 적절한 때 개입해 준 그의 아버지 덕분에 서진은 해인에게서 빠져나올 수 있었다.

도망치듯 후다닥 집으로 들어오니 태풍에라도 휩쓸렸다 나온 기분이었다. 가슴이 콩닥거렸다. 저런 사람은 열두 평생 처음 봤다. 이상하다. 유치원생이나 초등학교 1, 2학년도 아니고 저렇게 나이도 먹을 만큼 먹은 사람이.

'정신 사나워.'

자신과는 맞지 않을 것 같다. 귀찮아질 것 같다.

'엮이지 말아야지.'

그래도 할머니 말대로 예쁘긴 했다.

이게 서진이 해인을 처음 만난 날 한 생각이었다.

"서진이, 안녕!"

날아든 목소리에 서진이 눈썹을 찌푸렸다. 엮이지 말자는 다짐이 좀처럼 마음대로 되지 않는 건 서진의 노력이 부족해서가 아니었다. 복도식 아파트의 같은 층, 안쪽에 위치한 제집에 들어가려면 필연적으로 해인의 집을 지나쳐야 했으니 오다가다 마주치기 십상이다. 거기다 날이 더워지기 시작하자 창을 열고 지내는 날들이 많아졌다.

"어디 갔다 와?"

대충 모르는 척하면 될 텐데. 이전의 이웃들은 다 그랬다. 하지만 해인은 매번 서진이 지나가는 소리가 들리면 주인 발소리를 들은 강아지처럼 달려와서 창문에 매달려 인사를 했다. 백번 양보해 거기까진 사교성이 매우 좋은 거라고 이해한다 쳐도, 저렇게 춤추다가 눈이 마주치면 민망해서라도 그냥 못 본 척하잖나.

"슈퍼⋯⋯."

아이돌 지망생이라더니 해인은 제 방에서 노래를 부르거나 춤 연습을 하고 있을 때가 많았다. 커튼이라도 좀 치면 좋을 텐데 커튼도 잘 치지 않았다. 아무리 지나다닐 사람이라곤 서진이나 할머니 정도라지만 그래도 조심성이 좀 없는 게 아닌가 싶었다.

"할 일 없으면 누나랑 놀래? 누나가 어제 배운 춤이 있는데 너한테도 가르쳐 줄게."

"괜찮아."

서진은 서둘러 해인을 지나쳐 집으로 들어왔다. 가슴이 콩닥콩닥 뛰었다. 이제껏 서진의 세계에 없던 캐릭터라 그런지 해인과 대화하는 건 다른 사람과 얘기하는 것보다 몇 배는 더 힘들었다. 불편했다.

그런 사람이 바로 옆집에 살고 있으니 어디서도 안심을 할 수가 없었다. 학교 앞이나 동네에서도 해인은 서진이 보이기만 하면 저 멀리서도 빠짐없이 알은체를 하고 원치도 않은 과자 따위를 안기곤 했다.

서진은 집 밖을 나갈 때마다 촉을 세우고 주위를 둘러보는 습관이 생겼다. 집 안에 있을 때도 옆집의 동태에 귀를 기울이는, 제가 생각해도 몹시 꺼림칙한 버릇이 생겼다.

"저 누나 혹시 주워 온 거 아닐까."

서진이 한 말에 할머니가 눈을 크게 떴다.

"그게 무슨 소리야?"

"아니, 아저씨랑은 하나도 안 닮았잖아."

아저씨는 점잖고 좋은 분이었다. 서진이 아는 남자 어른 중에 그렇게 말투가 부드럽고, 다정하게 웃는 사람은 없었다. 듣고 있던 할머니가 웃었다.

"서진이는 해인이 누나가 싫어?"

"……꼭 그런 건 아니고……."

"할머니는 누나가 좋던데."

"왜?"

"네 엄마 닮아서."

서진이 눈을 깜박이며 할머니를 보았다.

"하나도 안 닮았는데."

서진이 어릴 때 돌아가셔서 직접 얼굴을 본 기억은 없지만 사진이 있기에 서진도 엄마의 얼굴이 어떻게 생겼는지 정도는 알았다.

"얼굴 말고 성격이."

"……우리 엄마도 저렇게 시끄러웠어?"

할머니가 웃었다.

"재미있었지."

"……나랑은 다르네."

"서진이는 아빠 닮았지. 성격이."

할머니가 서진의 머리를 쓰다듬었다.

"해인이 누나는 엄마 닮았나 보다."

서진은 입을 다물었다. 해인도 저처럼 엄마가 없었다. 서진이 할머니 혼자 키운 아이였다면 해인은 아빠 혼자 키운 아이였다. 그 사실을 알았을 때 느낀 동질감과 영문 모를 안도감을, 할머니에게도 들키고 싶지 않았다.

서진은 언젠가부터 옆집 문이 여닫히는 소리와 다녀왔습니다, 소리에 귀를 기울이는 자신이 해인을 피하기 위해서인지 만나기 위해서인지 알 수가 없어졌다. 외출할 때도 문 앞에서 기다렸다가 맞춰 나가기도 했지만 막상 해인을 만나면 성가신 티를 냈다. 속없는 해인은 서진이 그러거나 말거나 한결같이 실실거리기만 했다. 저런 점도 엄마와 닮은 걸까.

그리고 얼마 뒤 할머니가 돌아가셨다.

할머니에게 병이 있는 줄 몰랐다. 할머니 자신도 몰랐다. 돌아가시기 직전에야 할머니가 암에 걸렸다는 걸 알았다. 아파서 못 견딜 정도가 아니면 병원에 가지 않던 할머니에게 건강 검진 같은 건 딴 세상 얘기였다.

검은 피를 한 바가지나 쏟아 내던 할머니는 병원에 실려 가 혼수 상태가 된 지 이틀 만에 돌아가셨다. 허무하리만큼 빠른 죽음이라 서진은 슬픈 줄도 몰랐다. 삼일장이 끝나고 아버지는 곧바로 다시 일터로 내려가야 했고 서진은 빈집에 혼자 남았다.

"……."

할머니는 없는데 할머니 냄새가 났다. 집 전체에, 오히려 할머니가 있을 때보다 더, 할머니 냄새가 이상하리만큼 너무 났다. 도저히 집에 있을 수가 없었다. 무서웠다. 그 냄새가 무서워진 게 슬퍼서 또 괴로웠다.

집을 나간 서진은 종일 밖을 돌아다니다 밤이 되어서야 도로 들어갔다. 다른 곳은 쳐다볼 엄두도 내지 못하고 곧장 제 방구석에 숨죽여 이불을 뒤집어쓰고 웅크렸다.

희한한 게 눈물이 나지 않았다. 가슴이 미어지고 눈알이 빠질 것처럼 아픈데도, 장례를 치르는 동안이나 지금이나 눈물샘이 마른 것처럼 눈물 한 방울 나지 않았다. 서진은 그제야 자신이 정말로 가끔 남들에게서 듣던 후레자식이라는 게 된 것 같았다.

키워 준 할머니가 아픈 줄도 모르고 돌아가셨는데도 울 줄도 모르는 후레자식. 짐승만도 못한 독한 새끼.

그러다 저도 모르게 잠이 든 것 같았다. 무서운 꿈을 꾸었다. 눈을 뜨니 발치에 할머니가 서 있었다.

"할머니?"

불러도 할머니는 아무 말도 하지 않았다. 그저 고개를 푹 숙인 채 가만히 서 있기만 했다. 서진이 한 번 더 할머니? 하고 불렀다. 그러다 뭔가 이상한 걸 느꼈다.

할머니는 머리카락이 저렇게 길지 않은데.

이불에서 삐죽 튀어나온 제 발끝에 대롱대롱 흔들리는 허연 머리카락이 스쳤다. 차갑고 축축한 감촉에 소름이 오싹 돋았다. 서진의 몸이 덜덜 떨리기 시작했다.

"하, 할……."

할머니 같은 사람의 고개가 서서히 올라갔다. 눈을 떠야 된다고, 잠을 깨야 한다고 생각했지만 도저히 깨어나지지 않았다. 저 고개가 다 들려 얼굴이 드러나면 더 무서울 것 같았다. 그게 할머니든 아니든, 서진은 공포로 가슴이 터질 것 같았다.

쾅쾅쾅!

그때 귀청이 떨어져 나가도록 문 두드리는 소리가 들렸다. 서진이 번쩍 눈을 떴다. 누군가 물속에서 머리채를 잡아채 올린 것처럼 정신이 들었다. 헐떡이며 가쁜 숨을 토해 내는 서진의 가슴팍이 빠르게 위로 오르내렸다.

쾅쾅 소리는 꿈이 아니었다. 누군가, 진짜로 서진의 집 문을 두드리고 있었다.

"서진아."

해인이었다. 문을 열자 평소 같지 않게 조마조마한 얼굴을 한 해인이 서진을 보고 있었다.

"너, 밥 먹었어?"

"……."

"우리 집에 가자. 내가 밥해 줄게."

해인은 동의도 없이 서진을 끌고 제집으로 갔다. 집엔 아저씨도 없고 해인 혼자였다. 해인은 서진을 거실 소파에 앉혀 놓고 온갖 쿠션과 담요를 가져와 그 주변을 둘둘 에워쌌다. 마치 서진이 깨지기 쉬운 알이라도 된 듯 정성껏 둥지를 만들었다.

"자, 먹자."

돌돌 말린 서진의 앞에 해인이 내온 건 김치볶음밥이었다. 계란 프라이가 올려져 있었는데 서진의 것엔 특별히 두 개가 올라가 있었다.

"저기, 서진아……."

서진이 숟가락을 들지 않고 멍청하게 접시를 보고만 있자 해인이 안절부절못했다.

"……꿈에 할머니가 나왔어."

서진이 불쑥 말했다.

"어?"

"무서웠어."

"뭐?"

"꿈에 할머니가 나왔는데 무서웠다고."

해인이 멍하니 서진을 쳐다봤다. 고개를 든 서진도 그 얼굴을

뚫어지게 보았다. 왜 이런 말을 했는지 자신도 모르겠다. 해인이
고개를 저었다.

"그거 할머니 아니야."

"내가 잘못 봤다는 거야?"

"할머니는 지금 편히 잠들어 계실 텐데."

그런 할머니가 너를 무섭게 할 리 없다고 해인이 힘주어 말했다.

"할머니였어."

"얼굴 봤어? 확실해?"

그 말엔 대꾸를 할 수 없었다.

"할머니 아니야."

"⋯⋯."

"할머니 아니야. 그러니까 다음에 또 오면 가라고 해."

서진은 아무 말도 하지 않았다.

"아니면 우리 집으로 와. 아니, 오기 힘들면 벽 두드려. 두드리면
서 누나 불러."

"⋯⋯."

"너 우리 아파트 방음 안 되는 거 알지? 다 들려. 네가 부르면,
작게 불러도 내가 다 들을 수 있어. 네가 부르면 내가 언제든 상관
없이 금방 갈 테니까. 밤이든, 낮이든⋯⋯."

"⋯⋯."

"서진아."

"⋯⋯."

"밥, 밥 먹자. 식으면 맛없어…….."

해인의 목소리가 떨렸다. 그래도 서진이 꼼짝도 하지 않자 숟가락으로 밥을 떠서 서진의 입 앞으로 가져갔다.

"아 해."

"……."

"얼른, 아."

기계적으로 입을 벌린 서진이 입 속에 들어온 밥알을 기계적으로 씹었다. 맵고 짰다. 인식만 했을 뿐 서진의 표정은 변함이 없었다. 해인의 얼굴이 조금 밝아졌다.

"잘 먹네. 자, 한 숟가락 더."

밥술을 뜨던 해인의 눈에서 눈물이 툭 떨어졌다. 서진과 눈이 마주치자 해인은 숟가락을 든 채 어쩔 줄 몰라 하더니 왈칵 소리 내어 울음을 터트렸다.

"어어, 미안……. 내가 울면 안 되는데……. 네가 울어야 하는데……."

미안하다면서 해인은 끝도 없이 눈물을 쏟았다. 저 혼자 밥 먹으라고 숟가락을 들이밀었다 울었다 사과를 했다 하는 해인을 보며 서진도 웃어야 할지 울어야 할지 알 수가 없었다.

제 표정이 어땠는지 해인이 눈물범벅이 된 얼굴로 손을 뻗어 서진의 어깨를 감싸 안았다. 몇 번 형식적으로 빠져나가려는 시늉을 했지만 해인은 있는 힘을 다해 그를 꽉 껴안았다.

붙들린 어깨와 팔이 아팠다. 해인은 의외로 힘이 셌다. 서진은 그제야 눈물이 났다. 할머니가 돌아가시고 처음으로 흘린 눈물이 었다.

* * *

서진은 친구가 별로 없었다. 할머니 말처럼 아버지를 닮아 무뚝 뚝한 성격 탓도 있고 혼자인 게 편해 그런 성향을 거스르고 애써 친구를 사귈 정도로 필요성을 못 느낀 것도 있다.

그래도 서진은 공부를 곧잘 했기에 선생님들의 비호를 받는 편이 었다. 때문에 작은 체구와 흔히 유행하는 운동화나 점퍼 하나 없이, 가난이 여실히 드러나는 차림새에도 이렇다 할 괴롭힘은 당하지 않 았다. 그 역시 싫고 좋고 할 만큼 주위에 관심이 없기에 누군가와 그렇게 심하게 갈등을 빚은 건 5학년 때 놈이 처음이었다.

계기는 수학 시험이었다. 놈은 학교가 운영하는 수학 과학 영재 반에 속해 있었다. 영재반이란 이름은 그럴싸하지만 실제론 영재들 보단 선행 학습을 하고, 그만한 교육을 받을 만한 가정 환경을 가진 아이들이 대다수였다. 놈이 진짜 영재인지 뭔지는 모르지만 일단은 나름 자부심이 있었던 것 같다. 그런데 그보다 서진이 더 높은 점수 를 받은 것이다.

놈은 돈도 많고 호전적인 성격에 덩치도 웬만한 중학생 못지않았 다. 당시 키가 거의 170에 육박했으니 주위에 그를 건드릴 사람은 아무도 없었다.

서진도 그가 자신을 백안시하는 걸 알고 있었다. 서진은 눈치가 없지 않았다. 다만 대체로 주위에 일어나는 일들에 무관심해서 티를 잘 내지 않는 것뿐이었다.

그렇게 차곡차곡 쌓인 불씨가 터진 건 2학기도 거의 끝나 갈 무렵이었다. 끈질기게 서진을 자극하던 놈이 별안간 해인을 들먹였다. 언젠가 해인과 서진이 함께 가던 걸 우연히 본 모양이었다.

어떤 도발에도 반응이 없던 서진이 그제야 좀 반응을 보이자 놈은 신이 나 더 물고 늘어졌다. 그 속을 훤히 알아도 서진은 무덤덤할 수 없었다. 해인이 놈의 입에 오르는 자체가 진저리날 정도로 싫었다.

싸움이 일어났고 일단 일어난 싸움에선 이겨야 했다. 체급 차이가 월등했기에 서진은 도구를 쓸 수밖에 없었다.

선방도 놈이 먼저 날렸고 맞기도 서진이 훨씬 더 많이 맞았는데, 그 이유 하나로 서진은 일방적 가해자가 됐다. 아니, 어쩌면 그 이유 하나가 아닌지도 몰랐다. 서진에겐 돈도 없고 친구도 없고 학교를 문턱이 닳게 드나드는 보호자도 없었다. 이유는 무수히 많았다.

서진의 보호자 연락처란엔 여전히 학기 초에 제출한 돌아가신 할머니의 번호만 기록되어 있었다. 서진은 끝내 아버지의 연락처를 말하지 않고 등교 거부를 했다. 어차피 아파서 학교에 나가기도 힘들었다.

설령 아버지와 연락이 된다 해도, 당장 학교로 와서 무릎 꿇고 사과하라는 녀석 부모의 요구를 들어줄지도 의문이었다.

서진에게 아버지는 늘 좀 어려운 존재였다. 오래된 사진 속 그는 다른 사람이 아닐까 싶을 정도로 활짝 웃고 있는데, 실제로 서진이 본 그는 표정이랄 게 없었다. 집에 하나뿐인 앨범을 보고 서진이 알아챈 사실은 어머니의 죽음 이후 훅 줄어든 앨범 속 사진 수만큼 아버지의 얼굴에도 웃음이 사라졌단 거였다.

할머니는 종종 서진의 어머니가 죽으면서 아버지의 마음도 같이 가져갔다고 했다. 외곬수라 하나밖에 모르던 아버지는 아내가 죽으며 자신의 마음도 함께 죽어 버린 거라고.

하지만 서진은 아버지가 그렇게 로맨티시스트일 것 같지는 않았다. 검게 그을리고 광대가 툭 도드라질 정도로 마른 얼굴에 그보다 더 메마른 눈빛을 한 남자의 어디에서도 그렇게 지극히 아내와 아들을 사랑했다는 면모는 찾아볼 수 없었다.

서진은 학교에 가지 않는 내내 집에만 틀어박혀 혼자 끙끙 앓았다. 몸도 몸이지만 얼굴에 난 상처 때문에 혹시 해인과 마주치기라도 할까 꼼짝도 하지 않았다.

자존심 상했다. 이런 못생긴 얼굴을 보여 주고 싶지 않았고, 이렇게 얻어맞은 꼴도 보여 주기 싫었다. 싸움에서도 결국 졌다는 사실을 해인만은 몰랐으면 했다. 마지막에 제가 밀걸레로 후려쳐서 놈을 쓰러트리긴 했지만 그전까진 일방적으로 얻어맞고만 있었던 게 사실이었다.

제 힘이 좀만 더 셌더라면, 덩치가 좀만 더 컸더라면 단박에 놈을 쓰러트릴 수 있었을 텐데.

그랬다면 해인도 저를 좀 다르게 봐 줬을까?

저도 모르게 든 생각에 서진은 떨쳐 내듯 고개를 세게 저었다. 왜 자꾸 이런 이상한 생각이 드는지 모르겠다.

최근 꿈에 해인이 나오는 일이 잦았다. 특별한 내용은 아니고 현실에서 하는 것처럼 같이 놀거나 TV를 보거나 밥을 먹거나 하는 게 전부였지만 서진은 깨고 나서 늘 기분이 좋지 않았다. 왜 자꾸 꿈에 해인이 나오는지 그것 자체가 싫었다.

그러나 피하는 데도 한계가 있어 서진은 슈퍼에 갔다 오는 길에 해인과 딱 마주치고 말았다. 낮 시간이라 당연히 학교에 갔을 줄 알았는데 마침 그날이 해인의 현장 학습 날이었을 줄은 서진이 알 도리가 없었다.

"야, 최서진 너 이 시간에 왜 여기 있어?"

해인이 눈을 부릅뜨고 묻는 것에 서진은 무슨 핑계를 대는 것도 잊었다. 게다가 서진의 광대엔 아직도 녀석에게 맞아 생긴 멍이 다 가시지 않은 상태였다.

자초지종을 들은 해인이 욕을 랩처럼 입에서 쏟아 내며 다른 다친 곳은 없냐고 억지로 서진의 옷을 벗기려 들어 기겁을 하고 말려야 했다.

"그래도 학교는 가야지."

실컷 욕을 했는지 해인이 한풀 꺾인 어조로 딱 잘라 말했다. 서진이 인상을 찌푸리며 무슨 말을 더 하기도 전에 뒤이어 덧붙였다.

"내가 같이 갈게."

해결책이랍시고 내놓은 게 어이가 없었다. 진심으로 본인은 그게 괜찮은 아이디어라고 생각하는 게 더 기막혔지만 서진은 왠지 말릴 마음이 들지 않았다.

다음 날, 해인은 학교에 아프다고 거짓말을 하고 결석했다. 그러고선 비장하게 서진의 손을 잡고 그의 학교로 향했다. 평소엔 제멋대로 입으면서 단정하게 목 끝까지 단추를 채운 교복을 깔끔히 차려입은 걸 보니 웃음이 났다.

"제가 최서진 보호자인데요."

누나라는 말에 담임은 서진에게 네게 누나가 있었냐는 황당한 시선을 보냈다. 뒤늦게 연락을 받고 온 놈의 부모는 해인과 서진을 보고 이게 지금 장난 같냐고 더 길길이 날뛰었다.

하지만 해인은 당당했다. 죄송하다고 깊게 허리를 숙여 사과를 하며 앞으로 제가 잘 타이를 테니 부디 이걸로 용서해 달라고 했다. 물론, 통하지 않았다.

해인이 서진과 아무 관계도 없는, 그저 옆집 누나라는 사실을 알자 놈의 부모는 자신들을 조롱한다며 더 격분했다. 결국 해인의 아버지가 소환되었고, 그사이를 못 참고 해인은 어미도 없고 근본도 없는 것들이란 말에 화가 나 놈의 부모와 싸움을 벌였다. 서진은 말 없이 그 난장판을 지켜보며 차라리 자기 혼자 오는 게 더 나을 뻔했다는 생각을 했다.

해인의 아버지까지 오고 나서야 일은 마무리되었다. 놈의 부모는 서진의 반을 바꿔 주길 요구했고, 받아들여졌다. 아예 서진을 전학 보내고 싶어 했지만 그것만은 봐 달라고 교장까지 나서자 한발 물러섰다. 교장은 서진이 내년 수학 경시대회에서 학교 이름을 떨쳐주길 기대하고 있었다.

그렇게 해인의 아버지에게 혼이 나고 그가 일터로 돌아간 후, 서진과 해인 둘이서 집으로 가던 길이었다.

"배고프다. 너 돈 좀 있어?"

패잔병처럼 걷던 해인이 물었다.

"없어."

"나 천 원 있는데."

편의점에서 작은 컵라면 하나를 사서 나눠 먹었다. 서진은 딱히 배가 고프지 않았지만 악착같이 젓가락을 가져다 댔다. 실상은 시늉만 할 뿐 서진은 거의 먹지 않았는데 해인은 배가 하나도 안 찬다며 툴툴거렸다.

마침 점심때라 근처 식당에서 맛있는 냄새가 흘러나왔다. 그때 편의점 맞은편에 있는 고급 한정식집 주차장에 커다란 차 두 대가 멈춰 서는 게 보였다. 거기서 놈의 부모님과 담임, 교장이 함께 내리는 것도 보였다.

해인과 서진의 눈이 마주쳤다. 무덤덤한 얼굴을 한 서진을 가만히 내려다보던 해인은 한 번 더 식당 쪽을 바라보고 말없이 서진의 손을 힘주어 잡았다.

그리고 얼마 후, 학교 주차장에 있던 담임과 교장의 차가 날카로운 것으로 박박 긁히는 테러를 당했다.

"네가 그랬지?"

아파트 앞에서 해인을 기다리고 있던 서진이 해인을 보자마자 물었다.

"아닌데?"

해인은 뻔뻔하게 말했다. 서진이 한숨을 쉬었다.

"무슨 일이냐고 묻지도 않아?"

"너야말로 아니야?"

"뭐?"

"네가 그런 거 아니냐고."

"아냐."

"그래, 그렇게 대답해. 누가 물어보면."

해인이 씩 웃으며 서진의 어깨를 툭툭 두드렸다.

"야, 집에나 가자. 배고프다."

서진은 말문이 막혔다. 해인은 아이돌 연습생이었다. 해인이 혹시라도 훗날 문제가 될 물의를 일으키지 않기 위해 정말 모범적으로 산다는 걸 서진도 알고 있었다.

"고해인."

"누나."

"……떡볶이 먹을래?"

"콜, 늦게 도착한 사람이 쏘기!"

해인이 서진의 등을 퍽 치고 냅다 달리기 시작했다. 엉겁결에 뒤따라 달리는 서진을 돌아보더니 갑자기 손을 뻗어 그를 잡고는 제게로 당겼다.

달리던 관성 탓에 제때 멈추지 못한 몸이 거의 가슴끼리 맞닿을 정도로 바짝 붙었다. 놀라 얼어붙은 서진의 귓가에 입술을 대고 해인이 귓속말을 흘려 넣었다. 황혼에 물든 긴 머리카락이 바람에 날려 둘을 감싸고 그들의 비밀마저 가려 주는 듯했다.

"사실, 그 부모 차에도 했어."

그러고는 환하게, 은밀하게 웃었다. 개구진 어린아이처럼, 티 없이 맑은 하늘 같은 웃음이었다. 서진은 갑자기 숨이 막히고 눈앞이 아찔하게 밝아지는 것 같았다. 그늘진 서진의 마음 한 귀퉁이에 볕이 드는 순간이었다. 인생 최초의 양지였다.

* * *

해가 바뀌어 열세 살이 된 후에도 해인은 계속 서진의 꿈에 나왔다. 그런데 꿈의 양상이 좀 달라졌다.

"……."

아침부터 자괴감에 빠졌다. 세면대에서 속옷을 빨며 서진은 바로 앞에 있는 거울과 눈이 마주칠까 고개도 들지 못했다. 하지만 곧바로 더 마주 보기 힘든 사람을 마주치고야 말았다.

"어이, 최서진. 학교 일찍 가네?"

서진은 아무 말도 하지 않고 해인을 쳐다보지도 못한 채 애꿎은 옷자락만 쥐었다 폈다 했다. 그가 눈도 마주치지 않고 미간만 구기고 있자 해인이 어깨로 그의 어깨에 통 부딪쳐 오며 장난스럽게 물었다.

"아침부터 또 뭐가 그렇게 불만인데."

저 고등학교 하복이 지나치게 해인과 잘 어울렸다. 그게 불만이었다. 여전히 입을 꾹 다문 서진에게 해인은 무람없이 팔짱을 꼈다. 서진이 혼비백산하며 팔을 빼내고 도망치듯 성큼성큼 걸음을 옮겼다. 뒤에서 해인이 낄낄대는 소리가 들렸다.

'왜 이런 가벼운 행동을 하지.'

자기가 이런 반응을 보이니 재미있어서 더 그런다는 걸 안다. 그렇다는 건 다른 사람에게도 똑같이 그런단 소리겠지. 재미가 있으면 있는 대로, 없으면 없는 대로.

'조신하지 못하게.'

가볍기가 아주 깃털 같다. 괜히 약이 올라 서진은 빠른 걸음으로 씩씩대며 걸었다. 겨울엔 그나마 괜찮은데 여름엔 옷이 얇아 팔짱을 끼면 굳이 바짝 몸을 붙이지 않아도 금세 가슴이 팔뚝에 스친다. 그 생각을 하니 더 화가 나 몸이 열기구처럼 뜨겁게 부풀어 오르는 것 같았다.

'가볍고, 경솔하고, 유치하고, 경박하고…….'

자꾸 저런 짓을 하니까 저도 자꾸 그런 이상한 꿈을 꾸는 거다. 서진은 심각하게 해인을 좀 멀리해야겠다 생각했다. 너무 해인과만 놀아서, 눈에 보이는 사람이 해인뿐이니 해인 꿈만 꾸는 거다.

관심사를 좀 분산할 필요가 있다.

"서진아, 우리 내일 영화 보러 가는데 너도 갈래?"

금요일 방과 후, 반 여자애가 권해 오는 것에 서진은 습관처럼 고개를 저으려다 잠깐 고민한 뒤 좋다고 했다. 또래 애들과도 어울려 보면, 그럼 해인을 상대로 그런 꿈을 꾸거나 이상한 기분이 드는 것도 덜하지 않을까.

[야 최서진, 영화 보자. 튀어 와.]

하지만 역시 또래 애들과 노는 건 내키지 않았다. 토요일 오전 눈을 뜨자마자 해인이 보낸 문자를 확인한 서진은 일말의 고민도 없이 약속을 깨고 해인의 집으로 갔다. 온갖 사람이 다 모인 밀폐된 공간에 꼼짝도 못 하고 앉아 영화를 보니, 편한 해인의 집에서 텔레비전으로 보는 게 훨씬 나을 것 같아서 한 선택이었다.

해인은 서진이 오자마자 잠깐 슈퍼에 갔다 오겠다고 했다. 현관까지 나가 신발을 신더니 지갑을 깜빡했다며 제 방에서 지갑 좀 가져다 달라고 했다.

"귀찮게. 네가 가져가."

"신발 도로 벗기 싫어."

"……."

"빨리빨리."

서진은 할 수 없이 해인의 방으로 들어갔다. 제집만큼이나 자주 드나드는 옆집이지만 해인의 방에 들어간 적은 손에 꼽았다. 늘 창을 통해 봐 왔던지라 눈을 감고도 구조를 그릴 수 있었지만 직접 그 안에 들어가는 것은 또 달랐다.

왠지 숨을 쉬기 힘들어 서진이 얕은 숨을 조금씩 뱉으면서 엉망으로 어질러진 책상 위에서 지갑을 찾아 가져다주었다. 그 와중에 침대 위에 벗겨진 뱀가죽처럼 아무렇게나 늘어져 있는 해인의 잠옷이 보였다. 서진은 못 볼 것을 본 것처럼 얼른 고개를 돌렸다.

"금방 갔다 올게."

해인이 나갔다. 날이 흐려 집 안이 어두컴컴했다. 서진은 거실 소파에 옹송그리고 앉았다. 자꾸만 해인의 방문 쪽으로 향하는 시선을 부여잡으려 서진은 무릎을 세우고 팔을 둘러 제 몸을 묶었다. 가시 갑옷을 뒤집어쓴 고슴도치처럼 방어적인 자세로 필사적으로 해인의 침대와 그 위에 널브러져 있는 잠옷 따위를 떠올리지 않으려고 애를 썼다.

얼마간 시간이 흐른 후 현관에서 삑삑거리는 소리가 들렸다. 서진이 발딱 고개를 세웠다. 활짝 문이 열리자 쏴 하는 빗소리와 함께 습기 찬 바람이 실내로 밀려왔다.

"야, 밖에 비 엄청 와."

그 말대로였다. 흰 티셔츠 한 장만 달랑 입고 나간 해인은 어느새 흠뻑 젖어 물에 빠진 생쥐 꼴이었다. 서진의 눈이 화등잔만 해졌다.

"너, 그게, 무슨 꼴이야……."

"뭐가."

"왜 옷이……."

"비 온다니까. 갑자기 소나기가 내리잖아."

뛰어왔는데도 다 젖었다며 해인이 들고 있던 봉지에서 음료수와 과자를 꺼내 탁자 위에 놓았다. 에어컨을 켠 탓에 문이 꽁꽁 닫혀 있었고, 영화를 보겠다고 커튼을 다 내려놓은 탓에 서진은 비가 그 렇게 오는 줄도 몰랐다.

"그럼 날 부르지."

"휴대폰 안 가져갔어."

휴대폰을 왜 안 갖고 다니냐고 따지려던 서진이 고개를 돌렸다. 해인이 손가락을 집게처럼 만들어 몸에 들러붙은 티셔츠를 떼어 내 고 있었다. 막 켠 형광등 불빛 아래 안쪽의 속옷 형태가 다 비칠 정 도였다.

"……옷부터 갈아입어."

서진이 그쪽을 보지도 못하고 겨우 말했다. 귀가 뜨거워지고 있 었다.

"감기 걸려."

"여름에 감기는 무슨."

해인은 코웃음을 쳤지만 역시 찝찝했는지 옷을 갈아입겠다며 방 으로 들어갔다. 그러곤 벗은 옷을 뭉쳐 곧바로 빨래함에 내던지고 욕실로 들어갔다. 젖은 옷을 그러면 어떡하냐고 서진이 잔소리를 했지만 해인은 괜찮다고만 했다.

"괜찮기는."

서진이 오만상을 찌푸린 채 해인의 옷을 도로 꺼냈다. 당장 빨 게 아니면 어디 널어서 말린 후에 빨래함에 넣어야 할 것 같았다. 옷을 쥔 순간 서진이 멈칫했다. 젖은 티셔츠와 반바지에서 해인의 냄새가 물씬 났다.

가슴이 뛰고 입에 침이 고였다. 손이 덜덜 떨리는 게 제 눈으로 도 보였다.

"아 씨……."

저도 모르게 얼굴이 옷으로 향했다. 숨을 한 번 들이쉬자 쿰쿰한 비 냄새와 들큼한 해인의 살 냄새가 났다. 갑자기 급격히 아랫배가 뻐근해졌다. 당황한 서진이 어쩔 줄 몰라 하는데 해인이 욕실에서 나왔다.

"뭐 해?"

"……."

"그거 안 말려도 된다니까."

"되긴 뭐가 돼!"

냅다 서진이 고함을 질렀다.

"고, 고, 곰팡이 펴!"

"엉?"

"곰팡이 핀다고!"

알았다고, 왜 화를 내냐는 해인을 향해 옷을 던지다시피 건네고 서진은 소파로 돌아왔다. 구석에 몸을 구겨 넣듯 앉아 쿠션으로 하 체를 꾹 눌렀다. 아무것도 모르고 옷을 널고 돌아온 해인이 털썩 서진의 옆에 앉았다. 좀 떨어지라고 했지만 늘 그렇듯 해인은 들은 척도 하지 않았다.

"뭐 볼래? 아빠도 없는데 우리 야한 영화 볼까?"

"싫어. 좀!"

"흐흐흐. 내숭 떨긴. 내가 널 위해 봐 둔 게 있어."

"뭐, 뭘 봐 둬?"

"보면 알지. 튼다."

"싫다고! 틀지 마. 너 진짜 틀지 말라고 했다……!"

서진이 난리를 치는데 해인이 음흉하게 웃으며 플레이 버튼을 꾹 눌렀다. 서진이 눈을 부릅뜬 채 그대로 얼어붙었다.

이윽고 화면을 가득 메운 오프닝은 유명한 전체 관람가 애니메이션이었다. 그 흔한 키스 신조차 찾아볼 수 없을 것 같은.

"맞잖아, 야한 거. 나중에 저기 토끼랑 늑대랑 뽀뽀해."

서진은 무슨 말을 더 할 기력도 없었다.

"너 아직 키스 같은 거 안 했지? 커서 해라. 누나보다 먼저 하면 안 된다."

"……좀 닥쳐."

한 번 째려봐 줬다. 하지만 그 말이 자기도 아직 안 해 봤다는 뜻임을 깨닫자 서진은 갑자기 하늘을 날 것 같은 기분이 들었다. 해인이 또 무슨 말로 어떻게 놀려도 일주일 정도는, 아니, 한 달 정도는 더 참아 줄 수 있을 것 같았다.

영화가 후반부로 치달으며 서진도 덩달아 집중도가 오르며 좀 진정이 됐다. 하지만 위기는 곧바로 다시 찾아왔다. 툭, 하고 해인의 손에서 들고 있던 과자가 떨어졌다. 보니 어느새 해인은 잠들어 있었다.

"……."

고 3인 데다 이제 곧 데뷔가 코앞이라고 연습에 한층 더 박차를 가하다 보니 많이 피곤할 터였다. 그 와중에도 시간이 나면 저와 보내려 한다는 걸 서진도 알고 있었다. 최근엔 다이어트 때문에 스트레스 받는다고 우는소리를 하지도 않는데, 한창 살 뺀다고 난리칠 때보다 얼굴이 더 마른 것 같다.

"피곤하면 그냥 잠이나 잘 것이지 무슨 영화를 본다고……."

괜히 꿍얼대며 조심스럽게 자리에서 일어난 서진이 구기고 있던 해인의 다리를 제가 앉아 있던 쪽으로 쭉 폈다. 쿠션에 머리를 기대 편하게 자세를 잡아 준 다음, 가벼운 여름 이불을 가져다 덮어 주고 자신은 바닥에 내려와 앉았다.

숨죽인 채 잠든 얼굴을 쳐다보았다. 솜털이 보송보송한 볼과 도톰한 입술이 보였다. 눈을 감고 있는데도 똑바로 그 얼굴을 쳐다보기가 힘들었다.

서진의 목울대가 울렁였다. 뭐에 홀린 듯 서진은 해인에게로 제 얼굴을 가까이 가져갔다. 불가항력이었다. 도저히 제 힘으로 막을 수 없는 끌림과 충동이었다.

입술이 닿았을 때보다 뗐을 때 가슴이 터져 죽을 것 같았다. 이렇게 심하게 쿵쾅거리는데 자신이 살아 있다는 게 놀라웠다.

같은 날이다. 서진과 해인은 같은 날 첫 키스를 했다.

서진은 곧 죽어도 좋을 것 같았다.

* * *

초등학교 졸업식 날, 서진을 축하하기 위해 찾아온 사람은 해인 뿐이었지만 서진에겐 그걸로 충분했다. 꽃다발 산 값을 해야 한다 며 학교 구석구석 서진을 끌고 다니며 사진을 찍어 대던 해인은 서 진이 열댓 번쯤 그만하자는 말을 하고서야 휴대폰 카메라를 내리고 서진을 데리고 밥을 먹으러 갔다.

TV 광고에서만 보던 프랜차이즈 패밀리 레스토랑인 그곳은 서진 이 태어나 처음으로 가 본 뷔페였다. 처음으로 팥이 아닌, 케이크나 과일이 올려진 빙수를 사 준 사람도, 쓰기만 한 게 아니라 삼각뿔 모양의 생크림이 올려진 맛있는 커피가 있다는 걸 알려 준 사람도, 이름도 외우기 힘든 아이스크림 서른한 가지 맛을 다 보여 준 사람 도 모두 해인이었다.

서진은 해인 덕분에 초밥의 맛을 알 수 있었고, 대게를 쉽게 살 만 빼먹는 방법을 알았으며, 반 아이들과 우르르 몰려간 샐러드 바 에서도 어리숙하게 굴지 않을 수 있었다.

그런데도 해인은 자신이 서진에게 뭘 했는지 하나도 몰랐다. 해인 은 늘 그랬다. 바람처럼 뭐든 마음에 담아 두지 않고 잘 잊고 잘 흘 려보냈다. 서진은 그 바람을 어떻게 잡아 둬야 할지 알 수가 없었다.

가끔은 너무도 막막해서 까마득한 절벽에 서 있는 기분이었다.

"서진이 잠깐 선생님 좀 볼래?"

조례 후 부르는 선생님을 따라간 자리에서 서진은 특별반을 권유받았다. 특목고를 목표로 하는 학생들 위주로 꾸려진 반이었는데 서진은 거절했다.

돈도 없었지만 시간적 여유도 없었다. 중학생이 되고부터는 아르바이트를 해서 다른 데 쓸 시간이 없었다. 봄에 해인이 속한 아이돌 그룹이 데뷔를 했다. 누군가를 응원하고 지지하는 일에는 돈이 든다. 서진이 해인 몰래 사서 박스째 숨겨 둔 음반 수만큼 서진의 생활비가 비었다.

팬 카페도 가입하고 조공에도 참여하고 굿즈도 사고 나중에 콘서트도 가려면 열심히 돈을 모아 두어야 했다. 남들만큼은 하고 싶었다. 세계 최고의 팬은 못 되어도 평범한 여타 팬들이 하는 만큼은 자기도 하고 싶었다.

선생님은 안타까워하며 그래도 아버지와 꼭 한 번 상담해 보라며 안내문을 서진의 손에 억지로 들려 주었다. 교무실을 나온 서진은 무성의한 눈으로 안내문을 한 번 훑어보고 그대로 가방에 대충 쑤셔 넣었다.

아버지.

할머니가 돌아가시고부터는 그나마 두어 달에 한 번씩 집에 들르던 것도 줄었다. 생활비는 날짜에 맞춰 꼬박꼬박 통장으로 입금되었지만 그때만 하는 전화 통화도 1분 미만이었다. 아들이 점점 커

갈수록 도리어 줄어드는 것 같은 아버지는 매번 낯선 눈으로 아들을 보았다. 어떨 땐 겁먹은 눈 같기도 했다.

그쯤 되어서야 서진은 알 것 같았다. 할머니 말씀이 맞았다.

아버지는 도망치는 중이었다. 자랄수록 아내를 닮아 가는 아들에게서, 아내의 부재를 떠올리게 하는 집에서, 의미 없는 생을 지리멸렬하게 반복하며 단 한 사람에게만 주었다는 마음이 사라져 버린 세상에서 끝도 없이 도망치는 중이었다.

그 도망이 끝난 건 짓밟힌 낙엽들로 거리가 지저분하게 얼룩이 진 늦가을이었다.

공사 현장에서 크레인이 전도되는 사고가 났다. 총 세 명의 사상자를 낸 사고에서 사망자는 서진의 아버지뿐이었다.

"그래도 오래 고통스럽진 않았을 거다."

소식을 듣고 서진은 곧장 공사 현장이 있던 지방으로 내려갔다. 작은 도시의 하나뿐인 종합 병원 장례식장에 아버지의 시신이 안치되어 있었다. 사고 이후 구급차로 이송되던 중에 사망한 아버지의 임종을 지킨, 아버지의 친구이자 직장 동료인 김씨 아저씨가 서진을 맞으며 위로하듯 말했다.

"장례식은 어떻게 할 작정이니?"

아저씨가 물었다.

"네가 괜찮다면 여기서 치르는 건 어떠냐. 아저씨들이 도와줄 수도 있고."

서진은 고개만 끄덕였다. 굳이 서울로 돌아간다 해도 딱히 맞이할

조문객은 없었다. 아버지의 원대로 서울에서 아버지의 자취는 지워진 지 오래였다. 차라리 여기서 다 정리하고 올라가는 게 여러 사람 편할 것이다.

"희연아, 라고 했다."

"네?"

"죽은 네 어머니 이름을 불렀어……."

아버지의 마지막 말을 전하는 김씨 아저씨의 눈이 순식간에 붉게 달아오르더니 굵은 눈물이 뚝뚝 떨어졌다. 서진은 남 일처럼 멍하니 그 광경을 쳐다보았다. 저렇게 나이 많은 남자 어른이 우는 건 실제로 처음 보았다. 슬프기보단 이상한 느낌이었다.

"그럼 이제 아들 혼자 남은 거야?"

"그렇다네. 아직 저렇게 어린데……."

"어쩜 복이 없어도 저렇게 없을까, 쯧쯧."

"그러게."

밤새 고스톱을 치며 술을 마시던 아버지 동료들의 대화 일부가 빈소에 쪼그리고 앉아 있는 서진의 귀에 들어왔다.

이틀 내내 그들은 서진과 함께 자리를 지켜 주었다. 장례가 잔치라도 되는 양 웃고 떠들다가도 시간이 되면 다른 사람이 된 것처럼 곡을 했다. 서진 대신 조문을 온 회사의 높으신 분들에게 악다구니를 퍼붓기도 하고, 서진은 모르는 조문객의 손을 덥석 잡고 와 줘서 고맙다고 울어 주기도 하던 그들 덕에 장례식장이 쓸쓸하진 않았지만 또 그들 때문에 외로워지기도 했다.

"서진아……."

들릴 리 없는 목소리에 고개를 들자 빈소 앞에 해인과 그 아버지가 서 있었다. 자정을 훌쩍 넘긴 시각이었다. 아저씨는 몰라도 해인까지 올 줄은 몰랐기에 서진은 놀라 자리에서 벌떡 일어났다.

영정에 절을 하고 서진과 같이 상주석을 지키고 있던 아저씨를 향해 맞절을 하며 해인은 머리가 바닥에 닿을 정도로 깊게 숙였다. 그리고 고개를 들었을 때 얼굴은 이미 온통 눈물로 젖어 있었다.

"잠깐 나갈래?"

앞에 놓인 육개장에는 손도 대지 않은 채 소리도 없이 훌쩍이고만 있는 해인의 어깨를 툭 치며 서진이 말했다. 허락을 구하듯 옆에 앉아 있는 아저씨를 쳐다보자 아저씨는 그러라는 듯 고개를 끄덕였다.

고맙다고 희미하게 눈인사를 보내고 서진은 해인과 함께 장례식장 밖으로 나왔다. 인적이 드문 벤치에 앉아 시원한 밤바람을 맞자 자신이 얼마나 향냄새에 찌들어 있었는지 알 것 같았다.

"어떻게 왔어? 일 안 해?"

서진은 가로등 불빛에 의지해 하염없이 해인의 얼굴을 쳐다보았다. 눈을 뗄 수가 없었다. 그즈음 해인의 그룹은 슬슬 인지도가 올라가기 시작해서 거의 얼굴을 볼 수 없었다.

데뷔를 하고도 했는지 안 했는지 헷갈릴 만큼 한가했던 초반엔 서진을 찾아와 술도 마시고 신세 한탄도 하던 해인은 이제 텔레비전에서 훨씬 자주 보였다.

해인이 훌쩍이며 말했다.

"······내일 스케줄 없어. 아니라도 와야지."

"뭐 하러 그래. 뭐 그렇게 대단한 일이라고."

말이 끝나자마자 해인의 주먹이 날아들었다.

"그렇게 센 척이 하고 싶어?"

"······."

"이게 그렇게 쿨한 척할 일이야?"

"그럼 어떡해."

서진이 웃자 해인이 멍하니 그 얼굴을 쳐다보았다.

"웃어야 복이 온다잖아. 가뜩이나 박복한데 웃기라도 해야지."

"박복? 박복이라니. 누가 그래? 누가 너한테 박복하대?"

해인이 순식간에 눈물이 말라 버린 얼굴로 화를 냈다. 저 반박이 듣고 싶어 억지로 허세를 부린 저는 역시 어딘가 꼬인 사람이었다.

"곧 고아원 갈 처지가 안 박복하면 누가 박복해."

"고, 고아원?"

해인이 한 방 맞은 것 같은 표정을 지었다. 말끝이 꺾이듯 올라갔다.

"고아원? 너 고아원 가?"

"아마도."

맡아 줄 친척도 친지도 아무도 없다. 서진은 말 그대로 끈 떨어진 연 같은 신세였다. 없는 아버지나 다름없다고 생각했는데 막상 진짜 없어지고 나니 알겠다. 서진은 이제 어디에도 속하지 못했다. 돌아오지도 떠나지도 못하고 영원히 컴컴한 허공을 맴도는 우주

쓰레기나 마찬가지였다.

옆에서 해인의 숨소리가 거칠어지는 게 들렸다. 겨우 그쳤나 싶더니 또 우는 모양이다. 안 그렇게 보이는데 해인은 은근 울보였다. 드라마를 보다가도 별것 아닌 장면에서 금방 눈물이 그렁그렁 고이곤 했다.

서진은 우는 해인의 얼굴을 한 조각도 놓치기 싫어 뚫어지게 쳐다보았다. 간지러운 아픔에 가슴이 따끔거렸다. 웃음처럼 눈물도 헤픈 게 싫으면서도 저 때문에 우는 건 좋기도 했다.

"거, 걱정 마!"

해인이 눈물을 닦을 생각도 하지 않고 외쳤다. 가을밤 깊은 어둠 속에 해인의 음성이 울려 퍼졌다.

"너 고아원 안 가도 돼."

"······."

"내가 아빠한테 말할게. 말해서 너 입양하라고 할게!"

서진의 턱이 스륵 벌어졌다.

"뭐?"

"너라면 아빠도 반대하지 않을 거야! 내가 얘기하면······."

"······무슨 소릴 하는 거야?"

서진의 얼굴이 붉게 달아올랐다.

"무슨 그런 말도 안 되는······. 아저씨한테 그딴 소리 할 생각 하지 마."

골이 지끈지끈 아팠다. 향냄새에 취한 것처럼 잠을 자지 못해 내내 몽롱했던 정신이 확 깨는 것 같았다.

"농담 아니야. 아저씨한테 입양 비슷한 말도 꺼낼 생각 하지 마."

해인은 서진이 왜 거부하는지 이해하지 못하겠다는 얼굴이었다.

"그, 그럼…… 그럼, 내가 너 입양할게!"

"……야."

"나 이제 성인이잖아. 돈도 벌고 있고, 할 수 있을 거야. 내가 네 엄마가 되면……."

"제발 좀, 미친 소리 좀 하지 마!"

서진이 참지 못하고 버럭 소리를 질렀다. 해인도 지지 않고 언성을 높였다.

"그럼 진짜로 고아원 가겠다고?"

"고아가 고아원 가는 게 뭐!"

"네가 왜 고아야. 내가 입양한다니까! 내가 책임질게!"

서진은 그동안 해인의 얼토당토않은 수많은 제안들에 익숙해졌다고 생각했다.

아니었다. 서진은 해인을 과소평가하고 있었다.

"싫어!"

과연 실현 가능성이 있느냐는 차치하고, 해인이 제 누나나 엄마가 되느니 차라리 고아원에 가는 편을 택하겠다.

서진이 자리에서 벌떡 일어났다.

"네가 왜 내 엄마가 돼? 아저씨가 왜 우리 아빠가 되냐고. 싫어, 싫다고!"

서진이 매몰차게 쏘아붙였다.

"네가 뭔데? 네가 진짜 나랑 뭐라도 된다고 생각해? 선 넘지 마. 우린 그냥 옆집에 사는 이웃 그 이상도 이하도 아니야. 누가 너랑…… . 너랑 가족이 될 바엔 그냥 고아원에 가는 게 나아!"

진심이긴 했지만 그렇게까지 말할 필요는 없었다. 하지만 서진도 필사적이었다. 혹시 정말로 그런 일이 생길까 봐, 어느 날 눈 뜨고 일어나면 갑자기 해인이 제 누나나 엄마가 되어 있을까 봐 겁이 나 말을 고를 틈이 없었다.

"넌 네가 뭐라도 되는 줄 알지. 영웅병에 걸려서 남 일에 일일이 다 간섭하지 않으면 못 견디겠지? 그건 상관없는데 네 자선 사업에 나는 빼 줘. 동정 따위 필요 없으니까."

서진이 눈에 불을 켜고 해인을 노려보며 빳빳이 고개를 세웠다. 평소처럼 이 새끼가 누나한테 무슨 말버릇이야? 하는 호통이 되돌아오길 기다렸지만 해인은 화를 내지 않았다. 그저 묵묵히 서진을 쳐다보기만 했다.

장례식이 끝나고도 서진은 며칠 더 그 도시에 머물렀다. 얼마 안 되는 유품과 아버지의 거취를 정리하고 서울로 돌아왔다.

학교보다 해인을 먼저 찾았지만 연락이 닿지 않았다. 그즈음 해인은 개인 휴대폰도 없었고 숙소 생활을 해서 집에도 들어오지 않았다. 여행을 갔는지 어쨌는지 아저씨조차 보이지 않았다.

애가 탔지만 서진은 기다렸다. 그사이 모든 게 변했다. 핑핑 돌아가는 만화경 속에 들어간 것 같았다. 집도, 학교도 제 몸뚱이만

제외한 인생 전체가 너무도 빨리 변해 눈이 돌아갈 지경이었지만 서진은 고요하게 오직 해인만 생각했다.

다시 만나면 미안하다고 해야지. 제가 말이 너무 심했다고.

해인은 이해해 줄 것이다. 늘 그랬듯, 멀리서 보면 두 사람의 관계는 해인이 억지로 매달리고 서진이 받아 주는 것 같지만 실상은 그 반대였다. 필사적으로 붙어 있는 건 언제나 서진이었다.

보육원으로 거주지가 바뀐 뒤에도 서진은 매일 아파트를 찾았다. 뭔가 이상하다고 생각했을 땐 해인의 집에 다른 사람이 살고 있었다.

서진은 결국 해인의 소식을 인터넷에서 보게 되었다. 급작스럽게 터진 기사는 해인이 건강상의 이유로 그룹을 탈퇴하고 일체의 연예계 생활을 중단한다는 내용이었다.

믿을 수가 없었다. 해인은 아이돌을 꿈꾸며 10대 시절을 보냈다. 그거 하나밖에 몰랐다. 그런 해인이 그렇게 쉽게 꿈을 포기할 리 없었다. 건강상의 문제라면 얼마나 아프길래, 휴식도 아니고 아예 그룹을 탈퇴한다는 거지?

서진은 반쯤 정신이 나갔다. 매일매일 해인이 소속되어 있던 회사로 찾아가고 해인을 알 만한 사람이라면 누구든 찾아가 매달렸다. 하지만 아무런 소득이 없었다.

책임진다고 했는데 왜 아무 말도 없이 사라져 버렸을까. 수없이 흘린 실없는 말처럼 그것도 그냥 한번 해 본 말일 뿐이었을까.

아니면 제 말이 너무 심해서, 정이 다 떨어져서 이별의 말조차 하고 싶지 않았을까. 미안하다고 하려고 했는데. 제 뜻과는 다른 방식이라 당황했을 뿐, 사실 책임진다는 말 자체는 기뻤다고 말하고 싶었는데.

미웠다. 원망스러웠다. 변명조차 할 기회도 주지 않고 매정하게 저를 버린 사람이. 어떻게 생각해도 해인은 저를 버린 것이다. 아니면 이렇게 말 한마디 없이 사라질 수는 없었다. 그렇게 생각하는 게 해인이 진짜 어딘가 많이 아파서 연락도 못 한다고 생각하는 것보단 나았다.

정상적인 궤도를 벗어난 지는 오래였다. 어느새 서진은 학교에선 매일 싸움질을 하는 문제아가, 보육원에서는 소란과 분란을 일으키는 요주의 인물이 되어 있었다.

그 와중에도 몸은 쑥쑥 자라 밤마다 성장통으로 끙끙거렸다. 한방에서 잠드는 아이들의 숨소리를 들으며 아픈 팔다리를 끌어안고 베갯잇이 푹 젖도록 눈물을 흘렸다. 자라는 게 이렇게 아픈 일인지 정말 몰랐다. 아무도 가르쳐 주는 사람이 없었다.

서진은 태어나 처음으로 무력감을 뼈저리게 느꼈다.

자신은 정말 아무것도 아니었던 거다. 알고 있다고 생각했는데 아니었다. 서진은 그간 자만했다. 세상을 우습게 봤다. 소망만으론 절대 해인을 찾아낼 수 없었다. 간절함은 아무 힘도 없었다. 자신은 지저분한 보육원 방구석에 굴러다니는 먼지만큼이나 의미 없고 무가치하고 무력한 어린애에 불과했다.

이대로 산다면.

그 뒤로 서진은 해인을 찾는 걸 중단했다. 학교에서도 조용히 공부만 했다. 할 게 그거밖에 없었기에 미친 듯이 매달렸다. 운 좋게 한 대기업에서 후원하는 장학생에 선발되어 과학고에 들어갔다. 고등학교를 조기 졸업 하고 대학에 들어갔다가 교수인 지금 어머니를 만났고, 그의 집안에 입양되었다.

사랑으로 낳은 아들 같은 게 아닌 서로의 이해관계가 맞아떨어져 맺어진 가족 관계였다. 서진에겐 그들의 돈과 권위가 필요했고, 양부모에겐 서진이 가져다줄 명성과 이득이 필요했다.

살아 있는 한 얼마의 시간이 걸리더라도 서진은 반드시 해인을 찾아낼 것이다. 그때가 되어 해인을 만났을 때 이전과 똑같은 모습으로 해인 앞에 서고 싶지 않았다. 더 이상 무력한 어린애는 되고 싶지 않았다.

서진에겐 힘이 필요했다. 해인을 위해서라도, 외부의 영향력에 좌지우지되지 않을 힘을 갖고 싶었다.

키워 준 값으로 여러 개의 특허를 양부의 회사에 넘겼다. 대학 재학 중에 개발한 프로그램으로 창업도 했다. 회사의 규모가 커지고 세계적 IT 기업인 G사와 합병을 하며 평생을 놀고먹어도 남을 돈도 벌었다.

그 사실이 기사화된 다음 날, 서진은 조용히 벌써 오래전 알아내 몇 번이고 찾아갔던 주소로 향했다.

비가 많이 내려 아침부터 저녁처럼 컴컴했다. 서진은 하루 종일 아담한 한옥의 예스러운 대문 앞에 서서 내리는 비도 아랑곳하지 않고 주위를 서성거렸다. 어제도 이곳에서 새벽까지 해인의 이름만

되뇌다 돌아섰지만 오늘은 꼭 해인을 만날 작정이었다.

기쁨과 기대로 벅차던 가슴이 불현듯 긴장과 공포에 휩싸였다. 머리가, 몸이 정상적으로 작동하지 않았다.

싫어하면 어쩌지. 내가 너무 변했다고 생각하면. 아니, 여전히 그때 그 볼품없고 철없던 어린애라고 생각하면.

그 외면을 내가 견딜 수 있을까.

자신이 없었다. 이미 너무 오래 그래 왔다. 서진의 양지는 해인이란 광원을 잃고 시들고 말라 버렸다. 메마르고 황폐해져 폐허가 됐다. 영영 오지 않을 봄을 기다리다 얼어붙고 굳어져 아무도 살 수 없는 곳이 되었다.

돌이킬 수 있을까.

지금이라도.

이런 저에게도 다시 찬란한 햇살이 쏟아지는 날이 올까.

"누구세요?"

안쪽에서 문이 활짝 열렸다. 건드리지도 못한 대문이 너무도 어이없이 쉽게, 너무도 어이없이 똑같게 열렸다. 언젠가 떡을 들고 그 앞에 서 있던 소년 시절에 그랬던 것처럼.

서진의 눈앞에 해인이 있었다.

"들어오세요."

한 번 더, 세상이 황금빛으로 물들었다.

07. 호구

해가 지고 밤이 되었는데도 병실엔 여전히 해인뿐이었다. 이정우가 왔다 갔으니 분명 서진의 양부모에게도 소식이 들어갔을 텐데, 찾아오는 이는커녕 전화 한 통 울리지 않았다.

보험사 관계자인 줄 알았던 이정우는 알고 보니 서진의 동료이자 몇 안 되는 친구이며 조력자 같은 존재였다. 양부모와 관계된 집안의 아는 형이었던 그는 서진과 함께 일하다 지금은 서진의 양부가 경영하는 회사 비서실에 적을 두고 그들 집안의 뒤를 봐주고 있다고 했다.

"그럼 이정우 씨는 보험사와는 아무 관계도 없는 게 맞구나."

"……"

"어쩐지, 단순히 직원이라 하기엔 너무 친절하더라."

"역시……."

"응?"

"그때 정우 형이 과하게 친절하게 군 거 맞지?"

이상한 방향에 꽂혀 눈을 번뜩이는 서진을 보고 한마디 하려던 해인은 그가 환자라는 걸 떠올리고 겨우 참았다.

"비서실까지 있는 아버지면 부자신가 보네."

그러니 이런 VIP 특실을 무서운 줄도 모르고 턱턱 쓰는 거겠지.

"……돈은 나도 많아."

쉴 새 없이 눈을 굴리며 해인의 눈치를 살피는 중에도 은근 제 재력을 어필하는 서진을 보고 해인이 피식 웃었다.

서진은 꽉 잡은 해인의 손을 한시도 놓지 않은 채 띄엄띄엄 해인이 궁금해할 만한 제 과거사를 늘어놓았다. 그렇게라도 하지 않으면 해인의 입에서 당장이라도 그만 가겠다는 말이 튀어나올까 두려워하는 것 같았다.

하지만 원래 말이 많거나 자기 얘기를 잘 하는 편이 아니라 그런지 순서가 뒤죽박죽이거나 마음대로 중간을 뚝 생략하거나 할 때가 많았다.

아니, 어쩌면 약 기운 때문인지도 모른다. 그렇게 정신을 차리고도 얼마 있지 않아 서진은 다시 잠들었다.

대략 윤서진의 과거와 신상 명세를 파악한 해인은 여전히 서진에게 붙들려 있는 손은 그대로 두고 다른 손으로 휴대폰을 꺼내 그의 이름을 검색했다.

곧바로 기사 여러 개가 떴다. 저 정도 얼굴이면 화제성을 위해 일부러라도 사진을 넣을 만도 한데, 떠도는 이미지가 하나도 없는 걸 보면 아마 본인이 원치 않았던 것 같았다.

포털 인물 정보에 뜬 서진의 양부모는 해인이 생각했던 것보다 더 유명 인사였다. 그것까지는 대충 예상했는데 서진 역시 그랬다. 돈은 자기도 많다는 건 그냥 말로만 부린 허세가 아니었다.

"이거 어디서 본 얘기 같은데……."

20대에 백만장자가 된 청년 기업가 이야기.

분명 어디서 들은 것 같은데 도무지 기억이 나지 않았다. 해인은 한참을 허공을 노려보며 머릿속을 더듬다 그만두었다. 가게 손님들의 얘기를 주워들었거나 TV에서 지나치다 봤거나 둘 중 하나일 것이다.

아무튼 이 모든 검색 결과로 볼 때 하나는 확실했다. 부잣집에 입양 간 걸 차치하고라도 서진은 엄청나게 부자란 거였다. 해인은 가난한 배낭여행객의 주머니를 아껴 주려 쓸데없이 삽질한 나날들을 반추하며 씁쓸하게 쩝, 입맛을 다셨다.

"가난한 것보다 낫지."

사람이 힘들면 다 놓기가 쉽고 엇나가기가 쉬운데, 서진은 옆에서 잡아 주는 이 하나 없이도 저렇게 훌륭하게 컸다. 해인이 저도 모르게 장하다는 눈으로 잠든 서진을 쳐다보았다.

본인은 대충 뭉뚱그려 말했지만 그 과정에서 고생이 이만저만이 아니었을 텐데 기특하고 뿌듯한 마음이 드는 건 어쩔 수 없었다.

"어릴 때도 그랬지."

조그만 게 심성이 바르고 심지가 곧았다. 녹록지 않은 환경에도 꺾이지 않는 반듯함이 있었다. 자신과 처지가 비슷해서인 것도 있지만 그래서 해인은 그 성실하고 착실한 소년이 더 좋았다.

"사람 참 안 변해."

어릴 때 똑똑한 이가 커서도 똑똑한 것처럼, 타고나기를 없던 사교성이 컸다고 뚝딱 생겨나지는 않는 모양이었다.

어쩜 이렇게 조용할까. 밤이 되었는데도 개미 새끼 한 마리 얼씬거리지 않는 병실에 해인은 좀 쓸쓸해졌다.

양부모와 애착이 깊은 관계는 아닌 것 같긴 했지만 그래도 그렇지, 법적 보호자가 이 시간까지 병원에 한번 와 보지도 않다니. 이렇게나 많이 다쳤는데, 뇌진탕 증세에 갈비뼈에 금이 가고 발목이 부러져 운신도 쉽지 않은데 하다못해 전화 한 통도 없다니.

해인은 혹시 서진의 휴대폰이 고장 나거나 무음으로 되어 있는 건 아닌지 몇 번이나 살폈다. 이제 밤도 깊어 해인도 그만 자리를 떠야 하는데 아무도 없는 데다 서진이 잠에서 깨지 않아 갈 수가 없었다.

간다고 말도 안 하고 가자니 마음에 걸려 발이 떨어지지 않았다. 아까 깨어나자마자 저를 찾으며 눈물을 뚝뚝 흘리던 얼굴을 생각하면 더 그랬다. 눈 뜨고 일어났는데 아무도 없는 텅 빈 병실을 마주하고 덩그러니 혼자 있을 꼴을 상상하면 제 마음이 다 울적해졌다.

"아, 골치 아파……."

해인이 손날을 세워 목덜미를 툭툭 쳤다. 서진이 한 일을 잊은 건 아니었다.

하지만 그때나 지금이나 그가 혼자인 것 같아서, 입양이 되었어도, 백만장자가 되었어도 고아로 혼자인 때와 달라진 게 없는 것 같아서. 그리고 자신이 늘 그를 두고 가 버린 것 같아서 이번에도 그러자니 죄를 짓는 것 같았다. 평생을 키운 반려견을 노상에 버리는 것처럼 사람으로서 못 할 짓을 하는 것 같았다.

"야, 최서진. 좀 일어나 봐."

해인이 서진의 어깨를 살살 흔들었다. 눈이라도 뜨고 말이라도 할 수 있으면 오기로라도 간다! 하고 일어날 수 있을 것 같은데 저렇게 어린아이처럼 쌔근쌔근 자고 있으니 어쩔 수 없이 마음이 약해졌다.

몇 번 더 흔드는 둥 마는 둥 서진을 깨우는 시늉을 하던 해인은 이내 포기하고 말았다. 잠든 얼굴을 보면 원수도 못 죽인다더니 옛말이 딱 맞았다.

"저기, 근데 계속 이렇게 자게 둬도 돼요?"

뇌진탕인데 이렇게 둬도 되나. 어디서 봤을 땐 몇 시간마다 깨워야 한다고도 들었던 것 같은데.

10시쯤 회진을 온 간호사에게 묻자 간호사는 증세가 경미해서 괜찮다고 했다. 계속 자는 건 약 때문이고 몸이 휴식을 원해서 그런 것이니 아침까지 푹 자게 두는 편이 낫다고 친절하게 설명했다. 자신이 중간중간 확인하겠지만 혹여 갈비뼈에 무리가 갈 수 있으니 바른 자세를 유지하게 살펴봐 달라고도 했다.

"네, 어, 또 저기, 혹시 병원으로 보호자 연락 같은 건 온 거 없나요?"

"네?"

그쪽이 보호자 아니냐는 눈으로 쳐다봐 해인은 그냥 웃음으로 얼버무렸다. 간호사가 나가고 해인은 다시 서진 곁에 앉았다. 언제 몸을 돌렸는지 제 쪽을 보고 있는 서진을 바른 자세로 다시 눕히는데 주머니에 있던 휴대폰이 울렸다.

"어, 소민아."

마감을 하고 퇴근길에 건 전화였다. 해인이 예고도 없이 며칠씩이나 자리를 비우는 바람에 소민은 연달아 며칠을 종일 근무를 했다. 너무 미안하고 고마워 해인은 바짝 엎드려 기었다.

"소민아, 힘들었지? 고생했어."

―됐네요.

"미안해, 내가 너 볼 면목이 없다, 정말."

―됐다니까. 어차피 공짜로 하는 것도 아닌데요.

"역시 우리 김소민이 세상에서 제일 쿨해, 멋져."

해인이 '우윳빛깔 김소민, 사랑해요 김소민'을 외치는데 소민이 냉정하게 딱 잘랐다.

―됐고, 언니는 지금 어디예요?

"어? 나?"

—아까 영원 오빠가 언니 집 앞에 들렀더니, 불 다 꺼져 있다던데.

"어, 나는……."

—병원이죠?

이제 막 가는 길이라고 거짓말이라도 하려고 했는데 소민이 선수를 쳐 어쩔 수 없이 시인하고 말았다.

"어떡하냐, 그럼. 병실에 아무도 없는데……."

—아니, 그렇다고 지금 언니가 거기서 병 수발까지 드는 게 말이나 돼요?

"병 수발……까진 아닌데. 얘 그냥 누워서 잠만 자니까 크게 할일도 없어."

—그런 문제가 아니잖아요, 지금!

소민이 쩌렁쩌렁 소리를 질렀다. 해인이 서진을 흘긋 보고 자리를 옮겼다. 그럴 리는 없겠지만 혹시 소민의 말을 서진이 들을까 걱정됐다.

"작게 말해. 귀 터지겠다."

—크게 말한다고 듣지도 않잖아요!

소민의 잔소리를 들으며 해인은 역시 소민에게 말을 하지 말았어야 했다고, 하더라도 좀 더 나중에 했어야 했다고 후회를 했다.

낮에 소민과 통화를 하며 서진이 입원한 얘기를 하게 됐고, 입원을 하게 된 경위에 대해 말하다 싸운 얘기를 했고, 싸운 얘기를 하다 태희 얘기를 했고, 태희 얘기를 하다 윤서진이 다니엘이 아니었단 얘기까지 하게 됐다.

소민은 눈치가 빨랐고 해인은 그때 한창 정신이 없어 그럴듯한 뭔가를 꾸며 낼 여력도 없었다.

—언니는 무섭지도 않아요?

겁도 안 나? 소름 끼치지 않아? 소민이 몇 번이고 되물었다. 휴대폰을 귀에 댄 채 입술만 달싹이던 해인은 결국 아무 말도 하지 못했다.

"미안해, 내일은 나갈게."

—내일 나올 필요 없거든요.

"응?"

—내일부터 휴가잖아요.

그러고 보니 벌써 8월이었다. 정신이 없어 까맣게 잊고 있었다.

—가게 걱정은 하지 마요. 내가 알아서 하니까.

"으응, 고마워……."

—언니도 거기 그러고 있지 말고 얼른 집에 가서 쉬어요. 호구야, 뭐야.

그렇게 퍼부어 놓고 마음에 걸리는지 소민은 병원 간이침대에서 쪽잠 자는 거 고생이라며 얼른 들어가라는 걱정으로 통화를 마무리했다. 특실이라 호텔처럼 편한데, 라고 하고 싶었지만 그럼 아주 눌러살란 말이 돌아올 게 뻔해 입을 다물었다.

전화를 끊은 해인이 그대로 소파에 주저앉았다.

"휴."

사위가 쥐 죽은 듯 조용했다. 병원이라 그런지, 아직 그리 늦은 시간이 아님에도 온 세상 만물이 잠든 것처럼 고요했다.

무섭지 않나? 소름 끼치지 않는가?

"……내가 좀 겁이 없는 편이긴 하지."

해인이 땅이 꺼져라 한숨을 내쉬고는 몸을 일으켜 서진에게로 돌아갔다. 그새 언제 또 움직였는지 서진은 또 제 쪽을 향한 채 모로 누워 있었다.

그 몸을 반듯이 눕히고 이불을 바로 덮어 주며 해인은 제 팔자제가 꼰다는 말을 떠올렸다. 소민의 말대로 소름이 끼쳐 뒤도 안 돌아보고 도망은 못 갈지언정.

"에휴……."

여전히 이 얼굴이 귀여워 보이고 짠해 보이고 애처로워 보인다면 답이 없는 거 아닌가.

* * *

서진이 깨지 않아 집에도 가지 못하고 보호자 침실에서 잠이 들었던 해인은 새벽녘 불현듯 갑갑한 느낌이 들어 설핏 눈을 떴다.

밧줄에 꽁꽁 묶여 옴짝달싹도 못 하는 꿈을 꿨는데 깨고 보니 꿈이 아니었다. 언제 이쪽으로 왔는지 서진이 양팔로 제 몸을 덩굴처럼 칭칭 휘감은 채 잠들어 있었다.

"……."

어찌나 바짝 붙어 있는지 코앞에 내리감긴 긴 속눈썹이 제 숨결에 팔랑대는 게 다 보일 지경이었다. 잠이 싹 달아난 건 물론, 어이가 없어 해인은 할 말도 잃었다.

내가 이렇게나 꿀잠을 잤다고? 보호자 침실은 환자 침대와 문 하나를 사이에 두고 있었다. 약을 맞은 건 제가 아닌데, 어떻게 얘가 거기서 여기까지 와 제 옆에 누울 동안 조금도 이상한 걸 몰랐을까.

게다가 또 얘는 언제, 어떻게 내려온 거지? 발목도 성치 않으면서. 생각하니 절로 시선이 제 몸 위에 둘러져 있는 팔뚝으로 향했다. 링거는 어떻게 하고 왔나 했더니 역시나 팔엔 아무것도 꽂혀 있지 않았다.

'이게 진짜……'

생각하니 슬쩍 열이 받았다. 떠올리지 않으려 해도 밤중에 일어나 두리번거리다 링거까지 뽑고 깁스를 한 발을 질질 끌며 저를 찾았을 서진의 모습이 눈에 선했다. 깼으면 차라리 소리쳐 부를 일이지, 캄캄해서 앞도 잘 안 보이는데 침대에서 내려오다 굴러 또 어딘가 부러지기라도 하면 어쩌려고.

해인이 빠져나가려고 몸을 살짝 움직이자마자 센서라도 달린 것처럼 서진의 팔이 다시금 꽉 옥죄어 왔다. 몇 번 더 시도하다 포기하고 해인은 일단 고개를 빼 발치를 내려다보았다.

다행히 깁스한 쪽의 발은 얌전히 침대 위에 놓여 있었다. 모로 누워 있었지만 금이 간 갈비뼈 부분이 하중을 받는 쪽도 아니었다. 하지만 이런 상태로 계속 누워 있는 건 좋지 않을 게 뻔하다.

서진이 전혀 그런 티를 내지 않아 해인도 자꾸 깜빡깜빡하긴 했지만 뼈가 몇 개나 나갔으니 여간 고통스러운 게 아닐 것이다. 손가락만 살짝 꺾여도 그렇게 아픈데 시키는 대로 잘 치료받고 몸 사려서 얼른 나을 생각은 안 하고. 이제 뼈 부러져도 쉽게 붙을 나이도 아닌데.

'아니 참, 얘는 나보다 훨씬 어리지…….'

새삼 현타가 왔다. 연애 상대로 연상이든 연하든 별생각 없는 줄 알았는데, 그건 정말 생각을 안 해서 생각이 없었던 거였다.

한두 살 차이도 아니고 여섯 살이다. 최서진이 서른넷이면 저는 마흔이다. 서진이 아장아장 걸음마를 할 때 저는 초등학교에 입학을 했다.

해인은 제 안에 이런 터부가 있다는 것에 새삼 놀랐다. 이게 남 얘기라면 별 망설임 없이 나이가 무슨 대수냐고 했을 텐데. 모르는 연하가 아니라 아는 동생이라 그런 걸까.

'차라리 아주 다 커서 만났다면 덜 꺼림칙했을지도 모르는데.'

그렇게 아쉬움 비슷한 감정이 드는 것에 2차로 현타가 왔다. 손만 자유로웠다면 또 제 머리를 팍팍 쳤을 것이다.

내가 지금 무슨 생각을 하는 거지. 아쉽기는 뭐가 아쉬워?

잊지 말자, 고해인. 우리는 어제부터 헤어진 사이다. 남이나 마찬가지, 아니, 남보다 못한 사이다. 다만 인간적 도의로, 아픈 사람을 모른 척 외면할 수 없어 하루 정도 간병을 해 주는 거다.

……그렇게 우기기엔 해인의 심장 박동이 아까부터 정상적이지 못했다. 마침 이렇게 한 침대에서 몸을 붙이고 있어서인지 억지로

구겨 넣고 모른 척하고 있던 호텔에서의 밤이 자꾸만 떠올랐다.

'악! 떠올리지 마, 생각하지 마!'

해인은 정말 말 그대로 이를 악물고 눈을 질끈 감고 필사적으로 머릿속 영상들을 지웠다. 쉽지 않았다. 간단히 발차기 몇 번으로 날아갈 성질의 영상이 아니었다. 어쨌거나 서진은 외적으론 해인의 완벽한 이상형이었고, 그런 연인과 보냈던 밤이란 심장이 딱딱하게 굳지 않는 한, 떠올리는 것만으로 몸이 더워질 수밖에 없었다. 그것도 이렇게 당사자와 한 몸처럼 딱 붙어 있는 상황에선 더욱.

아무래도 애를 깨워 제 침대로 돌려놓고 보자는 생각으로 해인이 눈을 뜨는데 언제부턴가 저를 보고 있던 눈동자와 곧바로 눈이 마주치고 말았다.

"……깼으면 비켜."

한참이나 말없이 서로를 바라만 보다 나온 첫마디에 서진의 눈에 금세 서러움과 서글픔이 차오르는 게 보였다. 아랑곳하지 않고 해인이 단호하게 한 번 더 비키라고 하자 서진은 휘휘 고개를 젓더니 아예 얼굴을 침대에 묻어 버렸다.

"야, 너 뭐 해."

"……."

"비키라니까."

"……아, 아파서……."

떨리는 목소리가 보이지 않는 얼굴에서 흘러나왔다.

"아파서 그래. 잠시만……."

"아프다고?"

"응. 자는 동안엔 몰랐는데 깨니까 아파……."

끙끙 앓는 소리를 내며 서진이 오히려 해인의 품으로 더 파고들었다. 개수작임을 95퍼센트 정도는 확신했지만 나머지 5퍼센트의 확률 때문에 해인은 차마 그를 밀어 낼 수가 없었다.

"그러게 링거를 왜 빼? 뼈 부러진 지 얼마나 됐다고 깁스만 하면 아픈 데가 뚝딱 나을 줄 알았어?"

심지어 갈비뼈는 진통제를 맞고 버티며 최대한 움직이지 않으면서 붙기를 기다리는 수밖에 없다.

"너 의사 선생님이 땅에 발 디디지 말라고 하신 거 들었어, 못 들었어? 왜 말을 안 들어? 그러다 상태 더 나빠져서 수술할래?"

"……아파……."

"그래서, 뭐? 아프니까 혼내지 말라고?"

아니라는 듯 서진이 고개를 저었다.

"좋다고."

"뭐?"

"네가 나 걱정해 줘서 좋아."

기가 막혀 잠깐 굳어 있던 해인이 굳게 마음먹고 그를 밀어 내려고 하는데 귀신같이 눈치챈 서진이 재빨리 해인의 등을 꽉 끌어안고 매달렸다.

"이거 안 놔?"

도리도리.

"알았으니까 일단 힘 좀 빼. 너 갈비뼈에 힘 들어가면 안 된다고."

"따뜻해."

"뭐?"

"……이러고 있으니까 생각난다."

서진이 중얼거리자 그의 입술이 닿아 있던 해인의 쇄골 부근이 뜨끈해졌다. 해인이 움찔하며 몸을 물렸지만 그만큼 서진이 도로 바짝 붙어 왔다.

"며칠 전에도 이렇게 같이 누워 있었는데……."

해인이 침을 꿀꺽 삼켰다. 그 움직임 하나하나가 다 서진에게 전달될 걸 알지만 도저히 참을 수 없었다.

"너는 생각 안 나?"

진짜 귀신인가.

방금까지 그 생각 한 건 또 어떻게 알고.

"생각나지. 어떻게 잊겠어."

해인이 높낮이 없는 어조로 무뚝뚝하게 말했다.

"그 호텔에서 네가 내 뒤통수쳤잖아."

서진의 몸이 굳어졌다. 그사이를 틈타 해인이 얼른 몸을 빼 침대에서 일어났다. 보호자 침실을 나와 벽에 기대 있던 휠체어를 펼치고 서진에게로 가자 서진은 여전히 그대로 꼼짝도 하지 않은 채 침대에 얼굴을 묻고 있었다.

"일어나, 네 침대로 가야지."

"……."

"뭐, 왜?"

눈만 들어 저를 보는 서진에게 해인이 턱짓을 하며 얼른 일어나라는 뜻을 표했다. 서진은 마지못한 듯 꾸물꾸물 상체를 일으켜 앉았다. 통증 때문인지 늘 반듯했던 몸이 약간 기울어진 걸 보고 해인은 속으로 한숨을 내쉬며 휠체어를 바짝 침대 곁에 갖다 댔다.

"깁스 쪽은 딛지 말고."

서진이 앉은 휠체어를 밀고 환자 침대로 돌아왔지만 누울 수가 없었다. 빠진 바늘로 샌 수액이 주인 없는 침대 위에 자그마한 웅덩이를 만들어 놓았다.

"……간호사님 불러올게."

그럴 필요 없이 벌써 회진 시간이 되었는지 문이 열리고 간호사가 들어왔다. 침대 밖에 나와 있는 해인과 서진을 보고 잠깐 멈칫한 간호사는 이내 상황을 파악하고 서진의 팔에 링거부터 다시 연결해 주었다. 그러고는 더러워진 침대 시트와 이불을 재빨리 교체하고 그 위에 새 환자복까지 올려놓았다.

"이게 뭐야?"

어두울 때는 몰랐는데 불이 환하게 켜지니 서진의 환자복 군데군데 묻어 있는 핏자국이 보였다. 아마 링거를 뽑다가 그런 것 같았다. 아주 혼 좀 내 줬으면 좋겠는데 간호사는 형식적인 주의만 주고 서진의 팔에 거즈를 붙인 뒤 그대로 나갔다.

"링거를 어떻게 뽑았길래 피가 이렇게 났어."

"그냥 잡아 뺐는데."

"잘 좀 하지."

말하고 보니 이게 아닌 것 같아 해인은 미간을 찌푸렸다. 됐으니 그만하고 누우라고 손을 휘휘 저었다. 새벽부터 정신이 하나도 없다. 하지만 서진은 요지부동이었다.

"나 옷 갈아입어야 되는데."

"어, 나가 있을게."

"좀 도와주면 안 돼?"

링거가 꽂힌 팔을 들어 보이며 서진이 처량한 표정을 지었다. 해인의 눈썹이 위로 올라갔지만 이내 오늘만, 오늘만이다, 생각하며 마음을 단단히 먹고 그의 환복을 도왔다.

"……."

막상 옷을 벗기고 보니 염려했던 것과는 달리 다른 생각이 들지 않았다. 그럴 겨를이 없었다. 부지불식간에 해인의 얼굴이 굳어졌다.

벗은 상체는 온통 멍과 상처투성이였다. 흠 하나 없이, 대리석 조각처럼 매끈하고 완벽했던 남자의 신체가 고문을 당한 것처럼 훼손되어 있었다.

"왜 그런 표정이야."

서진이 한 손을 들어 위로하듯 해인의 얼굴을 감쌌다. 언젠가부터 제가 숨을 멈추고 있었단 걸 깨닫고 해인이 가는 숨을 길게 내뱉었다. 자업자득이지, 제 발로 제가 뛰어내린 건데 뭐. 생각하면서도 속에서 뭔가가 울컥 치밀어 오르는 듯 목구멍이 쓰라렸다.

"이건 아무것도 아닌데."

"……."

"네가 내 속을 볼 수 없어 다행이야."

그럼 진짜 울었겠다, 너.

서진이 밝게 웃었다. 해인은 더 참지 못하고 서진의 손을 밀쳐 냈다. 얼른 새 환자복으로 가리듯 상처 위를 덮는데 속이 멀미라도 하는 듯 울렁거렸다. 단추를 잠그는 손이 형편없이 떨려 해인의 눈에도, 서진의 눈에도 똑똑히 보일 정도였다.

"나 갈 거야, 이제."

해인이 손을 들어 얼굴을 문지르며 뒤로 물러섰다.

"이따 오후에 경과 보고 퇴원한다고 했으니까 부모님한테 연락해서 오시라고 해. 아니면 이정우 씨한테 오라고 하든가."

서진은 아무 말도 없이 해인만 쳐다보고 있었다. 해인은 대충 욕실에서 손만 씻고 얼굴에 물만 묻힌 뒤 가방을 찾아 들었다. 그러는 동안에도 서진은 아무 말도 하지 않고 침대에 눕지도 않은 채 오도카니 앉아 해인을 보고만 있었다.

"간다."

씩씩하게 몸을 돌렸지만 걸음을 뗄 때마다 등이 뚫릴 것 같았다. 보이지 않는 시선에 목덜미가 따가울 지경이었다. 점점 가까워지는 문이 부담스러웠다. 오만 가지 생각이 다 머리를 스쳤다. 가지 말라는 말조차 하지 않는 게 더 속을 쓰리게 했다. 하얀 몸에 뚫린 구멍처럼 시커멓게 얼룩진 멍이 블랙홀처럼 자꾸 저를 잡아당기는 것 같았다.

"아 씨……."

해인이 기어코 걸음을 멈추는 순간 갑자기 병실 문이 확 열렸다. 깜짝 놀란 해인이 저도 모르게 왁! 소리를 질렀다. 분명 자신은 그 자리에 멈췄는데, 문엔 손도 대지 않았는데 이게 왜 저절로 열린 거지?

"……식사 왔습니다."

분홍색 직원복에 하얀 위생모와 앞치마를 맨 직원 역시 덩달아 놀란 표정으로 해인을 보았다. 문을 열자마자 난데없이 소리를 지르는 보호자와 부딪칠 뻔했으니 그럴 만도 했다. 해인이 죄송하다고 허둥지둥 허리를 숙였다.

"다 드시고 식판은 복도 카트에 놔 주시면 감사하겠습니다."

"네 네, 그럴게요. 감사합니다."

엉겁결에 식판을 받아 든 해인이 다시금 인사를 했다. 맛있게 드시고 얼른 쾌차하라고 덕담을 건넨 직원이 도로 문을 쿵 닫아 버렸다. 닫힌 문을 바라보던 해인이 식판을 든 채 느릿느릿 서진을 돌아보았다.

눈이 마주치자 서진이 입술을 꾹 물었다. 애써 웃음을 참는 것 같았지만 눈은 이미 웃고 있었다.

뇌진탕과 골절의 임팩트가 커서 서진이 전날 다친 손도 꿰맸다는 건 잊고 있었다. 덕분에 해인은 식판만 테이블에 올려 주고 바로 가려던 계획을 수정해야 했다.

하필 오른손을 찢어 먹는 바람에 젓가락질을 할 수 없었던 서진은 붕대에 반쯤 감긴 손가락 사이에 숟가락을 끼워 넣고 서투르게 밥만 퍼 먹었다.

그를 보다 못한 해인이 옆에 자리를 잡고 앉아 숟가락 위에 반찬을 올려 주었다. 그마저도 하도 흘리기에 하는 수 없이 아예 먹여 주기까지 했다.

"또 뭐? 산적? 굴비?"

"산적."

"자."

"……브로콜리잖아."

그냥 물어봤지, 누가 그거 준댔냐고 쏘아붙인 건 괜한 심술이었다. 서진은 해인의 눈치를 보며 군말 없이 주는 대로 받아먹었다.

유치하게 굴고 있다는 건 알지만 이렇게라도 하지 않으면 면이 서지 않았다. 괜히 착각하게 될까 봐 걱정도 됐다. 그 착각의 주체가 누구인지는 해인 자신도 확신할 수 없었지만.

"밥 먹고 부모님한테 연락해. 퇴원한다고."

"그럴 필요 없어. 어차피 안 오실걸."

"……왜?"

서진은 그냥 어깨만 으쓱할 뿐 대답이 없었다. 부모님이 너 입원한 건 알고 계시냐고 묻자 아마 그럴걸, 하고 태평하게 대꾸했다.

"알든 말든 상관없어. 어차피 신경 안 쓸 테니까."

"……그럼 이정우 씨라도……."

"형 바빠. 회사원이잖아."

해인은 무덤덤하게 대답하는 서진의 얼굴을 빤히 쳐다보았다.

식판을 내려다보느라 내리깐 속눈썹이 투명한 볼 위에 작게 그늘을 드리웠다. 왜 가족이 네게 신경을 쓰지 않는다고 생각하냐, 다른 친구는 없냐, 묻고 싶은 것은 수십 가지였지만 모두 꿀꺽 삼키고 대신 해인은 산적을 집어 그의 입가에 대 주었다.

"너도 밥 먹어야 되는데."

해인이 먹여 준 산적을 꼭꼭 씹어 먹으며 서진이 염려스러운 투로 말했다. 같이 먹자고 하는 것에 해인이 고개를 저었다. 내 걱정은 말고 너나 얼른 먹으라는 말에 서진이 눈을 굴리다 왼손으로 산적꼬치 하나를 집어 해인에게 내밀었다.

"같이 먹어."

"됐다니까. 환자 밥 빼앗아 먹을 정도로 양심 없지 않아."

"배고프잖아. 너 배고프면……."

"야, 네가 지금 다른 사람 성격 평가할 입장이 돼?"

"……."

"네가 빨리 먹으면 돼. 너만 다 먹으면 난 나가서 얼마든지 먹을 수 있어."

그 말에 순식간에 먹는 속도가 현저하게 떨어졌다. 해인이 수저를 들이밀고 수작 부리지 말고 얼른얼른 먹으라고 재우쳤다. 고개를 끄덕이긴 했지만 서진은 여물을 씹는 소처럼 입만 우물거릴 뿐 삼키질 않았다. 해인이 몇 번 더 다그치자 결국 사레가 들렸는지 심하게 기침을 토했다.

"야야, 괜찮아? 너 지금 기침하면 안 돼."

들썩이는 서진의 몸을 붙들고 해인이 물을 마시게 했다. 겨우 진정이 되자 해인이 푹 한숨을 쉬었다. 서진이 시무룩한 표정으로 해인을 보았다. 기침을 해서인지 안색이 창백하고 눈가만 색을 칠한 것처럼 붉었다.

"이러니까 내가 꼭 너 괴롭히는 것 같다."

"……맞잖아."

"뭐?"

"간다고 하면 내가 가만히 안 있을 거 알면서."

계속 그러는 건 협박 아니냐고 했다. 해인은 기가 막혀 저도 모르게 새우완자를 그의 입에 쑤셔 넣었다.

"네가 그 협박에 안 넘어가면 되잖아."

"어떻게 그래?"

"……."

"난 네 뒷모습이 세상에서 제일 무서운데."

너무 무서워서 무슨 짓을 할지 자신도 모른다는데, 협박은 대체 누가 하고 있는지 모를 일이다. 해인이 또 땅이 꺼져라 한숨을 쉬며 방금 물려 준 완자를 아예 가루로 만들 기세로 천년만년 씹고 있는 서진을 향해 입을 열었다.

"안 갈게."

"……."

"너 퇴원할 때까지 안 갈 테니까 제대로 밥 먹어."

그 말에 백지장 같던 얼굴에 당장 화색이 돌았다. 오랜만에 생기에 찬 눈을 빛내며 저를 보는 서진을 보자 해인도 마음 한편이 풀어지는 걸 어쩔 수 없었다. 울고 불안해하고 겁먹은 얼굴보다 이쪽이 훨씬 보기도 좋고 마음도 편했다. 어차피 오늘 오후면 퇴원할 예정이니 몇 시간 남지도 않았고.

"네? 입원 연장이요?"

그렇게 생각했는데 입원이 연장되었다.

"왜 그런 건데요? 분명 어제오늘이면 퇴원할 수 있다고 했는데."

무슨 일인가, 혹시 다른 데 이상이 생긴 건 아닌가 걱정하며 캐묻는 해인에게 간호사는 자세한 설명을 해 주지 않았다. 그냥 골절 부위에 염증이 있어 좀 더 지켜봐야 할 것 같다는 말만 했다.

"염증이요? 그럼 혹시 수술해야 하는 건가요?"

"아직은 모르고요. 며칠 뒤 엑스레이 한 번 더 찍어 보고 선생님께서 말씀하실 거예요."

해인은 자리에 앉지도 못하고 전전긍긍 병실 안을 빙빙 돌았다. 왜 상태가 악화됐는지, 새벽에 잘못 움직여 덧난 건지, 아니면 혹시 스트레스 때문인지, 별별 게 다 신경 쓰여 머리가 복잡한데 정작 서진은 아무렇지도 않은 듯했다. 기다렸다는 듯 태연하게 그럼 점심부턴 보호자 식사도 같이 시켜야겠다는 소리나 했다.

"그걸 왜 시켜."

"너도 밥 먹어야지."

"그치만……."

"퇴원할 때까지 같이 있어 준다고 했잖아."

"아니, 그거야……."

상황이 달라졌지 않느냐, 하고 해인이 따지고 들려는데 서진의 눈이 가물가물 감기기 시작했다. 약 기운 탓인지 또 잠이 들려는 모양이었다. 몸이 허해 잠든 환자를 때려 깨울 수도 없고, 해인은 세상 편한 얼굴로 잠든 서진을 바라보다 제 가슴만 퍽퍽 치며 자리에서 일어났다.

이렇게 된 이상, 병원 생활이 생각보다 길어질 것 같으니 필요한 물품들을 사야 했다. 특실이라 그런지 마치 호텔처럼 세면도구부터 수건까지 웬만한 건 다 있었지만 그래도 필요한 게 있었다.

"칫솔, 충전기, 로션, 물티슈, 속옷도 사야 하나……?"

고민하다 일단 집어 들었다. 음료수와 간식 따위도 이것저것 사고 양손이 묵직해진 채 병원 매점을 나서는데 저만치 낯익은 인영이 목발을 짚고 두리번거리는 꼴이 보였다. 설마 했는데 역시였다.

"최서진!"

해인이 얼른 그에게로 달려갔다. 막 서진을 붙잡고 뭐라고 하려는데 지나가던 간호사가 복도에서 뛰지 말라고 주의를 주는 바람에 사과하느라 선수를 빼앗겼다.

"어디 갔었어?"

"너야말로 이러고 어디 가는데? 링거는 또 어쨌어?"

"어디 가면 간다고 말을 해야 할 거 아니야."

"의사 선생님이 최대한 발 쓰지 말라고 한 거 잊었어?"

목발이 있다고는 하나 익숙하지 않아서인지 그냥 걷는 거나 다름이 없었다. 저런 꼴로 저를 찾아 병원을 헤매고 다닌 걸 보자니 속이 터질 것 같았다. 해인이 가슴을 퍽퍽 치자 그러지 말라는 듯 서진이 손으로 막았다.

"그러게 왜 말도 없이 나갔어……."

"자는 사람한테 무슨 말을 하고 가나? 그래서 휴대폰 두고 갔잖아."

"못 봤어……."

해인은 근처에 있던 휠체어 하나를 잡아 펴 서진을 싣고 다시 병실로 돌아왔다. 화가 덜 풀린 해인은 서진이 제 눈치를 보고 있는 걸 알면서도 모른 척 내버려 둔 채 욕실로 들어갔다.

어제부터 씻지를 못해 찝찝했지만 서진을 밖에 두고 샤워를 하는 건 내키지 않아 머리만 감고 나왔다. 수건으로 머리를 털며 나오자 서진이 침대에 앉아 저를 빤히 쳐다보고 있었다.

"뭐, 왜?"

"……."

"누워. 링거 다시 연결해 줄 테니까."

"아니, 그보다……."

나도 씻고 싶어.

서진이 해인을 바라보며 호소하듯 말했다. 해인이 살짝 눈살을 찌푸리자마자 너무 찝찝해서 견딜 수가 없다고 했다.

"사흘이나 못 씻었어."

그 말에 담긴 절박함이 가짜 같지는 않았다. 서진이 얼마나 깔끔한지는 해인도 잘 알고 있었으니까. 매일 두 번씩 샤워를 하고 손도 어찌나 자주 씻는지 손 씻는 게 취미가 아닌가 싶을 정도였다. 그런 애가 이 여름에 사흘이나 못 씻고 저러고 있으니 한계에 달할 만도 했다.

"……물티슈로 어떻게 안 되겠어?"

"……."

"깁스에 물 들어가면 안 좋아."

요지부동이었다. 암튼 말 잘 듣는 척만 하지, 하나도 들어 먹질 않는다. 저러다 또 해인이 없을 때 그냥 냅다 욕조에 몸을 던질 기세기에 해인은 일단 도와주실 분을 찾아보겠다 했다. 하지만 서진이 단호하게 거절했다.

"아니, 싫어. 모르는 사람이 내 몸 보는 거."

"그럼 어쩌겠다는 거야?"

설마 나더러 도와 달라는 건 아니겠지?

"그냥 비닐 커버 같은 것만 좀 구해 줘. 나머지는 내가 알아서 할게."

이쯤이면 포기할 만도 한데 계속 우기는 데에 해인도 오기가 생겼다. 쿵쿵 발소리를 내며 매점에서 사 온 비닐장갑 따위를 서진의 품에 떠넘기듯 안긴 채 욕실에 집어넣고 그대로 문을 닫아 버렸다.

"알아서 한댔으니 알아서 하겠지."

그렇게 소파에 앉아 TV를 보고 있는데 자꾸 귀가 욕실 쪽으로 쏠렸다. 일부러 TV 볼륨을 높였지만 소용없었다. 왜 이렇게 조용하지? 물소리도 안 나고. 설마 아직 물도 못 튼 거 아냐? 하는데 그 생각을 알아챘다는 듯이 물소리가 들렸다. 그러고 나니 또 걱정이었다.

뭐 저렇게 오래 걸리지? 대충 물만 묻히고 나올 것이지. 설마 진짜 샤워라도 할 생각인가. 그러다 잘못 해서 미끄러지기라도 하면 어쩌려고.

"아 씨……."

해인이 벌떡 자리에서 일어났다. 꺼림칙하게 달라붙는 망설임을 날려 버리듯 그대로 단번에 욕실 문을 열어젖히자 한쪽 다리를 길게 늘어뜨리고 샤워기를 든 채 욕조 가장자리에 엉거주춤 기대앉아 있던 서진이 눈을 크게 떴다.

"너, 노크도 없이……."

"웃기지 마!"

수줍은 소년처럼 얼굴을 붉히는 서진을 향해 사납게 외친 해인이 벽에 걸려 있던 수건을 낚아채 서진의 허리 아래로 던지듯 덮었다. 그러곤 곧장 샤워기를 빼앗아 들고 서진을 주저앉힌 채 샴푸를 짜 그의 머리에 문질렀다.

"아, 저기……."

"시끄러워."

"근데……."

"조용히 하라고."

뭔가를 말하려는 서진의 입을 막고 해인이 북북 머리를 감겼다. 눈앞의 몸을 보지 않으려고 매직 아이 보듯 눈동자의 초점을 흐리게 하고 있느라 해인도 골이 띵할 정도였다. 그럼에도 보였다. 너무 잘 보여서 문제였다. 사람의 주변 시야가 이렇게 넓을 줄은 미처 몰랐는데.

분명 옆의 타일을 죽어라 노려보고 있는데도 두툼한 흉근과 광배근을 따라 미끈하게 이어지는 복근과 허리선이 선명하게 보였다. 수건으로 반쯤 가렸지만 근육이 탄탄하게 올라붙은 허벅지와 길고 늘씬하게 뻗은 종아리 역시도.

서진은 옷을 입었을 때와 벗었을 때 분위기가 너무 달랐다. 입었을 땐 약간 마른 체격의 풋풋한 대학 새내기 같은데, 벗으면 탄탄한 근육이 날렵한 표범 같은 분위기를 풍겼다.

불필요한 군살이라곤 없이 오직 근육과 뼈대로만 이루어진 육체는 단지 사냥을 하기에만 유리한 것은 아닐 것이다. 저와는 확실히 다른, 남자의 몸이라는 게 너무도 와닿아서 홀린 듯 바라보게 되는 것도 어쩔 수 없었다.

"저기……."

그때 서진이 해인의 옷깃을 잡았다. 흠칫 놀라 뿌리치려는데 눈도 제대로 뜨지 못한 서진이 저를 보며 입술만 달싹였다. 잔뜩 찡그린 눈가가 붉었다. 아, 소리를 낸 해인이 얼른 손을 들어 서진의 얼굴에 남아 있는 거품을 훔쳐 냈다.

"눈 따가우면 말을 하지."

"하려고 했는데……."

"됐으니까 고개 들어 봐. 눈 감고 입 다물고."

서진은 말 잘 듣는 착한 아이처럼 얼굴을 들었다. 그 위로 물을 끼얹자 머리카락이 걷히고 반듯한 이마와 시원하게 뻗은 눈썹이 완전히 드러났다.

아, 얘는 정말 왜 얼굴까지 이렇게 생겼을까. 오뚝하게 높은 코와 선이 선명한 입술을 보면서 해인은 문득 까맣게 잊고 있던 예전의 기억 하나가 떠올랐다.

"우리 서진이는 지금도 예쁘지만 크면 더 미남 될 거야."

"……."

"그때 되면 누나랑 결혼하자."

물색없이 애한테 헛소리를 많이도 늘어놓은 듯하다. 어쨌거나 제 예언이 목표치를 과하게 달성한 건 분명한데, 이걸 선견지명이 있다고 해야 할지 말아야 할지 모르겠다.

그때 서진이 예고도 없이 반짝 눈을 떴다. 당황한 해인이 재빨리 아래로 시선을 떨어트리는데 수건 아래 가려진 부분이 뭔가 달라진 게 보였다. 흠칫한 해인이 다시 빠르게 시선을 위로 끌어 올렸다.

"야, 너……."

"미안……."

"……."

"네가 자꾸 그렇게 쳐다보니까……."

해인이 내던지듯 샤워기를 내려놓고 말도 없이 욕실 문을 쾅 닫고 나왔다. 물소리가 다시 들리고 한참 후 서진이 벽을 짚고 나올 때까지 화로처럼 달아오른 얼굴이 가라앉지 않았다.

*　*　*

묘한 기류가 도는 병실 분위기 탓에 안절부절못하던 해인은 버젓이 안에 정수기가 있음에도 물 좀 떠 먹고 오겠다는 모순된 핑계를 대고 옥상정원으로 피난을 갔다.

후텁지근한 외부 공기에 노출되자 따뜻한 욕조에 들어가는 기분이었지만 내내 에어컨 바람을 쐬고 있던 덕분인지 그다지 불쾌하게 여겨지지 않았다. 오히려 약간 묵직했던 머리가 조금 맑아지는 기분이었다.

아마 의도한 것이겠지만 이 VIP층 옥상 정원은 완전한 사각지대였다. 건물 중간에 툭 튀어나와 있음에도 교묘한 각도로 틀어져 어디서도 내부를 들여다볼 수 없게 되어 있었다.

금방 나온 빵처럼 따끈하게 데워진 덱을 따라 나무 그늘 아래로 들어간 해인이 고개를 들어 하늘을 올려다보았다. 진초록으로 물든 잎사귀 사이로 새어 들어오는 여름빛을 바라보는데 또 욕실에서의 일이 떠올랐다.

'아냐, 생각하지 마. 생각하지 말라고.'

해인이 고개를 휘휘 저으며 양 손바닥에 얼굴을 묻었다.

분명 당황할 사람은 제가 아니고 민망할 사람도 따로 있는데 왜 제 얼굴이 이렇게 달아오르는지 모르겠다. 왜 이렇게 죄지은 사람처럼 심장이 뛰고 멀쩡한 하늘도 똑바로 쳐다볼 수 없는지 모르겠다.

'아니, 모르지 않지.'

아마도 그 순간 반응한 사람이 서진뿐만이 아니어서.

"아, 미쳤다. 진짜……."

손가락 사이로 탄식이 흘러나왔다. 이미 한 번 잔 사이에 의식하지 않는 게 더 이상하다고, 그런 지극히 인간적인 반응일 뿐 큰 의미는 없다고 애써 자기 암시를 걸어 봤지만 잘 되지가 않았다.

죄책감인지 자괴감인지 모를 감정이 그가 과거의 최서진이기 때문인지, 아니면 최서진인 걸 안 다음에도 여전히 그를 욕망하는 자신 때문인지 알 수가 없었다. 이제 이게 용서의 문제인지 극복의 문제인지도 모르겠다.

원래부터도 해인은 길고 복잡하게 생각하는 데 소질이 없었다. 장고 끝에 악수라고, 해인은 복잡한 문제일수록 단순하게 판단하고 빠르게 결정하는 쪽이었다. 지금껏 그렇게 칼로 무 자르듯 살아왔기에 이럴 때는 어떻게 해야 할지 알 수가 없었다.

"너무 붙어 있어서 그래. 계속 눈에 보이니까……."

그렇다고 떨어질 상황도 아니다. 제가 판 무덤이라고 하기엔 지금도 서진이 너무 신경 쓰였다. 깁스에 물은 안 들어갔는지. 상처에 연고도 발라야 되는데. 머리는 또 제대로 말렸을까. 축축하게 젖은 채로 있다 혹시 에어컨 찬 바람에 감기라도 들면 큰일인데.

그 생각이 들자 몸이 절로 움직였다. 조급한 마음과 꺼림칙한 마음을 동시에 안고 병실로 돌아가 문을 열자마자 곧바로 서진과 눈이 마주쳤다.

서진은 문이 정면으로 보이는 자리에 목발을 짚고 서서 저를 가만 보고 있었다. 고요하게 광분한 것 같은 그 눈빛을 보자 해인은 혹시 저 애가 개처럼 제 발소리를 알아듣는 게 아닌가 하는 의심이 됐다.

"왜 또 서 있어."

시위라도 하냐.

"이리 와, 앉아 봐."

손바닥으로 침대를 탁탁 두드리며 하는 말에 지체 없이 다가오는 걸 보자 더 개 같았다.

"옷 좀 들어 봐."

나름 노리고 던진 말인데 서진은 한 번 되묻지도 않고 한 치의 망설임도 없이 입고 있던 환자복을 들어 올렸다. 그 빤한 시선을 받으며 해인은 그처럼 태연한 척 아까 매점에서 사 온 연고를 서랍에서 꺼냈다.

"바지는 안 벗어도 돼?"

"죽는다."

이런 정신 상태로 지금 서진의 몸에 손을 대는 건 지뢰를 밟는 거나 마찬가지라고 여겨졌지만 환부가 등에 걸쳐져 있어 서진 혼자 바르라고 두기엔 무리였다. 해인은 연고를 듬뿍 짜 하얀 등에 지도처럼 얼룩진 멍에 펴 발랐다.

"아……."

"아파?"

"아니, 그게 아니고……."

"안 아프면 조용히 해."

서진은 시키는 대로 입은 다물었지만 해인의 손이 닿을 때마다 몸을 움찔움찔 떨었다. 아파서 그런지 뭔지 모르겠지만 그마저도 하지 말라고 하려니 제가 너무 폭군 같아서 해인은 꾹 참고 최대한 손에 힘을 빼고 빠르게 약을 발랐다.

해인이 다 됐다고 하자 천천히 옷을 내린 서진이 느릿느릿 고개를 돌려 해인을 빤히 쳐다봤다.

"머리는 하나도 안 말렸네."

그 눈가가 붉게 달아오른 것을 모른 척하며 해인이 말했다.

"기다려, 드라이기 가져와서……."

자리에서 일어나려는 해인의 손을 서진이 탁 가로채듯 잡았다.

"됐어."

"왜."

"설마 몰라서 묻는 건 아니겠지?"

축축한 목소리가 낮은 으르렁거림처럼 울렸다.

"그만 손대. 나한테."

애원 같기도 하고 경고 같기도 했다. 더 했다간 자신도 더 못 참을 것 같다는 말이 불온한 연기처럼 해인의 머리를 흐렸다. 해인이 멍청히 서 있는 사이 서진의 손에 힘이 들어갔다.

기갈 들린 사람이 신기루를 만난 것처럼 해인의 얼굴을 절박하고도 집요하게 바라보던 서진이 점점 거리를 좁혔다. 홍조를 띤 하얀 얼굴이 가까워질수록 해인은 눈의 초점을 어디에 맞춰야 할지 알 수가 없었다. 이내 검은 블랙홀 같은 눈동자가 시야 대부분을 차지하자 무슨 생각을 해야 좋을지도 모르겠다.

아, 별수 없다. 어쨌든 그들은 불과 얼마 전 몸을 섞은 연인이었다. 다니엘이건 윤서진이건, 곁에 붙은 라벨에 관계없이 해인과 이틀 밤을 허니문처럼 보낸 남자는 그였다.

해인이 저도 모르게 눈을 감았다. 억겁 같기도 하고 찰나 같기도 한 시간이 스치자 얼음물을 뒤집어쓴 것처럼 정신이 번쩍 들었다. 해인이 와락 눈을 뜨자 서진이 그대로 물끄러미 저를 바라보고 있었다.

"······키스하는 줄 알았어?"

속삭이며 달싹이는 예쁜 입술이 너무 얄밉다.

"아니면 하고 싶었어?"

"웃기지 마."

해인이 딱딱하게 으르며 자리에서 일어나 뒤로 몇 걸음 물러났다. 이미 체통을 지키긴 틀린 것 같았지만 그렇다고 완전히 백기를 들 순 없었다.

"그런 거 아니니까."

"괜찮아."

서진이 위로하듯 말했다.

"나는 10년도 더 전부터 너랑 자고 싶었어."

"이······."

미친, 하마터면 욕이 나올 뻔했다.

* * *

VIP 병동과 일반 병동의 다른 점은 비단 병실의 크기나 호화로움에만 있지 않았다. 일단 VIP 병동은 인구 밀도가 매우 희박했는데 면적 대비 병실 수가 일반 병동에 비해 현저하게 적기 때문이기도 했지만, 방문객이 거의 없어서기 때문인 듯도 했다.

사생활 보호를 위해 엘리베이터부터 달랐고, 입구에서는 경비원이 상주해 방문객의 신분을 확인했으며 종종 사설 경호원 같은 사람들이 복도를 순찰하기도 했다. 그렇게 까다로운 출입 조건 탓인지 기껏 열심히 만들어 놓은 라운지나 옥상 정원 역시 이용하는 사람이 거의 없었다.

해인은 대체 이곳에 자신들 말고 몇 명이나 더 입원해 있을지 궁금했다. 드문드문 간병인 복장을 한 사람들이 보이는 걸 보면 환자들이 있긴 한 것 같은데 실제 환자를 본 적은 없었다.

한 번은 밤에 웬 여자가 고함을 지르며 소란을 피우는 통에 서진과 TV를 보다 눈이 휘둥그레지기도 했지만 그것도 곧 조용해졌다. 병실 간 방음이 매우 잘되는 것 같았다.

서진이 입원하고 사흘이 지나고서야 해인은 처음으로 간호사나 의사가 아닌 다른 사람과 말을 나눴다.

눈이 퀭해진 해인은 서진이 손 소독을 받는 사이 광합성도 할 겸 옥상 정원에 나와 있던 참이었다. 전날 밤, 잠깐 집에 다녀온 탓인지 서진이 또 불안해하며 제 침대로 숨어들어 오는 바람에 잠을 거의 자지 못했다.

태양 아래 달맞이꽃처럼 시들시들해진 해인이 카페인을 긴급히 주입하기 위해 들고 있던 콜드브루 커피의 뚜껑을 따려는데 손이 미끄러워서인지 자꾸만 헛돌고 힘이 들어가지 않았다. 그때 옆에서 주세요, 하는 소리와 함께 커다란 손이 불쑥 다가왔다.

"주세요, 제가 따 드릴게요."

덩치가 곰처럼 커다란 남자는 간병사를 뜻하는 녹색 복장을 하고 있었다. 해인의 손에서 병을 가져간 남자가 가볍게 손을 놀려 뚜껑을 연 커피를 해인에게 돌려주었다.

"아, 감사합니다."

"뭘요."

남자가 씩 웃었다. 위압적인 덩치와 달리 웃으니 순박해 보이는 인상이었다.

"처음 보는데, 입원하신 지 얼마 안 되셨나 봐요."

"네, 엊그제 들어왔어요."

"간병사는 아니신 것 같고, 가족?"

해인이 그렇다고 대답하자 남자가 고개를 갸웃하며 여기는 가족 간병이 거의 없는데, 하고 말했다. 그 동작이며 말투가 은근 붙임성 있어 보였다.

"저 끝에 연예인 한 분이 입원해 있는데 거기만 아마 가족일걸요. 워낙 환자가 유별나서 간병사가 몇 번이나 바뀌었는데 이제 더 할 사람이 없대요."

그러냐고 해인이 고개를 끄덕이고 있는데 주머니에서 휴대폰이 윙윙 울렸다. 서진이었다. 진료가 끝난 모양이다. 전화를 받자마자 어디야? 하는 소리가 날아왔다.

해인이 근처야, 하고 대답하며 남자에게 이만 가 보겠다고 몸을 숙이는데 손에 들린 커피를 잠깐 잊었다. 남자가 막 쏟아지려는 병을 똑바로 잡아 세우며 조심해요, 한마디 하자 갑자기 수화기 너머에서 정적이 흘렀다.

—……누군데, 옆에?

"어, 여기 옆 병실에 도와주시는 분인데……."

—내가 지금 그리로 갈게.

"뭐? 어딜 온다고 그래? 꼼짝 말고 있어. 지금 들어갈게."

해인이 서둘러 병실이 보이는 복도로 들어서는데 아니나 다를까 막 병실을 나서던 서진과 마주쳤다.

"꼼짝 말고 있으라니까."

해인이 타박을 했지만 서진은 못 들은 척 해인의 뒤만 빤히 쳐다보고 있었다. 뭘 그렇게 보나 싶어 고개를 돌리니 아까 그 간병사가 가벼운 미소와 함께 해인과 서진을 향해 고개를 까딱하고 반대편으로 걸어가는 게 보였다.

"누군데, 저 사람."

"간병사래."

"간병사?"

철전지원수라도 되는 듯 간병사란 단어를 발음한 서진이 남자가 사라질 때까지 그 뒷모습을 노려보고 있었다. 그러고는 붕대를 감은 제 손과 깁스한 다리, 목발로 차례로 시선을 옮기더니 침울하게 입을 다물었다.

"들어가자."

"……"

"왜 그래?"

"나도 운동할래."

운동은 무슨. 재활도 깁스를 풀어야 할 수 있는 거였다. 왠지 울적해 보이는 그 표정을 물끄러미 들여다보던 해인이 산책 갈래? 하고 물었다. 그러면서 휠체어를 가져오려는 것을 서진이 말렸다.

"왜."

"목발 연습 하려고. 걷는 게 너무 꼴사납잖아."

"그럼 어때. 환잔데."

"환자처럼 보이고 싶지 않아."

"……"

"너한테 환자처럼 안 보이고 싶어."

"……그러니까 더 휠체어를 타야지."

안 움직일수록 빨리 낫는다. 해인이 말하고 휠체어를 가져왔다. 시큰둥하게 말이 없던 서진은 해인이 밀어 주는 휠체어를 타고 옥상 정원을 몇 바퀴 돌자 기분이 좀 나아졌는지 표정이 한결 밝아졌다.

안 그런 척해도 역시 환자 본인이 제일 많이 답답할 터였다. 아무리 옆에서 해인이 거들어 주고 병실이 호사스러워도 몸도 제대로 못 쓰고 이동도 수월하지 않은데 불편하지 않을 리가 없었다.

"햇빛을 많이 보는 게 뼈에 좋대."

해인이 밝게 말했다. 그러니 내일부터는 자주 산책하러 나오자는 말에 서진이 담담하게 나한텐 네가 햇빛인데, 하고 대답했다.

내용은 분명 낯부끄러울 법도 한데 어조가 수학 공식을 읊는 것처럼 건조해서 괴리감이 들었다. 그럼에도 불구하고 해인은 목덜미가 달아오르는 것 같았다.

"어."

그때 서진이 신고 있던 슬리퍼 한 짝이 벗겨졌다. 해인이 휠체어를 세우고 앞으로 돌아가 한쪽 무릎을 꿇고 슬리퍼를 주워다 도로 발에 신겼다. 그대로 다시 몸을 일으키려는데 불쑥 흰 손이 코앞으로 다가왔다.

"땀났어."

서늘한 손가락이 해인의 콧잔등을 훔쳤다. 땀? 하고 해인이 무심코 손등으로 제 얼굴을 문지르려는데 언제 다가왔는지 서진의 얼굴이 그 틈을 막았다.

살짝 벌어진 해인의 입술 사이를 비집고 들어간 입술이 해인의 혀를 끌어당기고 점막을 빨고 바르르 떨리는 혀를 아프지 않게 깨물었다. 긴 접촉도 아니었는데, 짧은 틈에도 성적인 뉘앙스가 듬뿍 담겨 있었다.

"……키스하는 줄 몰랐어?"

눈이 마주치자 서진이 짓궂은 눈빛으로, 하지만 퍽 가라앉은 음성으로 물었다. 마취총을 맞은 토끼처럼, 해인이 미처 아무 반응도 하지 못하고 있는데 뒤에서 울림이 풍부한 여자 목소리가 날아들었다.

"거기 자기들."

해인은 가슴이 철렁 내려앉았다.

돌아보니 그녀가 있었다.

* * *

"혹시 담배 있어?"

순간 사고가 정지했다. 머릿속이 표백제를 들이부은 것처럼 하얘져 아무 생각도 나지 않았다.

해인이 멍청하게 굳은 채 눈도 못 깜빡이고 있는데 머리 위에서 짜증이 역력히 묻어나는 투로 없는데요, 대꾸하는 서진의 음성이 들렸다.

"없어?"

여자가 되물으며 방금 전까지 서 있던 나무 그늘 아래서 몇 발짝 걸어 나왔다. 서진의 대답이 마음에 안 들어서인지 아니면 햇살 때문인지 눈가를 약간 찡그린 채였다.

"그럼 좀 사다 주면 안 될까?"

"직접 가지 그러세요. 별로 바쁜 일도 없는 것 같은데."

모처럼 분위기 좋았는데 방해를 받았단 생각에 서진은 곱게 말이

나가지 않았다. 서진의 대꾸에 여자가 재미있다는 표정을 지으며 입술을 삐죽했다. 눈을 가늘게 뜬 채 곧게 등을 펴고 휠체어에 탄 서진과 그 앞에 앉아 있는 해인을 훑어본 여자가 가볍게 과시하듯 고개를 갸웃했다.

"너희, 나 몰라?"

서진도 해인도 대답을 하지 않았다. 여자도 대답이 필요하진 않은 듯했다.

"이러고 내가 어떻게 직접 담배를 사러 가."

보란 듯 환자복을 입은 두 팔을 펴 보인 여자가 투정 섞인 한숨을 쉬어 보였다. 분명 작위적인 표정이고 몸짓인데, 알면서도 눈길을 빼앗길 수밖에 없는 사랑스러움이 있었다.

비록, 이제는 나이가 든 탓에 전성기 때만 못하다 해도, 과연 데뷔 이후 수년간 정상의 자리에서 내려온 적 없는 톱 배우의 아우라가 느껴졌다.

"내가 지금 한가한 건 맞는데 그래도 이미지 관리를 해야 하는 건 마찬가지라."

그렇게 말하며 웃는 여자, 젊은 시절엔 만인의 연인이라는 수식어가 붙을 정도로 독보적인 인기를 누렸고 40대 후반인 지금도 우아한 미모와 카리스마 있는 연기로 여전히 식지 않은 인기와 영향력을 행사하고 있는 배우.

오혜원은 민낯에 환자복을 입고 있는 모습조차 매력적이었다. 얼마 전 기사에서 보기로 투병 기간이 꽤 되었다고 했는데 그 탓인지 약간 초췌한 듯도 했지만 그마저도 영화 속 캐릭터를 연기하기 위해 꾸민 분장처럼 처연한 분위기를 풍겼다.

"간병인 없습니까? 매니저나."

"있지. 근데 이제 아무도 내 말을 안 들어줘. 몇 번 그러다 걸리는 바람에 갈아치워졌더니 이젠 뭘 해도 안 먹히네."

서진은 한심하다는 표정조차 짓지 않고 그냥 고개를 돌렸다. 더 관심 없다는 투다. 이제까지 상대해 준 것도 자기가 하지 않으면 해인이 할 것 같아서였다.

서진이 그만 가자는 듯 해인을 쳐다보자 혜원도 덩달아 해인을 쳐다봤다. 두 사람의 시선이 저에게 꽂히자 해인이 그제야 천천히 몸을 일으켜 섰다.

그 움직임을 따라 혜원의 눈동자가 아래서 위로 움직였다. 잠깐 눈이 마주쳤지만 먼저 고개를 돌린 건 해인이었다.

휠체어를 밀고 말없이 돌아서는 등 뒤로 잘 가, 하는 혜원의 목소리가 날아왔다.

병실로 돌아온 해인은 소파에 앉아 멍하니 넋을 놓고 있었다. 그 곁에서 한동안 살피듯 해인을 바라보던 서진이 해인의 턱 아래로 조심스럽게 제 얼굴을 들이밀었다.

"왜 그래."

"어?"

"내가 또 뭐 실수했어?"

해인이 시선을 내려 그를 보았다. 가만히 저를 주시하는 눈동자에 초조함과 조바심이 묻어 있었다. 아까부터 계속 말도 안 하고 무슨 생각을 하는지 모를 얼굴을 하고 있는 해인 때문에 불안했던 모양이다.

"그런 거 아니야. 그냥 딴생각 좀 하느라⋯⋯."

"무슨 생각."

핑계 댈 게 아무것도 생각나지 않아 해인이 입을 다물고 있자 서진이 입술이 마르는 듯 혀로 아랫입술을 한번 쓸었다. 그러면서 슬그머니 해인의 손 위에 우연인 듯 제 손을 반쯤 겹치고 맞닿은 손가락을 만지작거리기 시작했다.

"손잡아도 돼?"

"⋯⋯벌써 잡았잖아."

해인이 미간을 구기자 서진이 씩 웃으며 덥석 제 손안에 해인의 손을 가뒀다. 아까 키스도 그렇고, 은근슬쩍 스킨십을 시도하는 게 어이가 없었지만 해인은 그대로 손이 잡힌 채 소파 등받이에 머리를 기대고 눈을 감았다.

정신도 산란한데 지금 그와 실랑이하고 싶은 마음이 들지 않았다. 솔직히 말하면 서진과 손을 잡고 있는 게 위안이 되지 않는다고 부인할 수도 없었다.

"⋯⋯있잖아."

해인이 입을 열었다. 서진이 계속 말하라는 듯 해인을 가만 보고 있었다.

"있잖아."

"응."

"나 좀 나갔다 올게."

해인이 갑자기 벌떡 자리에서 일어났다. 덩달아 서진의 고개도 확 젖혀졌다.

"어디? 나도 같이 가."

"아냐, 잠깐 매점 갔다 올게. 얼른 갔다 올 테니까……."

끈질기게 따라오겠다는 걸 겨우겨우 떼 놓고 해인이 뛰다시피 옥상 정원으로 돌아갔다. 아무도 없었다. 나무 그늘 아래와 구석진 곳의 벤치까지 살폈지만 담배를 찾던 불성실한 환자는 보이지 않았다.

해인이 다시 병동 안으로 들어갔다. 복도를 빙빙 돌면서도 해인은 자신이 왜 이러는지 알 수가 없었다.

이러지 않기로 했는데. 이럴 이유가 없는데. 서진이 기다리고 있을 텐데 왜 여기서 시간 낭비를 하고 있는지. 왜 그 여자의 이름이 붙은 병실 앞에 서서 한참을 이렇게 그 이름만 올려다보고만 있는지.

오혜원(47세).

그 몇 자 안 되는 것을 해인은 오래도록 눈에 새겨 넣을 듯 뚫어지게 쳐다보았다. 다행히 경호원이나 따로 지키는 사람은 없는 듯했다. 어쩌면 운 좋게 잠깐 자리를 비웠는지도 모르지만.

"여기서 뭐 해요?"

뒤에서 들려온 목소리에 해인이 휙 몸을 돌렸다. 심장이 바닥으로 툭 떨어지는 것 같았다. 혜원이 뜻밖이라는 표정으로 해인을 보고 있었다.

"나한테 무슨 볼일이라도?"

친근하고 우호적인 말투였다. 의외로 부드러운 성격 같았다. 주로 개성이 강한 역을 해서 실제 성격도 그럴 거라 생각하고 있었는지도 모른다.

아니면 톱 배우라는 선입견 때문에 안하무인이거나 예민하고 신경질적일 거라 여겼을지도. 해인 자신도 아주 잠깐이지만 그쪽에 발을 담그고 있던 터라 연예인도 일반 사람들과 똑같이 가지각색이라는 걸 알면서도.

어쩔 도리가 없었다. 해인에겐 그녀를 알 기회가 없었다. 사교적인지 내성적인지, 말이 많은지 적은지, 무던한지 까다로운지 해인은 알 수가 없었다. 당연히 주어졌어야 할 기회를 박탈당했으니 혼자 마음대로 상상을 해 보는 수밖에 없었다.

"자기 혹시."

"……."

"내 팬이니?"

해인은 대답도 하지 않았는데 혜원은 혼자 그렇게 판단을 내렸는지 먼저 사인해 줄까? 하고 물었다. 거절할 틈을 놓쳐 병실 안까지 따라 들어간 해인은 혜원이 종이와 펜을 찾는 걸 멍청하게 보고 있을 수밖에 없었다.

"이름."

"네, 네?"

"자기 이름. 이름이 뭐냐고."

"아……."

고해인이라고 발음하는 음성이 사정없이 떨렸다. 혜원은 심상하게 예쁜 이름이네 하고는 종이에 능숙하게 사인을 했다.

"나이는, 몇 살이야?"

"……."

"말하기 싫어? 왜?"

해인은 대답하지 않았다. 그 비협조적인 태도에도 아랑곳하지 않고 사인을 마친 뒤에도 혜원은 계속 질문을 이어 갔다. 무료해서 그런 건지 원래 그렇게 팬에게 잘하는 성격인지 구분이 가지 않았다.

"아까 그 환자하고는 어떤 사이야? 가족? 아니면 남자 친구?"

"가족은 아니고……."

"남자 친구구나?"

그러더니 그 친구, 속 좀 썩겠네, 여자 친구가 이렇게 예뻐서, 하고 웃었다. 굳이 따지고 들자면 연인의 외모가 너무 뛰어나 속 썩을 쪽은 자신이 아닌가 해인은 생각했지만 오혜원은 전부터도 나이 어린 여자 후배들에게 상냥하고 친절하기로 유명했다.

특히 자신과 스무 살 남짓 차이 나는 여배우들을 유난히 예뻐해서, 자신과 경쟁 상대가 될 수 없는 후배만 챙긴다는 심술궂은 소문이 돌기도 했다.

"자, 여기."

"……."

"사진도 찍어 주면 좋겠지만 보다시피 내가 지금 이래서."

사인을 한 종이를 내밀며 혜원이 웃었다. 그 웃음과, 저를 보는 눈빛이 견딜 수가 없으면서도 계속 보고 싶기도 했다. 질릴 때까지 저를 봐 줬으면 했다.

"담배, 피우지 마세요."

저도 모르게 말이 튀어나왔다. 혜원은 물론, 말을 한 해인조차 흠칫했다.

"아, 아프시잖아요."

그 말에 혜원이 입을 다물고 해인을 좀 더 유심히 쳐다봤다. 새삼 낯선 것을 보는 것처럼 제 눈과 코, 입술을 관찰하듯 훑는 시선에 해인은 주먹을 꾹 쥐고 꾸벅 고개를 숙인 뒤 서둘러 돌아섰다.

가슴이 쿵쿵 뛰고 팔다리가 후들거렸다. 도망치듯 병실을 나온 해인은 그대로 잠시 숨을 고르다 다시 돌아서서 닫힌 문을 쳐다보았다.

오혜원(47세). 많은 나이다. 하지만 거기서 30이란 숫자를 **빼면**. 가슴이 아릴 만큼 어린 나이다.

"고해인."

그때 저만치서 해인의 이름을 부르는 소리가 들렸다. 고개를 돌리니 서진이 서 있었다. 멍하니 서 있는 사이 눈 깜짝할 새 가까워진 서진이 덥석 해인의 손목을 잡았다. 그사이 목발 짚는 요령이 부쩍 늘었다.

"여기서 뭐 하는 거야?"

서진이 눈을 굴려 해인과 그 뒤쪽의 병실을 훑었다. 한참을 해인을 찾으러 다녔는지 서늘할 정도로 에어컨이 돌아가는 복도에서도 이마에 땀이 송송 맺혀 있었다.

"매점 간다더니."

"어……."

해인이 주저하며 대답을 못 하자 서진이 해인의 손에 들린 것으로 시선을 옮겼다.

"진짜 오혜원 팬이었어?"

해인은 말없이 들고 있던 오혜원의 사인이 적힌 종이를 뒤로 돌렸다.

"그럼 진작 말을 하지."

"아니, 그 정도로 팬은 아니고……."

여배우라 그런지 서진은 의외로 너그럽게 굴었다. 그제야 해인의 태도가 이상한 이유를 알았다는 듯 오히려 납득한 모습이었다.

"심란해?"

병실로 돌아온 해인이 잠잠히 앉아 있는데 위로하듯 머리칼을 넘기는 손길이 느껴졌다.

"너무 걱정하지 마."

"……."

"오혜원 씨, 그렇게 나빠 보이진 않던데."

해인을 위로하려는 의도겠지만 틀린 말도 아니었다. 겉보기엔 해인의 눈으로도 그렇게 나빠 보이지 않았으니까.

하지만 얼마 전 난 기사에서는 다른 말을 했다.

"많이 좋아해?"

그러면서 서진이 천천히 해인의 머리며 볼을 쓰다듬었다. 해인이 눈을 깜빡이며 그 얼굴을 물끄러미 올려다봤다.

저를 보는 눈빛이, 표정이 너무 부드럽고 다정해서 팔다리에 힘이 풀렸다. 물에 젖은 휴지처럼 마음이 흐물흐물 취약해지는 것 같다.

"……."

해인의 눈에서 눈물이 툭 떨어졌다. 그를 본 서진의 눈이 대번에 등잔만큼 커졌다.

"왜, 왜, 왜 그래?"

어찌나 당황했는지 답지 않게 말까지 더듬었다.

"왜 울어? 왜?"

"……아무것도 아니야."

해인이 고개를 돌렸다. 뜬금없이 눈물 바람이라니. 창피해서 열이 올랐다. 뒷덜미부터 귀까지 확 달아오르는 게 스스로도 느껴졌다.

"아니긴 뭐가 아니야. 고개 좀 돌려 봐. 나 좀 봐 봐."

"됐다니까……."

민망해서라도 눈물이 뚝 멈춰야 되는데 어찌 된 일인지 더 쏟아졌다. 참지 못한 해인이 벌떡 일어나 욕실로 들어갔다. 뒤따라오던 서진의 코앞에서 문을 쾅 닫으니 곧이어 밖에서 서진이 문을 쿵쿵 두드리는 소리가 들렸다.

"열어 줘, 이거. 문 좀 열어 줘. 어?"

"……."

"왜 우는지 안 물어볼게. 그냥 옆에만 있을게."

해인은 대답 없이 양손으로 얼굴을 감싼 채 변기 뚜껑을 덮고 그 위에 앉았다. 손바닥에 닿는 피부가 뜨끈뜨끈했다.

참다못한 서진이 문을 뜯고서라도 들어가려던 생각을 행동으로 옮기기 직전, 해인이 문을 열고 나왔다.

"고해인······."

"······."

"너 괜찮아?"

서진이 안절부절못하며 해인을 쳐다봤다. 눈가가 붉긴 했지만 눈물 자국은 없었다. 세수를 했는지 이마에 젖은 머리카락이 달라붙어 있었다.

"괜찮아."

"정말?"

"나 갈게."

"어, ······뭐?"

서진이 눈을 둥그렇게 떴다. 해인이 보호자용 침실로 성큼성큼 걸음을 옮기며 빠르게 말했다.

"부모님한테 전화드려. 아니면 간호사실에 말해서 간병인 요청해."

"뭐?"

"아니면 내가 간호사실에 물어보고······."

"잠깐만, 간다고? 어딜?"

해인이 잡힌 팔을 뿌리치며 서진을 쳐다보았다. 한숨을 한 번 내쉬더니 지친 듯한 동작으로 머리를 쓸어 올렸다.

"하지 마. 이제 이런 것도."

"뭐?"

"이 정도면 됐잖아."

나도 피곤하다는 해인의 말에 무언가 반박하려던 서진의 입이 다물어졌다.

"힘들어, 집에 가고 싶어."

"……."

"집에 가고 싶어."

숨이 막힌 것 같은 표정으로 해인을 쳐다보던 서진이 추락하듯 시선을 떨어트렸다. 뭔가를 꾹 참듯 바닥을 쳐다보다 천장으로 향했다가 창을 돌아봤다가 결국 해인의 얼굴로 돌아왔다.

"그럼 나도 같이 가."

"뭐?"

"같이 가자고."

그러면서 서진이 진짜로 환자복을 벗기 시작했다. 화들짝 놀란 해인이 얼른 그의 손을 잡고 단추가 더 풀리는 것을 막았다.

"야, 너 왜 그래? 네가 지금 가긴 어딜 간다고 그래."

"네가 가잖아."

"아니, 나는 나고…… 너는 아직 환자잖아. 치료 아직 덜 받았는데……."

"괜찮아."

"뭐?"

"퇴원해도 돼. 병원엔 내가 더 있겠다고 한 거야."

해인이 입을 벌리고 서진을 올려다보았다.

"거짓말이었어."

거짓말이었다는 말만큼은 진실이라는 듯 똑바로 눈을 쳐다보며 말하는 것에 해인은 할 말을 잃었다.

그사이 서진은 해인의 손을 뿌리치고 옷장으로 가 제 옷을 찾기 시작했다. 목발도 팽개치고 아무렇지 않게 두 발로 땅을 디딘 채였다.

"야, 너……."

주먹 쥔 손에 힘이 들어갔다. 조금 전까지 갈피를 못 잡고 무기력하던 마음이 싹 날아가 버리고 대신 울화가 치밀어 올랐다. 질끈 눈을 감은 해인이 연거푸 심호흡을 하며 부글부글 끓는 속을 진정시켰다.

마음 같아선 몇 대 두드려 패 줘도 속이 시원할 것 같지 않지만 어쨌든 최서진은 아직 환자였다. 본인조차 염두에 두지 않는 것을 해인이 왜 헤아려 줘야 하는지는 모르겠지만 일단은 그랬다.

"그래, 잘됐네."

해인이 쿵쿵거리며 서툴게 옷을 갈아입으려 애쓰는 서진을 제치고 제 물건을 챙기기 시작했다. 그 속도를 본 서진도 허둥지둥 서둘러 손을 놀렸지만 아무래도 몸이 부자유스럽다 보니 해인만큼 빠를 수 없었다.

눈 깜짝할 새 제 짐을 다 챙긴 해인이 서진을 보며 싸늘하게 말했다.

"그럼 나 먼저 갈게."

"잠깐, 잠깐만."

"퇴원 잘하고."

"고해인."

"다시는 보지 말자."

"기다려!"

서진이 해인의 옷자락을 붙잡고 늘어졌다. 해인이 뿌리치자 아예 매달려 들러붙다시피 했다.

"놔라, 너 이거 안 놔?"

"……."

"너 진짜, 이게 이렇게 고집부린다고 되는 일인 줄 알아?"

"……."

"놓으라고, 어? 놓으라고 빨리! 너 환자라고 더 안 봐준다."

서진은 숫제 눈을 꼭 감고 입을 다문 채 대꾸조차 하지 않았다. 해인이 좀 강하게 마음을 먹고 힘을 주어 매몰차게 그를 떼어 내려 했지만 요지부동이었다. 그런 식으로 힘이 들어가면 분명 갈비뼈며 발목의 통증이 상당할 텐데 신음성조차 내지 않았다.

"아니, 보호자분! 지금 뭐 하시는 거예요?"

다행인지 불행인지 때마침 들어온 간호사 덕분에 더 이상의 유혈 사태 없이 상황이 종료되었다. 간호사가 놀라 해인에게 아무리 화 가 나도 그러면 안 된다며 골절 환자에 대한 주의 사항을 줄줄이 읊으며 훈계를 했다.

어이없게도 그만하라고 해인의 편을 들어 준 건 서진이었다. 이게 다 누구 때문인데?

"하……."

진이 다 빠졌다. 해인이 털썩 소파 위에 주저앉았다. 서진이 해인의 눈치를 보며 간격을 유지한 채 반대편 의자에 앉았다. 그 와중에도 마치 파수를 서듯 출입문 바로 앞이었다.

"최서진."

한참 침묵을 지키던 해인이 입을 열자 서진이 허리를 곧게 세우고 해인을 보았다. 사고를 치고 혼날까 봐 바짝 긴장한 강아지 같은 자세였다.

"너 진짜 왜 그러는 거야?"

"……."

"내가 뭐라고 했어? 그냥 집에 가고 싶다고 한 거잖아. 피곤해서 집에서 쉬고 싶다고."

"……."

"너랑 인연 끊을 거라고 한 것도 아니고, 다시는 안 보겠다고 한 것도 아닌데 대체 왜 이러는 거야?"

"……아까 다시는 보지 말자고 했잖아."

"그거야!"

네가 한 거짓말 때문에 홧김에 한 말이란 대꾸에 서진이 침울하게 표정을 굳혔다.

"아무리 홧김이라도 진심이 아닌 말은 못 해."

"뭐?"

"조금이라도 마음에 있는 말이 나오는 거지."

"야."

해인이 한숨을 푹 쉬었다.

"홧김이라고. 화나서 그냥 한 말이라고. 넌 맘에 없는 소리 한 적 없어? 빡쳐서 절교 선언 해 본 적 한 번도 없어? 바보 같은 짓 하고 아, 그냥 확 죽고 싶다, 하면 그게 진짜 죽고 싶은 거야?"

"……."

"아, 됐고. 그래, 좋아. 네가 그렇게 싫으면 집에 안 갈게."

"……."

"대신 네가 못 찾는 데로 영영 사라져 버릴 거야."

서진의 입술이 경련하듯 달싹이는 순간 해인이 이건 홧김에 하는 말이 아니라고 했다. 서진의 입이 다시 스륵 다물어졌다.

"진짜 피곤하다. 그냥 집에 좀 가는데 이렇게까지 해야 돼?"

죽어도 해인을 보내 주지 않을 것 같던 서진은 사라져 버린다는 말 한마디에 태세를 바꿨다.

그것도 모자라 그렇게 부르라고 노래를 불러도 부르지 않던 이정우에게 전화를 걸어 해인을 집까지 데려다주게 했다. 그것도 불편했지만 그쯤에서 해인도 물러섰다. 더 실랑이를 하며 뺄 기운도 없었다.

차를 타고 오는 내내 이정우는 해인에게 뭔가 말을 걸고 싶어 하는 것 같았지만 해인은 일부러 자는 척 눈을 감고 그를 외면했다.

그에게 묻고 싶고, 듣고 싶은 말이 많았는데 지금은 그럴 힘도, 의지도 없었다. 역시 인생은 타이밍인가 보았다.

[잘 들어갔어?]
[미안해. 내가 잘못했어.]
[씻고 푹 쉬어.]
[문단속 잘하고.]

집에 도착해 툇마루에 걸터앉자마자 그걸 알기라도 한 듯 서진에게서 연달아 메시지가 들어왔다. 해인이 물끄러미 휴대폰 액정을 쳐다보았다.

[내가 다 잘못했어. 미안.]
[답장은 안 해도 돼.]

병실에서의 소동극이 차례로 머리를 스치고 남은 건 이 음성 지원이 될 것 같은 메시지뿐이었다. 갑자기 해인은 자신이 뭔가 심한 짓을 한 기분이 들었다.

그렇게까지 말할 건 없었는데. 제 뒷모습이 세상에서 제일 무섭다고 한 애한테 영영 사라져 버리겠단 건 협박이나 같았다. 갑자기 잘 있다가 눈물 바람을 하고 나와서 집에 간다고 하니 당황한 건 당연한데. 왠지 괜한 화풀이를 서진에게 한 것 같아 마음이 쓰였다.

그사이 잠깐 틈을 두고 새로운 메시지가 올라왔다.

[전화해도 돼?]

해인이 손가락을 움직여 답을 보냈다. 몇 통이나 되는 메시지에 대한 해인의 답은 '안 돼' 두 글자뿐이었다. 또 조금 심장 부근이 욱신거렸지만 지금은 정말 피곤했다. 기다시피 방으로 들어가 겨우 이불 하나만 깔고 눕는 게 전부였다.

눈을 뜨니 주위가 깜깜했다. 순간 자신이 아직도 병원에 있는 줄 알고 몸을 굳혔던 해인은 침대가 아니라 아무리 굴러도 떨어질 염려 없는 제 방 바닥임을 깨닫고 긴장을 풀었다. 자는 동안 땀을 흘렸는지 온몸이 끈끈했다.

샤워를 하고 나와 벗은 옷과 병원에서 가져온 빨랫감들을 세탁기에 돌렸다. 방방마다 창을 활짝 열어 환기를 시키고 청소기로 대충 쌓인 먼지들을 빨아들였다. 배가 고파 라면을 끓여 먹고 설거지까지 한 다음, 배경음처럼 TV를 켜고 식탁 앞에 앉았다.

"……."

눈앞, 식탁 위에 오혜원의 사인과 휴대폰이 나란히 놓여 있었다. 물끄러미 양쪽을 내려다보던 해인이 손을 뻗어 휴대폰을 들었다.

서진의 번호를 누르고 몇 시간째 한 마디도 하지 않은 목을 음음, 가다듬는데 신호음이 제대로 울리기도 전에 상대가 전화를 받았다.

"어, 여보세요? 최서진?"

─응…….

왠지 어색했다. 나야, 하고 쓸데없는 자기소개를 하자 또 응, 하고 순순한 대답이 돌아왔다. 가슴이 답답해져 해인은 맥주라도 마실 요량으로 냉장고를 열었지만 남은 캔이 하나도 보이지 않았다.

그대로 냉장고 문을 닫고 돌아서서 지갑을 챙겼다. 슬리퍼를 신고 정원을 가로질러 대문을 열었다.

"뭐 하고 있어? 밥은 먹었어? 저녁 약은, 안 까먹고 먹었어?"

그리고 해인은 대문 앞에 앉아 있던 서진과 눈이 마주쳤다.

"아니……."

수화기와 바로 코앞 양쪽에서 목소리가 동시에 들렸다.

"아직 안 먹었어……."

어이가 없어 웃음이 다 나올 지경이었다. 해인이 전화를 끊을 생각도 못 하고 그를 내려다보았다.

서진 역시 해인이 이렇게 갑자기 나올 줄 몰랐는지 한껏 긴장한 자세였다. 깁스한 쪽 다리를 어정쩡하게 펴고 다른 쪽 무릎은 세운 채로 대문 옆 기둥에 찌그러트린 캔처럼 바짝 몸을 붙인 상태였다.

그 꼬락서니로 보나 상황으로 보나 기막히고 찌질해 보여야 함이 마땅함에도 어찌 된 영문인지 해인은 이상하게 마음이 움직였다.

그 버림받은 강아지처럼 절절한 눈빛 때문인지, 여름밤 공기를 관통하는 가로등의 불빛 때문인지, 아니면 누구 말마따나 제 머리가 꽃밭인 탓인지.

"어디 가?"

묻는 서진의 얼굴을 보자 그러지 않으려 해도 웃음이 새는 걸 참을 수 없었다. 도무지 진지해질 수가 없다.

"야……."

불러 놓고 해인은 마음을 가라앉히는 척 이를 악물고 다른 쪽으로 고개를 돌렸다. 제멋대로 삐죽대는 입꼬리를 막을 수는 없어도 서진에게 들키기는 싫었다.

"너 여기서 뭐 하는데."

"그냥……."

웃지 않으려 애를 쓰다 보니 오히려 더 낮게 깔린 목소리가 나왔다. 서진이 쩔쩔매며 벽에 손을 짚고 몸을 일으켜 세웠다.

"그냥 너무 걱정이 돼서……. 잘 있는지…… 그냥 잠깐 보기만 하려고 했어."

"……."

"진짜 금방 가려고……. 정말이야. 나 온 지 얼마 되지도 않았어."

"……."

"방금 막 도착했는데 마침 네가 나와서……."

해인이 말없이 등을 돌렸다. 서진이 얼른 손을 뻗어 해인의 옷자락을 잡았다.

"어디 가는데? 이 늦은 시간에."

"술 마시러."

"술? 혼자? 누구랑?"

"……."

"누구랑 마시는데? 혹시 남자야?"

해인이 고개를 돌려 그를 보며 심드렁하게 대꾸했다.

"네가 무슨 상관이야?"

"……."

"놔, 나 빨리 가야 돼."

서진은 오히려 잡은 손에 더 힘을 주었다. 땅속까지 가라앉을 듯한 목소리로 고해인, 하고 부르는 눈빛이 찌를 듯 날카로웠다.

"너 그거 바람이야."

"뭐?"

"너 나랑 사귀는 사이잖아."

"아니야."

"뭐?"

해인이 귀찮다는 듯 서진의 팔을 떨쳐 내며 휙 몸을 돌렸다.

"들어가 있어."

"뭐, ……어?"

"슈퍼에 갔다 올 테니까 집에 들어가 있으라고."

잠시 멍청하게 서 있던 서진은 들어가지 않고 왼손으로 갈비뼈 부근을 받치듯 누른 채 발을 질질 끌며 해인을 따라왔다.

알면서도 모른 척 해인은 슈퍼에서 캔 맥주 몇 개와 주전부리들을 사서 나왔다. 슈퍼 근처 벽에 기대서 있는 서진을 그대로 지나쳐 집으로 올라가자 서진도 잠자코 뒤따라왔다.

"덥다."

해인이 집 안으로 들어가지 않고 그대로 툇마루에 털썩 주저앉았다. 서진도 옆에 앉으려는데 해인이 그 자리에 캔 맥주를 꺼내 탁 내려놓았다. 서진이 주춤하며 물러났다. 몇 번 더 그렇게 탁탁 소리가 나자 줄지어 늘어선 캔 맥주 수만큼 둘의 거리가 벌어졌다.

해인은 도미노처럼 세워 둔 캔 맥주를 도장 깨기 하듯 하나씩 비우기 시작했다. 보고 있던 서진도 슬그머니 손을 뻗었지만 해인이 안 된다고 딱 잘라 말하며 대신 입에 육포 하나를 물려 주었다.

"오늘은 나만 마실 거야. 넌 그거나 먹어."

"……."

"불만이면 아프지를 말든가."

물론 서진은 해인이 자신과 마주 앉아 있어 주는 것만으로도 불만이 있을 리 없었다. 그렇게 말도 없이 순식간에 맥주 열두 캔을 전투적으로 들이부은 해인은 술이 떨어지자 망설임 없이 자리를 털었다. 마루를 짚고 일어서는데 핑 어지럼증이 밀려와 조금 비틀거렸다.

"괜찮아?"

"어, 응. 괜찮아."

컨디션이 좋지 않아서 그런지 술이 잘 안 받는 것 같았다. 평소라면 이까짓 맥주쯤이야 얼마를 마셔도 거뜬한데.

해인은 서진에게 잘 자라는 말 한마디를 던지고 제 방으로 비틀비틀 걸어갔다. 뒤에서 서진이 나동그라진 캔과 먹다 남은 안주들을 치우는 소리가 들렸다.

"야, 너는 환자가 무슨 일을 하고 그래?"

뒤돌아선 해인이 냅다 핀잔을 던졌다.

"내가 너 눈칫밥이라도 먹였어? 왜 만날 우리 집에만 오면 일을 하냐고."

"아니⋯⋯."

"그냥 둬. 냅두고 너도 방에 가서 자. 내일 내가 일어나서 치울 테니까. 아, 아니다. 잠깐만. 나 너한테 줄 거 있었는데."

서진이 물끄러미 올려다보고 있는데 해인이 기다리라며 휘릭 방향을 바꿔 거실로 갔다. 약상자를 뒤진 해인이 동그란 크림 통 같은 것을 꺼내 다시 툇마루로 돌아왔다.

"호랑이 연고야."

"⋯⋯."

"영원이 아버지가 작년에 대만에 여행 갔다가 사다 주신 건데, 어, 멍든 데랑 상처 난 데는 이것만 한 게 없어. 진짜로. 나도 말만 들었지 반신반의했는데 발라 보니까 알겠더라고. 진짜 좋아."

그 뒤로는 대만에 가는 사람도 없고 갈 일도 없어 아껴 쓰고 있다고 했다.

"너는 다 발라도 돼. 아끼지 말고 듬뿍듬뿍 발라."

"⋯⋯."

"알았어?"

"응⋯⋯."

"그럼 됐어. 얼른 자. 내일 눈뜨자마자 병원 갈 거니까 늦잠 자면 안 돼."

한 번 더 치우지 말라고 엄포를 놓고 해인은 비척비척 방으로 돌아왔다. 취기 때문인지 쏟아지는 잠으로 정신이 혼미했다.

눈도 제대로 못 뜬 채 반쯤 꾸벅꾸벅 졸면서 에어컨을 켠 해인이 아까 대충 접어 옆으로 밀쳐놓은 이불을 펴고 반팔과 반바지 차림 그대로 드러누웠다. 곧바로 의식이 끊어졌다 잠시 후 이유도 없이 도로 깨어났다.

"어……."

해인이 코를 킁킁거렸다. 어디선가 풀이 타는 듯한 냄새가 나는 것 같았다. 해인이 고개만 삐죽 들어 희부윰한 빛이 새어 드는 열린 창을 바라보았다.

그대로 기다시피 창가로 가니 언젠가 본 장면 그대로 툇마루에 앉아 있는 서진이 보였다.

"야, 뭐 해. 안 자고."

해인이 말을 걸자 서진이 흠칫 놀란 얼굴로 고개를 돌렸다. 창문으로 얼굴만 쏙 내밀고 있는 해인과 눈이 마주치자 서진은 당황한 듯 말을 더듬었다.

"어, 아니, 지금 잘 거야……."

"잠이 안 와?"

눈을 비비며 묻던 해인의 눈에 문득 정원 구석에 처박혀 있던 에어 풀장이 들어왔다.

아, 저거. 그러고 보니 에어컨이 고장 났었지. 더워서 잠을 못 자겠구나, 하는 생각이 들었다.

"들어와."

"……."

"내 방에서 자. 내 방 시원해."

그렇게 말하고 창을 닫고 기어가 이불 위에 누웠다. 잠시 후 문이 열리고 서진이 들어왔다. 문 앞에서 오도 가도 못 하고 주춤거리며 길쭉하게 서 있는 그를 해인이 누운 채로 고개만 젖히고 바라보았다.

"정말 그래도 돼?"

"뭐가."

"네 옆에서 자도 돼?"

"싫음 나가든가."

싫을 리가 없다. 더 묻지 않고 냉큼 다가온 서진이 해인의 곁에 자리를 잡고 누웠다. 떨어지라고 해인이 밀어 내자 좀 밀려나는 시늉을 했지만 해인이 다시 눈을 감자 어느새 곧바로 옆에 바짝 붙었다.

"저리 가라고. 술 냄새 나."

"안 나."

"수작 부리지 마라. 안 넘어간다."

"수작 아닌데."

"더워서 그런 거야. 더워서, 오늘만."

에어컨이 고장 났으니까. 깁스한 부위에 땀이라도 차면 곤란하니까.

"응, 알았어."

순순히 대답한 서진이 자신에게서 돌아누운 해인의 등 뒤에 바짝 붙었다. 술 탓인지 느껴지는 체온이 평소보다 뜨끈했다.

"오늘 왜 화난 거야?"

"뭐가? 나 화 안 났는데."

"그런데 갑자기 왜 그랬어?"

"뭐? 나 운 거?"

웅얼거리면서도 대답은 꼬박꼬박 했다.

"창피하니까 그 얘긴 하지 마."

"응."

"나도 모르게 그냥 눈물이 나왔어. 이상하게, 늘 보던 얼굴인데 도……. 어쨌든, 실물을 본 건 처음이었으니까……."

서진이 살짝 미간을 찌푸렸다.

"아무튼 그 얘기는 하지 마. 나 운 얘기 자꾸 하는 거 싫어해."

"응. 안 할게."

"내 나이가 몇인데, 네 앞에서 자꾸 울고 그런 거 좀 철없어 보이 잖아……."

서진이 희미하게 웃었다. 철이 있어 보이고 아니고, 그런 걸 신경 쓰고 있었나.

서진이 팔을 뻗어 해인의 몸을 뒤에서 살짝 그러안았다. 뿌리 칠 줄 알았는데 그새 잠이 들었는지 뭔가 꿍얼대는 소리만 낼 뿐 해인은 잠잠했다. 곧 고르게 오르내리는 등이 그렇게 애틋하고 사랑스러울 수가 없었다.

서진이 용기를 내서 좀 더 힘껏 해인을 끌어안았다. 요동치는 심장에서부터 온몸으로 열기가 번져 나갔다. 다친 갈비뼈가 눌리고 다리도 묵직했지만 상관없었다.

그럴 의도는 아니었지만 서진은 제가 다친 게 결과적으론 오히려 잘됐다 싶었다. 조금이라도 제가 아파하는 기색이 보일 때마다 해인이 덩달아 얼굴을 찡그린다는 것을 알고 있다. 말은 맵게 하면서도 혹시나 치료가 더뎌지거나 상태가 악화될까 봐 전전긍긍하는 게 훤히 보인다.

그 걱정하는 얼굴이 저를 보고 웃는 얼굴만큼이나 짜릿했다. 제대로 씻지도 못하고 아무 데나 막 갈 수도 없어도, 해인이 제 곁에 딱 붙어 있는 게 그렇게 행복할 수 없었다.

할 수만 있다면 계속 아프고도 싶었지만 서진은 알고 있었다. 어차피 이것도 일시적인 거다. 고작 갈비뼈나 발목뼈 몇 개 부러진 걸로 해인을 영원히 붙잡아 둘 순 없다고.

그럼 어떻게 하면 좋을까.

어떻게 하면 해인이 저를 떠나지 못하게 할 수 있을까.

그 생각만 하면 가슴이 타들어 가는 것 같고 잠이 오지 않았다. 아무리 머리를 짜내도 떠오르는 건 다 해인이 싫어할 것 같은 것들뿐이었다. 서진은 해인에게 미움받고 싶진 않았다. 마음은 잃고 몸만 가진다는 건 최악의 경우의 일이었다.

"나 떠나지 마⋯⋯."

서진이 웅얼거리며 해인을 안은 팔에 힘을 주었다.

"나 좀 사랑해 줘……."

불쌍해서 곁에 머물도록 해 줄 만큼이라도, 그만큼이라도 사랑해 준다면 서진은 기꺼이 그 이상 불쌍해지고 싶었다.

* * *

다음 날 눈을 떴을 때 해인은 제가 서진의 품에 파고들 듯 누운 채로 잠자고 있었다는 걸 깨닫고 기절할 듯 놀랐다.

터져 나오려는 비명을 참고 눈을 굴려 동태를 살피니 서진은 아직 세상모르고 잠든 상태였다.

'얘가 왜 여기 있지?'

나 잠든 새 몰래 숨어든 건가? 이놈 자식이? 번뜩 스친 생각에 확 열이 받을 뻔했지만 곧 지난밤의 기억이 떠올랐다.

그가 숨어든 게 아니고 제가 불러들인 거였다. 내가 왜 그랬지? 취해서 벌인 짓인 것 같은데 기억이 끊길 만큼 취진진 않았던 모양이다.

'아이고, 미쳤네. 고해인.'

속으로 스스로에게 욕을 퍼부으며 해인이 꿈틀대며 몸을 뺐다. 그나마 자신이 먼저 일어난 게 다행이다. 잠든 동안 조용히 빠져나가자. 작정하고 공기가 된 심정으로 최대한 무게감 없이 몸을 움직이는데 어느새 눈을 뜬 서진과 눈이 마주치고 말았다.

"······추워서 그래."

해인이 밑도 끝도 없이 그렇게 말했다.

"에어컨 온도가 너무 낮아서, 추워서 나도 모르게······."

말하는 순간 뭔가가 뇌리를 스쳤다.

"아니, 잠깐만······."

"······."

"최서진."

"응."

"너 또 거짓말했어?"

서진은 제 죄를 안다는 듯 말이 없었다. 해인이 이불을 걷어치우고 벌떡 일어나 앉았다. 서진도 따라 주춤주춤 몸을 일으키더니 고개를 숙이고 앉았다.

"아니, 야, 대체 왜 그런 쓸데없는 거짓말을 해? 그런 걸 해서 너한테 이로울 게 뭐가 있다고······."

에어컨이 고장 났다고 해서 해인은 그 뒤로 집에 들어온 후에도 에어컨에 손을 댄 적이 없었다. 어제는 술김에 아무 생각 없이 하던 대로 한 것 같은데 따지고 보면 말이 안 되는 짓이었다.

"에어컨이 고장 나서 너한테 무슨 좋을 게 있다고?"

말을 하면서 해인은 스스로 답을 찾았다.

"너 혹시······."

"······."

"나 호텔에 데려가려고 그런 거야?"

서진은 입이 열 개라도 할 말이 없다는 듯 조용했다.

"맞아?"

"미안……."

어이가 없어 해인은 허, 나 원, 참, 소리만 반복했다. 굳이 그런 거짓말까지 할 필요 없이 해인과 서진은 그때까지만 해도 한 점 의혹도, 거리낌도 없는 연인 사이였다. 그냥 호텔 갈래? 해도 무방한, 그런 관계였단 말이다.

"너는 애가 진짜 왜 그러나?"

결국 언성을 높이고 말았다. 왜 쉽고 멀쩡한 길을 놔두고 굳이 이런 방식을 택하는지 해인은 이해할 수가 없었다. 왜 탁 트인 대로를 두고 비비 꼬인 길을 가느냐 말이다. 그것도 거짓말까지 해가면서.

"그냥 같이 자고 싶다고 하면 되잖아. 원하는 게 있으면 제대로 말로 하면 되잖아."

공부만 잘했다 뿐이지 자라면서 남과 소통하는 법을 잘못 배워도 한참 잘못 배운 게 틀림없다. 서진이 또 미안하다고 중얼거렸다.

"그 미안 소리도 이제는 모르겠다."

좋아한다는 건 알겠다. 하지만 막상 행동은 해인을 존중한 게 하나도 없었다.

"어쩌면 너한테는 내가 없는 편이 더 나은지도 모르겠어."

생각지도 않았던 말이 뱉어졌다. 말을 한 해인도 순간 심장이 덜컥 내려앉았고 서진의 얼굴 역시 죽은 사람처럼 핏기를 잃었다.

"그럼, 그럼 어떻게 해야 해?"

꺼져 가는 촛불 같은 음성으로 서진이 물었다.

"뭐?"

"나는 안 쉬워…… 그런 게, 나는…… 너처럼 그럴 수가 없어. 아무것도 쉬운 게 없어. 어떻게 머리를 굴려도 제대로 된 방법이란 게 뭔지 잘 모르겠어."

목소리뿐만 아니라 서진의 온몸이 부들부들 떨리기 시작했다.

"네가 말한 대로 할 수 있으면 좋겠지만, 나는…… 그렇게 제대로 말을 못 하겠어. 진짜로 원하는 걸……."

"……야."

"그렇게 말했다가, 거절당하면…… 나를 싫어하거나 꺼려 하면……."

"……."

"네가 무슨 생각을 하는지 알 수가 없어서……."

무서워.

결국 서진의 눈에서 또 눈물이 떨어졌다. 기척도 없이, 훌쩍이는 소리도 없이 서진은 고요하게 울었다. 저 애의 모든 것이 다 그랬다. 고요하게 미쳐 있다. 겉으로 봐선 알 수가 없다.

해인이 한숨을 쉬었다.

"울지 마."

"나 버릴 거야?"

서진이 눈물 젖어 가닥가닥 뭉친 속눈썹을 깜박이며 해인을 쳐다보았다. 꽉 쥔 채 가늘게 떨리는 주먹이 가련했다.

"뭐?"

"나 버리지 마. 잘못했어. 버리지 마."

"야. 사람을 버리고 말고 할 게 어디 있어."

그런 생각은 해 본 적도 없다는 사실이 새삼 해인 본인도 의외였다. 해인이 마른세수를 한 번 하고 한결 침착한 음성으로 말을 시작했다.

"아까 없는 게 더 나을 것 같다는 말은 홧김에 한 말이야. 내 말 모든 것에 일일이 신경 쓸 필요 없어. 특히 화가 나서 하는 건 절반은 다 그냥 하는 소리니까."

결국 이렇게 됐다.

"버리지 않아. 이런 걸로 너 안 버려."

서진이 커다랗게 뜬 눈으로 해인을 보았다.

"나도 뭘 어떻게 해야 할지 모르겠는데, 어쨌든."

미로처럼 복잡하다. 예민하고 생각이 많고 꼬였다. 솔직하지 못한데 겁도 많다. 해인과는 달라도 너무 다르다.

"같이 있자. 일단은."

이게 맞는 결정인지 스스로도 확신이 없지만 그럼에도.

"같이 있어."

나는 사람 그렇게 쉽게 버리지 않아.

엄마처럼.

　　　　＊　　＊　　＊

"네 엄마는 대한민국에서 제일 예쁜 사람이야. 멋지고 근사하고, 하늘의 별 같은 사람이야."

해인이 어릴 때 아빠는 종종 그렇게 말했다.

"그러니 우리 딸도 그렇게 빛나는 사람이 되어야지."

"엄마처럼?"

"응, 엄마처럼."

어린 해인은 그렇게 한 치의 의심도 없이 아빠의 꿈을 자신의 꿈으로 받아들였다.

엄마가 진짜로 별처럼 빛나는 사람인지 아닌지는 중요하지 않았다. 아빠가 자신도 그런 사람이 될 수 있다고 생각한다는 게 중요했다. 아빠는 해인에게 헌신적이었고, 해인은 아빠를 사랑했다. 제 가치와 가능성을 믿어 준다는 자체가 해인에겐 꼭 보답해야 할 은혜처럼 느껴졌다.

그렇다고 오롯이 아빠의 의지만은 아니었다. 싫은 일을 억지로 할 만큼 해인은 순종적이거나 고분고분한 성격이 못 되었다. 해인 스스로도 방송 일이 좋았다.

어릴 적 멋모르고 시키는 대로 따라 하던 연기부터, 아이돌로 진로를 바꾸며 배운 춤과 노래까지. 하면 할수록 재미있었고 힘들어도 그만두고 싶진 않았다. 공부나 다른 무엇을 할 때는 금방 싫증이 났는데, 해도 해도 지겹지 않고 더더욱 잘하고 싶어졌다.

그게 재능이라는 걸 해인은 어렴풋이 알 것 같았다. 세상엔 저 같은 건 비교도 안 될 만큼 뛰어난 사람이 사막의 모래알만큼이나 많고, 그중엔 정말 천재다 싶은 아티스트들도 있었지만 계속 하고 싶다는 사실만으로도 크든 작든 그 재능이란 게 제게도 있다는 걸 해인은 알았다.

해인의 아빠는 몸치에 음치에 남들 앞에 나서기는커녕 누군가 자신을 주목하기만 해도 긴장하는 성격의 소유자였다. 해인은 그런 자신의 재능이 어디서 온 건지 스무 살 때 회사를 떠나게 되면서 알게 되었다.

별 같은 사람.

해인은 한때 어렴풋이 그게 죽었다는 말이 아닌가 생각했었다.

그러지 않고서야 그렇게나 멋진 사람이 이렇게 오랜 세월 동안 자식 안부 한번 궁금해하지 않을 리 없으니까. 제 품으로 낳은 자식 얼굴 한번 보러 오지 않을 이유가 없으니까.

하지만 아니었다. 아빠가 말한 별은 죽은 사람의 영혼이나 망원경으로 들여다보는 천체 따위가 아니었다. 지상에 살아 있는 별, 아름다운 외모와 빛나는 재능으로 대중들의 동경과 흠모를 한 몸에 받는 스타를 말한 것이었다.

"올여름도 되게 덥죠? 비가 많이 안 와서 다행이긴 한데 그래도 낮이고 밤이고 이렇게 푹푹 찌니 살 수가 없어요."

핸들을 잡은 이정우가 한껏 밝은 음성으로 말했다. 뒷자리엔 해인과 서진이 나란히 앉아 있었는데, 곧장 이혼하러 법정이라도 가는 부부들처럼 냉기가 흘렀다.

이정우는 운전을 하면서 대국 사이에 낀 소국처럼 어떻게든 차 안 분위기를 부드럽게 완화하려 노력 중이었다.

"이런 때일수록 잘 먹어야 되는데 말이죠. 서진이 너는 좀 잘 먹고 있어? 병원 밥 시원찮을 텐데 형이 사골이라도 좀 고아다 줄까?"

"아니."

"왜? 잘 먹어야 뼈도 잘 붙지. 가뜩이나 입맛도 까다로운 애가."

"됐어. 형 바쁘잖아."

"응? 나 안 바빠. 너도 알잖아. 병원에도 몇 번이나 간다고 해도 그렇게 못 오게 하더니……."

"서진이가 병원 못 오게 했어요?"

불쑥 해인이 끼어들어 묻자 이정우가 순간적으로 서진의 눈치를 살폈다.

"네? 네, 어, 아니, 그런 건 아니고요. 제가 못 간 거죠. 제가. 하하……."

"……."

"제가 어제까진 되게 바빴거든요. 회사 일이라는 게 그렇잖아요? 일이 몰아칠 땐 정신없다가 또 한가할 땐 되게 한가한 거. 그래도 마음이 많이 쓰였습니다. 차라리 퇴원을 하고 집에 있으면 더 도와주기 쉬울 텐데, 쟤가 또 극구 병원에 있겠다고 고집을 부려서……."

"형."

"어?"

"조용히 해."

아침에 한바탕 눈물을 쏟고 난 뒤에는 이런 분위기가 아니었다. 해인과 서진은 평화롭게 아침밥을 먹고 일단 병원으로 돌아가기로 했다. 서진이 외출 형식으로 나온 것이기 때문에 제대로 퇴원 수속도 밟고 의사도 만나 봐야 했다.

거기까지는 순조롭게 합의가 됐는데 그 뒤가 문제였다.

서진은 한옥으로 퇴원을 하겠다 했고 해인은 당연히 네 집으로 가야지 무슨 소리냐고 했다. 방금 하늘이 무너진다는 소리라도 들은 양 충격을 받은 서진은 감언이설에 속아 넘어간 사기 피해자라도 된 듯 억울해했고, 해인은 해인대로 말이 안 통한다고 했다.

"다들 이렇게 연애해! 다 이렇게 한다고!"

애초에 응당 그렇게 했어야 할 일을 하자는 건데 서진은 큰 배신이라도 당한 것처럼 굴었다.

속이 터진 해인의 입에서 결국 다 때려치우자 소리가 나왔고, 서진은 또 어떻게 그런 말을 그렇게 쉽게 하냐며 울먹였다.

그 와중에 이정우가 도착했고 서진이 뒷자리에 앉자 해인이 조수석에 타려 했다. 그것 때문에 또 말다툼을 벌였다.

"암튼 서진이 너 아픈 건 처음 본다. 너 몸 하나는 튼튼했잖아."

잠시 조용하던 이정우가 다시 입을 열었다. 해인과 비슷하게 그도 정적을 못 참는 성격 같았다.

"우리 같이 일할 때 몇 날 며칠 밤을 새워도 혼자만 멀쩡하던 녀석이……."

"서진이 몸 약한 거 아니에요?"

"네?"

"저한테는 몸이 약해서 자주 쓰러지기도 한다고 했는데."

또 정적이 흘렀다.

"아, 그게요……."

"형, 그냥 조용히 가."

그 뒤로 병원에 도착할 때까지 침묵이었다.

* * *

퇴원 준비를 마치고 병실에 앉아 간호사실에서 연락이 오길 기다리는데 영원에게서 전화가 왔다. 병원 앞이라고, 소민과 함께 병문안을 왔다고 했다.

해인은 엘리베이터 앞까지 나가 그들을 맞았다. 둘의 얼굴을 보자마자 절로 웃음이 나왔다. 여기까지 와 준 게 반갑고 고마웠다.

병실에 들어서서는 분위기가 그다지 좋지 못했다. 영원은 그저 자기는 해인에게 줄 것이 있어 왔다고 했고, 소민은 적당히 담담한 태도로 서진을 대하긴 했지만 선을 긋는 게 확연했다.

말이 병문안이지, 영원과 소민은 서진이 걱정되어서라기보단 해인을 봐서 온 게 분명했다. 자식을 이혼시킨 사돈들이 만난 것처럼 어색한 분위기를 견디다 못해 해인은 영원과 소민을 데리고 라운지로 갔다. 서진에겐 안에서 쉬라고 했더니 약간 불만스러워 보이긴 했지만 끝까지 고집을 부리진 않았다.

"자, 이거."

영원이 해인에게 집에서 가져온 호랑이 연고를 내밀었다.

"네가 물어봐서 뒤져 보니까 집에 몇 개 더 굴러다니더라."

"어, 고마워."

"호랑이 연고는 왜요? 언니도 어디 다쳤어요?"

소민이 눈을 크게 뜨고 물었다. 해인은 아니라며 고개를 젓고 서진이가, 라고 했다. 말이 떨어지자마자 뭐라고? 하며 영원이 벌컥 소리를 질렀다.

"이거 그 자식한테 쓸 거였어?"

당장이라도 도로 빼앗을 기세에 해인이 일단 슬그머니 연고부터 챙겼다. 그 꼴을 본 영원이 노발대발했다.

"너는 뼈도 없어? 진짜 머리가 꽃밭이야?"

"반박은 못 하겠다."

"네가 지금 걔 호랑이 연고 챙겨 주고 앉아 있을 때냐고."

영원은 병문안을 온 게 아니라 해인에게 이 말을 하러 온 것 같았다.

"걔 다니엘 아니라면서!"

애초에 얼굴도 뭣도 모르는 외국인을 집에 들인다고 할 때부터 찜찜했다. 거기다 한술 더 떠 금방 떠날 놈과 연애까지 한다고 할 때도 기가 막혔는데 사생활까지 간섭할 권리는 없는 친구라 그저 보기만 했다.

그런데 이젠 상황이 좀 달라졌다.

"넌 대체 생각이라는 게 없어? 얼마나 더 당해 봐야 정신을 차릴래? 저런 사기꾼에 협잡꾼 같은 놈을, 경찰서에 잡아 처넣어도 모자랄 판에."

영원이 씩씩댔다. 생각할수록 분하고 화가 났다.

"다니엘이 아닌 건 맞는데 모르는 놈은 아니야."

"그건 또 무슨 소리야?"

해인이 간략하게 지금까지의 일들을 설명했다.

"더 미친놈이네."

다 들은 영원이 한마디로 잘라 말했다. 반면 소민은 실리주의자답게 금방 납득을 한 모양이었다. 어쨌거나 신원만 확실하다면 다니엘보다는 윤서진 쪽이 해인에게 훨씬 나은 상대가 아닌가.

"낫긴 뭐가 나아."

"두 달 뒤에 독일로 돌아갈 필요도 없고, 잘됐잖아요."

"잘됐다고?"

"그 정도면 인정해 줘야죠."

"뭘 인정해."

"윤서진 씨의 마음이 진심이라는 거요."

받아들이고 말고는 해인이 결정할 문제고, 다니엘보단 윤서진이 낫다는 게 소민의 결론이었다. 그렇게 돈 많고 잘생기고 몸 좋고 나밖에 모르는데 어리기까지 한 남자가 어디 있나. 물론 걸리는 게 없는 건 아니지만 사람이 어떻게 모든 것을 갖출 수 있겠는가.

그러자 영원이 질렸다는 표정으로 소민을 보며 곧장 반박했다. 그렇게 눈 하나 깜짝하지 않고 사람을 기만한 놈을 어떻게 믿느냐는 거다. 그건 기본 인성에 문제가 있는 거라고.

"언니는 인성 미남보단 얼굴 미남을 더 좋아하는데."

"뭐라고?"

"그러니까 그건 언니가 결정할 문제라고요."

"아무튼 난 반대야."

영원이 테이블을 손바닥으로 탁 내리치며 말했다.

"신뢰가 하나도 없잖아, 신뢰가."

그 말에 해인이 곰곰 생각하는 표정을 지었다.

"그렇지는 않은데⋯⋯."

서진이 앞으로 절대 두 번 다시는 거짓말을 하지 않을 거라는 점에서의 신뢰가 아니었다. 그가 자신에게 해를 끼치지 않을 것 같다는 의미에서였다.

앞으로도, 무슨 일이 있어도 최서진의 마음은 변치 않을 것 같았다. 바람을 피우거나 떠나거나 설령 해인의 인성에 어떤 문제가 있다는 게 드러나도 서진은 해인에게서 절대 돌아서지 않을 것 같았다.

"오히려 걔가 나를 못 믿는 거 같은데⋯⋯."

영원이 환장하겠다는 표정으로 가슴을 퍽퍽 치는데 소민이 어? 소리를 내더니 눈을 둥그렇게 떴다.

"저기 여사님 아니에요?"

그 말에 해인과 영원의 시선도 덩달아 그쪽으로 향했다. 그냥 말 돌리려는 핑계인 줄 알았는데 정말로 서인화가 저만치 복도에서 이쪽으로 걸어오고 있었다.

"어, 진짜 여사님이네. 여긴 어쩐 일이지? 누가 아픈가?"

"가족이 아프다고 했잖아요. 이 병원에 입원해 있었나 봐요."

그런가 보다고 인사를 하기 위해 해인이 자리에서 일어났다. 인화는 무슨 생각을 그리 하는지 해인이 바로 앞까지 갈 때까지도 해인을 알아채지 못했다.

"여사님."

부르자 인화가 화들짝 놀란 얼굴로 고개를 들더니 해인을 보고 더 놀란 표정이 되었다.

"어, 해인아……?"

그런 인화를 향해 해인이 편한 윗사람들에게 짓는 특유의 애교 섞인 웃음을 헤헤 흘렸다. 안녕하셨냐고, 병원엔 어쩐 일이냐고 묻자 인화는 아직 놀람이 가시지 않았는지 시선 둘 데를 못 찾고 말을 더듬었다.

"어, 나는…… 그냥……. 너, 너는 여기 무슨 일이니? 혹시 어디 아픈 데라도 있니?"

갑자기 정색한 얼굴이 된 인화가 해인의 팔을 잡고 확인하듯 몸을 이쪽저쪽 돌려 보았다. 해인이 아니라고, 아는 사람이 아파서 온 거라고 하자 약간 누그러진 얼굴이 됐다.

"가족분이 아프시다더니, 여기 계신가 봐요."

해인이 조심스럽게 말하자 인화가 침울하게 고개를 끄덕였다. 투명하고 얇은 살갗 아래 퍼런 핏줄이 드러나 보이는 여윈 손등으로 연신 입가며 눈가를 누르는 게 어딘가 초조한 듯도 했다.

"좋은 일은 아니지만 그래도 여사님 오랜만에 뵈니까 좋네요."

해인이 어리광 부리듯 말하며 코를 찡그리고 웃었다. 언제나, 처음부터 친할머니같이 다정하던 인화였다.

그러고 보니 나중에 여유가 생기면 그녀에게도 서진을 소개해 줘야겠다는 생각이 떠올랐다. 늘 해인이 혼자인 걸 걱정하던 인화였으니 아마도 틀림없이 기뻐해 줄 것이다.

"어, 그래, 나도 그런데……."

그때 인화의 뒤에서 누군가 엄마! 하고 외치는 소리가 들렸다. 해인이 반사적으로 눈을 들어 인화의 어깨 너머를 쳐다보았다. 인화는 뒤도 돌아보지 못하고 얼어붙었다.

오혜원이었다.

"아직도 안 가고 여기서 뭐 해?"

오혜원이 불쾌한 얼굴로 다가오자 인화가 자신의 몸으로 그 앞을 가로막고 해인을 가리려는 시늉을 했다. 그래 봐야 가려지지도 않겠지만 무의식적으로 나온 행동인 것 같았다.

"내가 당장 가라고 했잖아. 내 말 못 알아들었어?"

"……엄마라고요?"

해인이 멍하니 중얼거렸다. 거의 속삭임에 가까운 음성이었는데 인화는 알아들었는지 절박한 표정으로 애원하듯 해인을 돌아보았다.

무엇에 대한 애원인지 해인은 알 수 없었다.

"오혜원 씨가 여사님 딸이라고요……?"

처음부터 친할머니처럼 다정한 인화였다.

친할머니처럼.

"여사님."

"…….",

"오혜원 씨 어머니세요?"

"해인아……."

인화가 울먹이듯 입을 열었을 때 혜원이 해인을 보았다. 의아한 표정으로 인화와 해인을 번갈아 보다가 인화가 꼭 붙들고 있는 해인의 옷자락을 보고는 순간 눈빛이 돌변했다.

다시 해인에게로 되돌아온 혜원의 얼굴은 말도 붙이기 힘들 정도로 굳어져 있었다.

"고해인 씨?"

혜원의 입에서 해인의 이름이 나오자 인화는 벼락을 맞은 것처럼 놀랐다. 인화가 비틀거리자 해인이 얼른 인화를 부축했다. 인화는 자신의 안위는 상관없다는 듯 오히려 그런 해인을 감싸려는 것처럼 자꾸 자신의 뒤로 돌리려 했다.

"왜 그렇게 숨기는데. 엄마 아는 사람이야?"

"아무도 아냐. 해인아, 그만 가 봐."

"아니긴, 아는 사람이잖아."

인화를 노려보는 혜원의 눈빛은 모친을 향한 거라곤 믿을 수 없을 정도로 표독스럽고 냉랭했다. 일시적인 갈등이 아닌 오랜 세월 쌓인 감정의 골이 그들 사이에 깊게 패어 있음이 느껴졌다.

"고해인 씨가 말해 봐요."

혜원이 해인을 쏘아보았다.

"우리 엄마 어떻게 알아요?"

해인은 말을 할 수가 없었다. 입이 달라붙은 듯 떨어지지 않았다. 인화가 해인을 밀어 내며 그만 가라고 했다.

"가, 해인아. 얼른 가. 나중에 내가 다시……."

"가긴 어딜 가!"

혜원이 버럭 소리를 쳤다. 히스테리를 일으킨 것 같았다.

"너 누군데! 누구냐고, 너! 누구야! 누구야!"

08. 약속

병원을 나서기 전, 한 번은 얼굴을 보고 싶은 마음도 있었다.

이제 두 번 다시 이런 우연은 없을 테니까. 살면서 저와 그녀 사이에 또 이런 접점이 생길 일은 없을 테니까. 마지막으로, 딱 한 번만, 잠깐 혼자 얼굴만 보고 가는 건 괜찮지 않을까 하고.

"누구야, 너? 어? 누구냐니까!"

왜냐하면 그녀는 자신의 친어머니였으니까.

"아무도 아니야! 그런 거 아니야! 혜원아, 너 또 흥분했어. 들어가, 들어가자."

인화가 달려들어 혜원을 끌어당겼다. 혜원이 소리를 지르며 발악

했다. 그러면서도 시선은 해인에게 고정된 채 움직이지 않았다.

"엄마가 얘 찾았어?"

"혜원아……."

"엄마가 결국 얘 찾았구나?"

"그런 거 아니라니까. 여기요! 여기 좀 도와주세요! 환자가 흥분을 해서……."

인화가 소리를 치자 근처에 있던 간호사와 보안 요원들이 우르르 달려왔다.

"죽었다고 했잖아! 내가 그렇게 찾을 때는 죽었다고 해 놓고!"

"혜원아!"

"엄마가 찾은 거지? 그런 거지?"

"여기 빨리 좀……!"

"이제 와서 쟤보고 나한테 간 떼어 주라고!"

해인의 눈에 멍청한 표정을 짓고 있는 제 얼굴이 들어왔다. 경악에 찬 영원과 소민의 모습도 보였다.

시야가 이상했다. 마치 몸이 허공에 붕 뜬 채 이 모든 광경을 멀찍이서 구경하고 있는 듯했다. 저를 보는 혜원의 핏발 선 눈과 당장이라도 쓰러질 것 같은 인화의 얼굴, 저만치 차마 가까이 오지 못하고 흥분과 호기심에 찬 눈을 번들거리는 구경꾼들의 얼굴과, 그런 그들을 밀어 내며 가까이 오지 못하게 하는 보안 요원들의 모습까지.

고개를 돌리거나 눈을 굴리지 않아도 모두 다 보였다.

"아니야, 혜원아. 쟤는…… 쟤는 아니야. 네가 오해한 거야."

이상했다.

"해인아, 아니야. 그런 거 아니야. 얘가 지금 정신이 없어서……."

순식간에 땀범벅이 된 인화가 혜원과 해인을 번갈아 쳐다보며 필사적으로 고개를 저었다.

오혜원은 어디서 그런 힘이 났는지 보안 요원 둘과 간호사, 인화까지 합세해 말리는데도 버티고 서서 물러나지 않았다. 어찌나 힘을 쓰는지 이마와 목에 핏대가 잔뜩 서고 이가 으득 갈리는 소리가 났다.

"엄마가 죽었다고 했잖아! 엄마가 나한테……!"

"혜원아! 제발!"

해인의 눈앞이 일렁였다. 이젠 누구의 얼굴도 구분이 가지 않았다. 세상이 빙빙 도는 듯했다. 아니, 제 몸이 빙글빙글 도는 듯했다. 위아래가 분간이 가지 않았다. 발이 땅을 딛고 있다는 실감이 없었다.

"해인아……."

해인의 표정을 본 인화의 얼굴이 일그러졌다.

"진정제, 여기 진정제 좀 줘요!"

"놔! 이거 놔! 이 손 안 치워? 어디다 함부로 손을 대?"

난장판이었다. 그 한가운데 해인은 화분처럼 멍하니 서 있었다. 그때 혜원의 뒤로 사람 그림자 하나가 나타났다.

"놓으세요."

침착한 음성이었다. 그 한마디에 일시 정지 버튼이라도 눌린 것처럼 모든 동작이 멈췄다.

그를 알아본 보안 요원들은 일시에 불에 덴 것처럼 혜원의 야윈 팔과 어깨를 제압하듯 누르고 있던 손을 뗐다. 곧 남자를 뒤따라온 비서 같은 자가 그들에게 작게 뭐라 지시를 내리고 간호사에게도 무슨 말인가를 했다. 아마도 구경꾼들이 몰래 찍었을 동영상이나 CCTV 영상 회수에 대한 내용인 것 같았다.

"어머님."

"……."

"이 사람 이렇게 자극하면 안 된다고 하지 않았습니까. 더 역효과만 난다고요."

남자가 인화에게 나무라듯 말했다. 인화는 종잇장처럼 창백한 얼굴로 그와 혜원과 해인을 연신 돌아봤다. 남자가 와서 상황이 정리된 듯 보이는데도 안도하기는커녕 더 불안해하는 모습이었다.

"잠깐, 당신 잠깐 비켜 봐."

혜원은 남편은 쳐다보지도 않고 제 앞을 가로막고 있는 그를 비켜 해인에게 다가가려 했다. 자연히 남자의 시선 역시 해인에게 향했다.

"나 저 애랑 할 얘기가 있어. 재랑……."

"여보."

"잠깐이면 돼. 잠깐만……."

"그럴 필요 없어."

키가 크고 마른 체격의 남자가 한숨처럼 다정한 목소리로 아내를 달랬다. 빈틈없고 냉철한 기업가 특유의 건조하고 딱딱한 분위기가 거짓말처럼 누그러들었다.

"당신이 오해한 거야."

언제나 아내를 최우선으로 여기는, 그의 가장 아름답고 완벽한 우상에게 흠집 하나 나는 것을 용납하지 않는 남자답게 그는 시종 부드러운 말투와 손길로 흥분 상태에 빠진 아내를 진정시켰다.

"오해……?"

"어머님이 당신에게 거짓말을 할 이유가 없잖아."

그 말에 혜원의 눈초리가 다시금 사나워졌다.

"아니, 엄마는 거짓말쟁이야. 평생 나한테 거짓말만 해 왔다고."

"여보."

"살아 있는 애를 죽었다고 했어. 그러더니 이젠 또 죽은 애가 살아 있대. 엄만 입만 열면 나한테 거짓말만 했어."

"여보……."

남자가 인내심이 섞인 한숨을 쉬었다.

"이해해. 당신이 많이 아팠잖아. 어머님도 많이 뉘우치고 계실 거야."

"쟤 이름이 고해인이야. 나한테 고해인이라고 했다고."

혜원은 굽히지 않았다.

"……그래?"

남자의 눈이 해인에게로 향했다.

"그럼 본인에게 직접 확인해 보지. 그럼 되겠어?"

남자가 끼고 있던 안경알이 천장의 빛에 반사돼 하얗게 빛을 냈다.

그 탓에 눈동자가 보이지 않던 것도 잠시, 곧 남자의 눈이 해인과 마주쳤다. 그 시선이 의미하는 바를 해인은 알고 있었다.

허튼짓하지 마.

약속 지켜.

"미안하지만 아가씨."

그 얄팍한 입술이 움직이는 모양을 보자 해인은 10년 전 그와 처음으로 마주한 때로 돌아간 것 같았다.

물론 거기는 병원도 아니었고, 주위에 이렇게 많은 사람들도 없었고, 남자의 매끈한 얼굴에 희미하게 자리하기 시작한 노화의 흔적도 없었지만 저 무감정한 파충류 같은 눈빛만큼은 너무도 똑같아서 신기할 지경이었다.

"이 사람이 무슨 오해를 한 것 같은데……."

그날의 기억은 해인에게 지울 수 없는 상흔을 남겼다. 스무 살 해인은 그 앞에서 처음으로 모멸감과 굴욕이 뭔지 배웠다. 남자는 힘과 권력으로 타인의 삶을 휘두르는 데 일말의 주저도, 가책도 느끼지 못하는 류의 인간이었다. 그 앞에서 해인은 털이 싹 밀린 채 허연 배를 드러낸 개가 된 것 같았다. 사람을, 같은 사람으로 보지 않은 건 그쪽인데 수치심을 느끼는 건 해인이어야 했다.

해인은 그런 사람의 협박에 맥없이 굴복해 버린 자신에게 무력감을 느꼈다. 옳지 않은 일임에도 저항하지 못한 스스로에게 깊은 자괴감을 느꼈다. 그건 의외로 제 출생에 대해 새롭게 알게 된 사실로 인한 충격보다 더 오래, 더 질기게 해인을 괴롭혔다.

"오랜만이네요, 조기현 이사님."

하지만 해인도 이제 그때의 스무 살 어린애가 아니다.

여전히 남자가 저 하나쯤이야 알루미늄 캔처럼 한 손에 쥐고 으스러트릴 수 있다는 걸 알아도, 흐른 세월만큼 저를 보호하는 껍질도, 가시도 두꺼워졌다.

해인이 남자의 말을 자르며 인사를 건네자 조기현의 눈썹이 약간 꿈틀하는 게 보였다.

"그동안 안녕하셨나 봐요. 얼굴이 좋으시네요."

혜원이 부릅뜬 눈으로 해인을 보다 제 남편을 쳐다보았다. 혼란스러운 모양이었다. 사방이 쥐 죽은 듯 조용했다. 심장이 뛰는 소리가 전장의 북소리처럼 둥둥 크게 들렸다. 혹여 누군가 자신을 제지하기 전, 혹은 스스로 통제를 벗어나기 전에 해인이 재빨리 뒷말을 이었다.

"오해라고 하셨는데 구체적으로 어떤 오해를 말씀하시는 건지, 사모님께서 저를 누군가와 착각하신 것 같은데 제 말이 맞나요?"

해인이 미소를 지었다.

"그럼 제 소개를 하면 될까요?"

10년 전 기현과의 약속은 해인이 혜원 앞에서 사라지는 거였다. 죽을 때까지 어떤 연락이나 접촉도 시도하지 않는 거였다. 연예계나 매스컴엔 발도 붙이지 말고, 없는 것처럼 조용히 사는 거였다.

해인이 물 흐르듯 막힘없는 어조로 또랑또랑하게 말했다.

"저는 화안동에서 조그맣게 카페를 하고 있는 서른 살 고해인이라고 해요. 전직은 아이돌인데, 10년 전, 5인조 걸 그룹 '로즈힐'로 데뷔

했다가 1년도 못 되어 퇴출당했어요. 사유는 재벌에게 부적절한 스폰을 받아 회사와 팀의 이미지와 명예를 실추시켰다는 거였죠."

해인이 싸늘한 시선을 기현에게 던졌다.

"더 정확히 말하면 MJ미디어의 조기현 이사님으로부터요."

약속은 지켰어.

* * *

MJ미디어는 대한민국 대표 종합 엔터테인먼트 기업이었다. 방송 채널, 영화, 음악, 공연 등의 사업을 운영하고 관련 자회사만 수십 개에 달하며, 산하 레이블에 아이돌을 양성하는 연예 기획사도 있었지만 대부분 사람들과 마찬가지로 해인에게도 MJ는 영화관에서 영화가 시작하기 전 제작과 배급을 나타내는 로고로 더 친숙했다.

조기현은 MJ그룹 회장의 차남이자 계열사인 MJ미디어의 전무이사였다. 배우 오혜원과 결혼하여 슬하에 1남 1녀를 두고 있었고, 공적으로나 사적으로도 해인은 그와 아무 관련이 없었다.

그가 MJ미디어 본사에서도 최상층에 위치한 자신의 사무실로 저를 불렀을 때도 해인은 그에 대해 아는 게 아무것도 없었다. 해인이 아는 건 그가 손가락 하나만 까딱해도 이제야 겨우 주목을 받기 시작한 '로즈힐'뿐만 아니라 회사 전체가 공중분해될 수 있다는 것뿐이었다.

"네가 고해인이구나."

영문도 모르고 긴장한 매니저의 뒤를 따라 덩달아 긴장한 채 조기현의 사무실로 향했다. 매니저는 입구까지만 동행했을 뿐 그 자리에 동석할 수 없었다. 갓 데뷔한 햇병아리 아이돌인 해인은 앞으로 벌어질 일에 대한 어떤 힌트나 정보도 없이, 티끌 하나 찾아보기 힘든 번쩍번쩍한 전무이사실의 푹신한 소파에 혈혈단신으로 앉아야 했다.

"어째서 본명을 쓰지?"

조기현은 해인을 보자마자 그렇게 물었다. 해인의 활동명은 이름에서 성만 뗀 해인이었다. 본명을 그대로 쓴 데에 큰 이유는 없었다. 부르기도 쉽고 이미지에도 맞고 타 언어권에서도 발음하기 비교적 쉬운 이름이라 굳이 바꿀 필요가 없다고 본인도, 회사도 판단했을 뿐이다.

해인이 그렇게 설명하자 조기현이 눈을 가늘게 뜨고 묘한 시선으로 해인을 훑었다. 그러고는 영상으로 봤을 때도 그런 것 같았지만, 하고 운을 뗐다.

"엄마는 별로 안 닮았네."

"……."

"다행이야."

데뷔한 지 반년이 조금 지난 신인이지만 해인도 이 세계의 그림자를 모르는 건 아니었다. 차라리 조기현이 제게 스폰 제안 따위를 했다 해도 이 정도로 충격적이진 않을 것 같았다. 어쨌거나 그건 예상 가능한 범주였으니까.

하지만 조기현은 해인이 존재조차 모르는 어머니 얘기를 했고, 그건 해인이 상상도 못 한 내용이었다. 해인은 순간 이게 다 몰래카메라고, 이 사람은 진짜 MJ미디어 이사가 아니고 배우 같은 게 아닌가 생각을 했다.

"내 아내가 네 생물학적 친모야."

조기현은 해인이 제 모친에 대해 아는 게 없다는 걸 이미 다 알고 있었다. 그럼에도 그와 관련한 얘기를 하는 것에 주저함이 없었다. 어차피 해인도 다 알게 될 거라 판단한 것 같았다.

해인의 친모는 자신의 부인인 오혜원이며, 해인은 대한민국 대표 배우인 그녀가 열여덟에 낳아 버린 아이라고.

"그럼 이제 내가 널 찾은 이유를 알겠지."

조기현에 의해 일방적으로 편집된 제 부모의 과거를 다 들은 뒤에도 해인은 한참을 어리둥절하기만 했다. 막힌 수로처럼 사고가 더디게 흘렀다. 조기현이 그렇게 물었을 때도 마찬가지였다.

"네? 모르겠는데요……."

"머리가 나쁘구나."

"……."

"애초에 네 친모가 널 버린 이유가 뭐라고 생각하니."

"……."

"실수였거나, 후회였거나. 어쨌든 네 존재가 자신에게 흠이 되기 때문이 아니겠어."

말귀 어두운 사람을 어르듯 조기현은 과장되게 느린 말투로 그런 네가 이렇게 대놓고 TV 출연까지 하면 어떻겠냐고 했다.

"네가 뭘 하고 어떻게 살든 상관은 없지만 이쪽은 아니지. 네 부친의 욕심이 과했다."

조기현은 해인의 아버지를 주제도 모르고 고기 부스러기나 노리며 사자 주위를 맴도는 하이에나처럼 취급했다. 마취된 것처럼 머리가 멍한 와중에도 해인은 일렁이는 분노를 느꼈다.

당장이라도 그에게 사과를 요구하거나 그 자리를 박차고 나가고 싶었지만 입도, 몸도 움직여지지가 않았다. 분노보다 더 크고 묵직한 무언가가 해인의 전신을 중력처럼 짓누르고 있었다.

그건 본능적으로 굴복할 수밖에 없는 압도적인 힘의 차이였다. 스무 살 해인은 그 앞에서 공포에 가까운 무기력을 느꼈다.

일방적인 대화를 종결당하고 조기현의 방을 나온 해인은 곧장 숙소가 아닌 집으로 갔다. 연락을 하지도 않았는데 해인의 아버지, 정인은 해인을 기다리고 있었다. 정인은 이미 다 알고 있었다. 방금 해인이 누구를 만났으며 그에게 무슨 말을 들었는지도.

정인은 다 자기 잘못이라며 하염없이 눈물을 흘렸다. 다 제 욕심이었다고, 미안하다고 해인 앞에 주저앉아 머리를 조아렸다.

자기같이 평범한 사람이 스타를 만나려면 같은 스타가 되거나 아니면 그 스타를 끌어내려야 하는데, 그럴 수는 없으니까 해인을 스타로 만들려 했다고 했다. 그렇게 자신과 딸을 버린 사람에게 보여주고 증명하고 싶었다고 했다.

"뭘 증명해? 아빠는 그 여자랑 다르다는 거?"

열여덟에 아이를 낳은 여자만큼, 같은 나이에 홀로 아이를 키워야 했던 남자의 세월 역시 녹록지 않았을 것이다. 정인은 대체 이미 오래전 인연이 끊긴 연인에게 뭘 증명하고 싶었던 걸까.

너완 달리 나는 나이나 상황을 핑계 삼지 않았다고, 내 행동과 선택에 책임을 지고 인생을 바쳤다고, 그렇게 도덕적 우월감이라도 느끼고 싶었을까.

"아니, 그런 게 아니라……."

"……."

"어리석어 보일지도 모르지만 나는 그때 정말 행복했었다고……."

"……."

"너를 낳고 키우면서 네 엄마를 사랑한 걸 한 번도 후회하지 않았다고……."

정인은 결국 제 사랑을 증명하고 싶었던 거다. 그게 상대에겐 길가에 버린 휴지만큼이나 아무 의미가 없을지라도.

딱하고 어리석은 사람이었다. 하지만 해인은 정인을 나무랄 수 없었다. 세상 모든 이들이 그를 탓해도 해인만큼은 그래선 안 되었다.

해인이 조기현을 만나는 동안 정인은 조기현의 비서를 만난 모양이었다. 비서는 그에게 이 집을 떠나기를 요구했다. 아파트는 얼마를 부르든 이쪽에서 매입할 테고 원한다면 살 곳도 알아봐 줄 테니 빠른 시일 내로 떠나라고.

"나한테는 아이돌 그만두라 그러던데."

"……."

"빨리 결정할수록 얻는 게 잃는 것보다 많을 거래. 진짜 사람이 그런 식으로 말을 할 수도 있더라. 어디 영화에 나오는 대사 같지 않아, 아빠?"

정인은 자조적으로 웃는 해인을 말없이 보기만 했다. 저항할 수 없다는 건 그나 해인 모두 알고 있었다. 의지의 문제가 아닌 현실의 문제였다. 당장 정인이 하던 가게도 건물주로부터 계약 중지 통고를 받았다.

조기현을 두 번째로 만난 곳도 그의 사무실이었다. 두 번째는 해인도 좀 침착하게 그를 마주할 수 있었다. 세상은 불합리하다. 도덕이나 정의보단 힘의 논리로 움직인다. 분하지만 할 수 있는 게 없었던 해인이 취한 태도는 위악과 냉소였다.

엄마는 죽지 않았다. 그냥 필요 없어서 자신을 버린 거였다. 어쩔 수 없는 일이다. 그녀에게도 그녀 인생이 있었을 테니까. 이해하지만 그런 엄마는 나도 필요 없다.

그렇게 해인은 '어른다운' 태도를 취했다. 어른이란 비열하고 비겁하고 이기적이고 표리부동한 거니까.

"돈 주세요."

해인이 조기현을 똑바로 보며 말했다.

"그럼 말씀대로 할게요."

해인은 그에게 3억 5천을 요구했다. 검색해 보니 아이 하나를 낳고 성인까지 키우는 데 드는 비용이 그 정도였다. 조기현은 흔쾌히 해인의 제안을 받아들였고 그렇게 약속이, 거래가 성립됐다. 해인은

3억 5천을 받고 그룹에서 탈퇴하고 회사를 나오고 이사를 했다.

그런 식으로 타의에 의해 인생이 강제로 휘둘리는 경험을 하고 나면 어떤 식으로든 흔적이 남게 마련이었다.

해인도 그랬다. 멀쩡하게 웃고 농담도 하고 일도 하고 연애도 했지만, 행복해 보였고 실제로도 그랬지만, 가끔 자고 일어난 아침 베갯잇이 젖어 있을 때가 있었다. 혼자 있는 밤이면 마구 악을 쓰고 싶어질 때가 있었다. 속이 터질 것 같은 분기와 억울함으로 질식할 것 같은 때가 있었다.

차라리 다 엎어 버릴걸. 너 죽고 나 죽자 덤볐으면 좋았을걸. 이깟 푼돈 받고 좋다고 떨어지는 저를 보고 얼마나 비웃었을까. 얼마나 거지 취급을 하고 경멸했을까.

하지만 해인은 어차피 아무것도 못 했을 것이다. 자신과 정인은 차치하고라도, 온갖 고생을 함께한 가족 같은 멤버들과 사장님, 실장님, 매니저 오빠의 얼굴과 MJ미디어와 비교할 수도 없이 작은 그 회사에 생계와 미래와 꿈이 달려 있는 모든 이들을 떠올려 보면 그럴 수 없었다.

"······스폰이라고?"

인화의 입술이 떨렸다.

"스폰이라니 이게 무슨 소리야. 조, 조 서방 자네가 해, 해인이를······?"

인화가 해인을 돌아보았다.

"해인아, 너 지금 그게 무슨 소리야? 아니지? 그런 거, 아니지?"

해인은 대답하지 않았다. 그들이 제 침묵을 어떤 식으로 해석할 지 알았지만 내버려 두었다. 인화가 하늘이 무너지는 듯한 얼굴로 길게 신음했다. 혜원은 돌처럼 굳은 채 꿈쩍도 하지 않았고 조기현 은 불쾌한 듯 미간을 구겼다.

"질이 나쁜 농담이네."

"아, 말하면 안 되는 거였나요."

해인은 약속을 지키려 했다. 그때처럼 협박에 밀려 도망치는 게 아니라 자발적으로. 이제 시간도 많이 흘렀고, 해인은 원래 미움이 나 원한을 오래 가져가는 성격이 못 되었다.

어떻게 그럴 수 있는지, 납득이 안 될 때마다 생각하고 생각하고 또 생각하다 보니 피곤해지고 이해하고 싶어지고 그냥 다 불쌍해졌다.

오혜원도 그저 열여덟에 불과했다고. 한 아이의 엄마가 되기엔 너무 어리고 미숙한 나이였다고. 그러니 그럴 수도 있었을 거라고. 별처럼 빛나야 할 그녀의 인생에 정인이나 해인은 오점이 될 뿐이 라서, 한 번의 실수로 그 모든 미래와 꿈을 포기할 수는 없어서 그 래서 해인을 버렸다고.

정인은 끝까지, 죽을 때까지 그렇게 알고 죽었다.

울컥, 뭔가가 치미는 것 같아 해인이 이를 악물었다.

"죄송해요. 직접 말하라길래 해도 되는 줄 알았어요."

하지만 남자를 보자 해묵은 복수심이 파랗게 돋아났다. 미웠다. 비록 길거리 개가 할퀴고 간 상처만큼도 못 되더라도, 옷에 튄 흙 탕물 한 방울에 불과할지라도 그를 좌절시키고 상처 입히고 해를 끼치고 싶었다.

"무엇보다 이사님과 제가 쓴 계약서에 이런 내용은 없었잖아요."

그 말이 떨어지자마자 인화가 정신을 잃고 쓰러졌다. 혜원은 밀랍같이 질린 얼굴로 그런 제 모친과 남편을 낯선 것처럼 멀거니 보고 있었다. 조기현이 난감한 듯 입술을 한 번 적시고는 말 안 듣는 장난감을 보는 눈으로 해인을 노려보았다.

"저는 약속대로 했어요."

이건 당신이 한 짓에 비하면 타격이랄 것도 없는 작은 심술에 불과하잖아.

"해명은 이사님이 직접 하세요."

해인은 그대로 영원과 소민의 손을 잡고 그 자리를 떴다. 똑같이 동태처럼 뻣뻣하게 굳은 영원과 소민을 양쪽에 끼고 아주 병원 밖으로 나왔다.

뒤따라 붙는 조기현의 시선이 느껴졌지만 굳이 그 자리에서 해인을 저지하진 않았다. 그렇다고 이대로 끝일 거라 생각할 만큼 해인이 순진하지도 않았다.

"밥 먹자. 여기까지 왔는데 밥은 먹고 가야지."

해인이 누구에게랄 것도 없이 말하며 병원 근처 식당들을 훑었다. 마침 그럴싸한 냉면집이 보이기에 그리로 들어갔다. 구석진 곳에 테이블을 잡고 보쌈 하나에 물냉면 세 개를 시켰다. 붐비는 시간대가 아니라 그런지 놀랄 만큼 빠르게 음식이 나왔다.

"먹자."

해인이 물수건으로 손을 닦고 수저함에서 젓가락을 꺼내 돌리며 말했다. 영원과 소민은 식당에 들어오기 전이나 후나 한마디 말도 없었다. 그저 찍어 낸 것처럼 비슷한 얼굴로 멍하니 해인을 보기만 했다.

그 면면을 훑은 해인이 소리 없이 비죽 웃었다.

"얘네 진짜 많이 놀랐나 보네."

"……."

"일단 먹자, 먹고 얘기해."

아침에 서진과 다투느라 제대로 밥을 먹지 못했던 해인은 먼저 시원한 국물부터 들이켰다. 무작정 들어온 가게라 큰 기대는 없었는데 생각보다 맛이 괜찮았다.

해인이 젓가락 가득 냉면 가닥을 집어 허겁지겁 입에 넣으며 영원과 소민에게도 얼른 먹으라고 눈짓을 했다. 몇 번이나 그랬음에도 둘 다 그릇엔 손도 대지 않자 마침내 한숨을 쉬며 아쉬운 듯 젓가락을 내려놓았다.

"얼른 먹어. 나 빨리 먹고 병원 다시 들어가 봐야 한다고."

"야, 너……."

영원이 어렵사리 입을 뗐지만 말을 맺지 못했다. 해인이 둘을 바라보며 여상한 말투로 나 스폰 안 받았어, 하고 말했다.

"알아요."

"여기 아무도 그렇게 생각하는 사람 없어."

말이 떨어지기 무섭게 영원과 소민의 입에서 대답이 튀어나왔다.

그 어느 때보다도 빠른 반응에 멀뚱히 둘을 보던 해인이 배시시 웃었다. 그래도 내가 그렇게 나쁘게 살진 않았나 보네 싶었다.

"괜찮아요?"

"응?"

"그, 언니, 그러니까……."

소민이 무슨 말을 해야 할지 모르겠다는 듯 주저했다. 그를 거들어 주려는 듯 해인이 먼저 덤덤하게 털어놓았다.

"내 이름 고해인 말이야."

"……."

"아빠가 엄마 이름 한 자, 아빠 이름 한 자를 따서 지은 거래."

"……."

"그래서 원래는 혜인이 되었어야 했는데, 동사무소 직원이 실수를 해서 해인이 됐대."

그 예사롭지 않은 고백을 예사롭게 하는 것에 영원과 소민의 안색이 더 굳어졌다.

"잘됐지, 뭐. 나는 해인이 더 맘에 들거든. 발음하기도 더 편하고."

"……."

"아, 이렇게 냉면 먹으면서 할 얘기는 아니었는데."

영원이나 소민이나 해인의 친어머니에 대해선 아는 바가 없었다. 그저 어쩌다 그 비슷한 주제가 화제에 올라도 해인에게서 그 어떤 그늘이나 껄끄러움, 그리움 따위도 보이지 않았기에 그런 것도 느낄 수 없을 만큼 아주 어릴 때 돌아가셨겠거니 짐작할 뿐이었다.

설령 숨은 사연이 있다 해도 이런 내용일 줄은 상상도 하지 못했다.

해인의 친모가 누구인지. 그렇게 갑자기 아이돌을 그만둔 까닭이 무엇인지. 알려진 것과 다른 사실이 있을지도 모른다고 생각은 했지만 막상 드러난 진실은 상상보다 더 씁쓸하고 잔인한 것이었다.

"언니."

소민이 조심스럽게 테이블 너머로 손을 뻗어 해인의 손을 잡았다.

"괜찮아요?"

"괜찮아."

"……."

"정말이야. 처음엔 안 괜찮았는데, 이젠 시간이 많이 지나서 별 감정도 없어. 10년이나 지났는데 지금까지 그러고 있으면 어떡해. 나도 내 인생 살아야지."

오늘은 좀 화가 나긴 했지만.

"평소엔 거의 생각도 안 해. 어쩌다 떠올라도 그땐 그랬지 싶고 별로 아무렇지도 않아. 그렇다고 내 인생이 망한 것도 아니고 나 지금 잘 살고 있잖아."

안 그래? 되묻는 것에 소민이 울 것처럼 눈을 찡그렸다.

"언니는 진짜 너무 착해요."

"아닌데."

"호구라서 그래."

영원이 기운 빠진 투로 퉁명스럽게 뱉었다. 해인은 착한 것도 호구도 아니라고 했다. 굳이 말하자면 그냥 잊은 것뿐이라고.

"너희는 지금 듣는 얘기니까 충격적이지만 나한텐 10년 전에 다 끝난 얘기야. 원래 없던 엄마라 아쉬울 것도 없고 애틋할 것도 없고. 원망도 뭐가 있을 때나 하는 거지."

"……."

"어렸잖아. 내가 지금 서른인데도 애를 낳는다는 생각을 하면 까마득한데, 열여덟에 그런 일을 겪었으면 나라도 도망가고 싶었을 거야."

열 달 동안 혼자 누구에게도 말하지 못하고 하루하루 불러 가는 배를 보면서 좌절하고 절망하고 불안에 떨었을 소녀에게, 어째서 더 똑똑하게 행동하지 못했냐고 야단을 치는 건 아무 의미가 없다.

"그렇게 낳은 앤데, 왜 모성애가 없냐고 따진들 무슨 의미가 있겠어. 그보다 더 어른인데도 책임감 없는 사람들도 수두룩한데, 게다가……."

정인은 혜원이 출산을 한 이후론 얼굴조차 본 적이 없었다고 했다. 그쪽에서 해인을 고아원에 넘기려는 것을 겨우 사정하고 데려와서 자신이 키웠다던 그의 말은 오늘 오혜원이 악에 받쳐 제 모친에게 쏟아 내던 말과는 사정이 달랐다.

"옹호하네."

"그럴지도 모르지."

"차라리 화를 내."

"화 다 냈다니까. 이제 와서 또 새로 시작하라고?"

"근데 말예요……."

소민이 둘의 대화를 자르며 끼어들었다.

"여사님은 어떻게 된 거예요?"

"⋯⋯."

"알고 접근한 거, 맞죠?"

해인이 처음으로 약간 어두운 표정을 지었다. 소민은 사람이 어떻게 그럴 수가 있느냐며 열을 올렸다.

"혼자 언니 걱정하는 척은 다 하더니. 어쩐지, 세상에 이유 없는 친절은 없는 법인데."

"⋯⋯."

"보니까 오혜원 건강 이상 기사 처음 뜬 게 3년 전이더라고요."

인화가 해인의 가게에 드나들기 시작한 게 그쯤이었다.

"이제까지 나 몰라라 하다 갑자기 찾은 이유가 뭐겠어요?"

영원이 정색했다.

"너 혹시라도 그런 거 할 생각도 하지 마."

"안 해."

"당연하죠. 미쳤어요? 게다가 오늘 보니까 오⋯⋯ 그, 암튼 그 사람은 언니가 죽은 줄 알고 있었던 거 같은데. 따지고 보면 여사님, 아니, 그 여사가 제일 잘못한 거 아니에요? 부모 자식 생이별 시킨 셈이잖아요."

"아니, 그렇다고 오⋯⋯ 그 사람이 잘못이 없는 건 아니지. 어쨌든 당사자인데 자기 엄마 말만 듣고 한번 찾아보지도 않았다는 건 그냥 그렇게 믿고 싶었던 거겠지. 그게 편하니까."

"그래도 먼저 거짓말한 사람이 잘못한 거죠. 설마 다른 사람도 아니고 엄마가 그런 걸로 자기를 속였을 거라고 어떻게 생각을 했겠어요."

"어렴풋이 아는 것 같던데. 오늘 하는 거 보니까."

열을 올리는 영원과 소민을 보며 해인이 한숨을 쉬었다.

"얘들아, 날 가지고 토론 좀 그만해."

해인이 둘을 중재하며 이제 병원에 들어가 봐야겠다고 했다. 모르긴 해도 너무 자리를 오래 비워 서진이 난리가 났을 거다. 얼음이 다 녹아 미지근해진 냉면을 들이마시고 자리에서 일어났다.

그때까지만 해도 해인은 진짜 괜찮아 보였다. 그런 줄 알았다.

"아."

식사를 마친 세 사람은 거리로 나서자마자 서진과 마주쳤다. 맞은편, 가로수가 만들어 낸 그늘 아래 주차된 차에 비스듬히 기대선 서진이 해인과 나머지들을 빤히 보고 있었다.

단지 그뿐이었는데, 무표정하게 그들을 보고만 있을 뿐이었는데, 그 눈을 본 소민은 알 수 없는 한기를 느꼈다. 그 희게 빛나는 얼굴이 절로 발이 멈출 만큼 낯설고 차가워서 내리쬐는 태양빛도 잊을 정도였다.

그래서 더 이해할 수 없었다. 어째서 해인이 그런 표정을 지었는지. 어째서 그를 보자마자 빛 속에 사르르 녹아드는 이슬처럼 그렇게 덧없는 얼굴이 됐는지. 그에게서 무엇을 봤기에.

"서……."

우뚝 멈춰 선 해인의 얼굴이 갑작스럽게 일그러졌다. 꾹 다문 입술이 실룩이고 눈가가 구겨진 종이처럼 찌그러지며 미간에 세로로 주름이 섰다. 그러더니 느닷없이, 어찌할 도리도 없이, 누가 툭 건드린 것처럼 한스러운 울음이 터져 나왔다.

그때 해인의 얼굴을 소민은 오랫동안 잊을 수가 없었다.

소민이 한 번도 본 적 없는, 보리라고 상상조차 한 적 없는 무력하고 무방비한 어린아이 같은 얼굴이었다. 혼자 아주 오랫동안 길을 잃고 헤매다 겨우 잃어버린 엄마를 찾아 모든 방어를 내려놓은 아이의 얼굴이었다. 안도하기도 하고 원망하기도 하고 반갑기도 한 그 모든 감정을 토해 내는 얼굴이었다.

"최서진……."

울음에 먹혀 해인의 입에선 제대로 된 목소리가 나오지 않았다. 말없이 다가온 서진이 그대로 해인을 끌어안았다. 울음소리 하나 샐세라, 눈물 한 방울 삐져 나갈세라 빈틈없이 제 품에 감싸 안고 영원히 그렇게 있을 것처럼 꼼짝도 하지 않았다.

마침내 제 자리를 만났다는 듯 해인의 어깨가 마음껏 들썩였다. 서진은 굳건하게 해인을 부둥켜안은 채로 해인의 정수리에 제 볼을 비비고 어디랄 것도 없이 입술을 눌렀다. 세상에 저와 해인 둘밖에 없는 것처럼 눈을 꼭 감고 위로와도 같은 입맞춤을 내리는 그 얼굴은 자신의 신을 품어 안은 성자의 그것 같았다. 고요하면서도 격렬하게 타오르는 불꽃 같았다.

"……가자."

영원이 제 옷자락을 잡아끌 때까지 소민은 실례라는 것도 모르고 둘을 빤히 쳐다보고 있었다. 그렇게 한참을 당겨 끌려가다 뒤를 돌아보니 그 자리엔 해인도 서진도 없었다. 신기루처럼 한 몸처럼 붙어 있던 두 사람이 사라진 자리엔 투명한 햇살만 고여 있었다.

＊　＊　＊

시간을 더 끌어 봐야 의미 없는 짓이었다. 조기현과 거래를 끝내고 해인은 곧바로 아파트를 떠났다. 미련 따윈 없었다. 딱 하나, 얼마 전 날벼락처럼 아버지를 잃은 서진이 마음에 걸렸다.

이제 혼자가 된 그를 두고 말도 없이 떠나는 게 가슴이 아팠지만 그래도 나름 대비책을 하나 만들어 두었다.

"3억 5천이요. 그게 아이 하나 대학까지 보내는 데 드는 비용이래요."

"또 그리고, 보니까 좋은 일 많이 하시던데."

전무이사실까지 올라오면서 보았다. 복도 곳곳에 MJ미디어의 장학 사업과 저소득층 지원 사업 내역이 기업 홍보물과 함께 전시되어 있었다.

"학생 하나 후원해 주세요."

"되게 똑똑하고 공부도 잘하는 애예요. 대학까지 무사히 갈 수 있게 해 주세요."

그렇게 해인이 내민 건 서진의 신상 명세였다.

한옥에 들어서서 둘만 남게 되자 해인과 서진은 누가 먼저랄 것도 없이 서로에게 달려들었다. 그대로 일분일초라도 떨어지면 죽을 사람들처럼 딱 달라붙어 격렬하게 입을 맞추며, 다리가 얽히고 부딪치는 것도 아랑곳하지 않은 채 밀고 당기며 집 안까지 들어갔다.

온몸으로 해인을 밀어붙이며 서진은 해인의 옷을 벗겼다. 뒷걸음치던 해인도 더듬더듬 손을 뻗어 서진의 셔츠 단추를 풀어 내리기 시작했다. 순식간에 해인의 티셔츠를 벗겨 낸 서진이 거치적거린다는 듯 해인의 손을 밀쳐 냈다. 단추가 다 날아가는 것도 아랑곳하지 않고 서진이 제 손으로 잡아 뜯듯 셔츠를 벗어 던졌다.

장소를 가릴 여유가 없었다. 곧바로 거실 바닥 위에 뒹굴듯 몸을 겹쳤다. 몇 시간째 들고 나간 것도 없이 정체된 집 안 공기엔 약간의 서늘함이 남아 있었다. 건조하고 반질반질한 마루에 맨살이 닿자 기분 좋은 시원함이 느껴졌지만 그것도 잠시, 곧 땀에 젖은 피부가 쩍쩍하고 달라붙었다.

해인은 서진이 다치고 처음으로 그의 몸을 걱정하지 않았고, 서진은 처음으로 그 자신인 채 해인을 안았다. 그렇게 둘은 이대로 죽어도 좋을 것처럼, 상대를 완전히 부숴 버리기라도 할 것처럼 서로의 몸을 파고들고 또 파고들었다.

쉴 새 없이 몸을 움직이면서도 서진의 한 손은 이리저리 흔들리는 해인의 뒤통수를 고이 감싸 고정했다. 해인의 목구멍에서 쌕쌕거리는 소리가 새어 나왔다. 축축하게 젖은 속눈썹 아래로 물막이 맺힌 갈색 눈동자와 눈이 마주치자 서진의 움직임이 더 거칠어졌다.

말라 가던 해인의 눈에서 다시 눈물이 터져 나왔다. 서진은 개처럼 혀를 내어 해인의 눈가를 핥았다. 해인이 그러지 말라는 듯 몸을 뒤쳤지만 서진은 집요하게 쫓아가며 물기를 모두 싹싹 핥아 없앴다.

얄궂게도, 해인이 우는 건 상상만 해도 화가 나고 속이 상하는데, 이렇게, 이런 식으로 울 때마다 서진은 심장이 쥐어짜지는 것처럼 좋았다. 더 더 울리고 싶고 그때마다 자신이 이렇게 다 먹어 버리고 싶었다.

자신만 할 수 있는 일이었다. 자기만 봐야 하는 얼굴이었다. 해인을 울리는 것도, 그 울음을 멈추게 하는 것도 다 저여야 했다. 서진이 그 눈물 위에 제 얼굴을 짓이기듯 비벼 댔다. 혀로 핥고 이 끝으로 젖은 피부 표면을 긁었다.

"나는 네가……."

이대로 녹아 해인의 안으로 섞여들어 한 몸이 되고 싶었다.

"나였으면 좋겠어……."

나처럼 혼자였으면 좋겠다. 너한테도 나밖에 없었으면 좋겠다. 서진이 질끈 눈을 감고 한껏 낮아진 음성으로 중얼거렸다.

"해인아……."

나는 네가 왜 이렇게 좋을까. 씹어뱉듯 고백하는 목소리가 절절 끓고 있었다. 혼잣말 같기도, 질문 같기도, 혹은 감탄이나 탄식 같기도 한 말에 해인이 감고 있던 눈을 떴다.

"해인아……."

제게 눈을 맞추며 제 이름을 부르는 서진의 검은 눈동자가 우주만큼이나 확장되어 보였다.

"고해인."

"……."

"누나."

"……."

"사랑해."

툭, 해인의 얼굴 위로 뜨거운 눈물방울이 떨어졌다. 여린 살갗으로 스민 눈물이 상처를 치료하는 물약처럼 해인의 혈관을 타고 흐르며 모든 찌꺼기들과 불순물들을 태우고 종내엔 그 일부가 되었다.

"정말 많이, 너무 사랑해, 사랑해, 사랑해……."

그 말밖에 입력되지 않은 로봇처럼 서진은 수십 번, 수백 번 사랑한다는 말을 되풀이했다. 해인이 두 팔을 들어 그의 목을 끌어안았다. 하나가 되고 싶다는 강렬한 열망 앞에 모든 것이 무의미해졌다. 그들의 과거사도, 꺼림칙한 현재도, 미래조차도.

뒤늦은 재회를 반기듯 해인은 다 커 버린 제 소년을 품 안 가득 안았다. 무너지듯 해인의 어깨에 얼굴을 묻은 뒤에도 서진은 고백을 그치지 않았다. 흔하게 굴러 낡고 닳아빠진 단어가 서진의 심장을 통해, 입을 통해 새롭게 벼려지고 떨쳐져 빛을 얻었다.

"죽을 때까지 사랑할 거야."

언제 잠이 들었는지도 모르게 기절한 것처럼 잠이 들었다. 익숙한 벨 소리가 까맣게 가라앉은 의식을 두들겨 깨웠다. 짧게 울린 소리는 금방 언제 그랬냐는 듯 뚝 끊겼지만 해인은 곧장 눈을 뜨고 주위를 훑었다.

바로 옆에 장승처럼 서 있는 서진이 보였다. 그의 손에 제 휴대폰이 들려 있는 것도.

"깼어?"

"으응……."

서진은 해인이 눈을 뜬 것을 보자 미미하게 얼굴을 구겼다. 벨 소리가 나자마자 거부를 눌렀는데 한발 늦었다. 잠귀가 밝은 것도 아니면서 아무튼 벨 소리엔 예민해서는.

저만치 휴대폰을 밀어 내듯 치워 버린 서진이 얼른 해인 곁에 앉았다. 이미 해는 중천에 떴지만 수면 시간이 결코 길진 않았다. 서진이 더 자라며 흘러내린 이불을 끌어 해인의 몸 위로 덮고 손바닥으로 토닥거리는데 해인이 눈을 깜박깜박하며 쉰 목소리로 물었다.

"누구야?"

"……."

"방금 전화 온 사람."

서진이 말이 없자 해인이 그에게 손바닥을 펼친 채 휴대폰 가져오라며 손끝을 까딱까딱했다. 서진이 불만이 가득한 얼굴로 서인화라 고했다. 해인이 가만히 입을 다물고 있는데 또다시 벨 소리가 울렸다.

"받지 마."

"……"

"아니면 내가 받을까?"

"이리 줘."

달라고, 해인이 한 번 더 말하자 서진은 불만이 역력한 표정으로 해인에게 독배라도 건네듯 휴대폰을 넘겼다. 해인이 목을 가다듬으며 서진에게 나가 있으라는 손짓을 했지만 서진은 어림도 없다는 듯 그 자리에서 꿈쩍도 하지 않았다.

"여보세요."

통화는 길지 않았다. 서진이 엿들으려야 몇 마디 하지도 않았다. 해인은 그저 네, 네, 대답만 두어 번 한 후 그대로 전화를 끊었다. 그러곤 자리를 떨치고 일어났다.

"나 잠깐 나갔다 올게."

의외로 서진은 말리지 않았다. 순순히 그러라는 듯 고개를 끄덕이는 그를 보고 해인이 수상쩍다는 듯 눈썹을 모았다.

"그렇게 보지 마."

"뭐?"

"금방 터질 폭탄이라도 보는 것처럼."

서진이 불쾌하다는 듯 툴툴거렸다. 해인이 피식 웃었다.

"어차피 몰래 따라오려고 그러지?"

병원에서 그랬던 것처럼.

"그러지 마. 금방 갔다 올 테니까."

"······그냥 옆에서 보고만 있는 것도 안 돼?"

해인이 말없이 지그시 서진을 보기만 하자 서진이 마지못한 듯 고개를 끄덕였다. 나갈 준비를 마치고 해인이 현관으로 향하자 서진이 뒤따라왔다.

"우리 가게에서 보기로 했어. 많이 안 늦을 거야."

"응."

"쉬고 있어. 전화할게."

"응."

대문 앞까지 나온 서진에게 손을 흔들어 주고 해인은 데이지 커피로 갔다. 도착하니 잠긴 유리문 앞에 '휴가 중'이라는 팻말이 붙어 있었다.

그대로 두고 잠금장치만 해제한 후 가게 안으로 들어갔다. 주인이 오래 자리를 비웠는데도 가게는 전과 마찬가지로 흠잡을 데 없이 깔끔했다.

"역시 우리 매니저, 월급 좀 올려 줘야겠는데."

중얼거리는데 뒤에서 인기척이 났다. 해인이 고개를 돌렸다. 화장기 없는 얼굴에 하늘색 리넨 원피스를 곱게 차려입은 인화가 보였다. 가슴 앞으로 자그마한 핸드백을 구명줄처럼 꽉 쥔 채, 들어오라는 허락을 기다리는 사람처럼 초조하게 문간에 멈춰 있었다.

"앉으세요."

해인이 테이블 하나를 가리키며 덤덤하게 말했다. 인화가 자리에 앉는 것을 보지 않고 몸을 돌린 해인이 간단히 허브티 두 잔을 우려내 자리로 돌아왔다.

"원망하니?"

해인이 자리에 앉고도 한참이나 입을 열지 않던 인화가 꺼낸 첫 마디였다. 둘의 눈이 마주쳤다. 이런 질문을 하는 걸 보면 인화도 해인과 조기현 사이에 실제로 어떤 거래가 오갔는지 안 것 같았다. 그렇다는 건 오혜원 역시 다 알았다는 소리다.

"누구를요?"

해인이 되묻자 인화가 입을 열었다 아무 말도 못 하고 다시 다물었다. 저들 각자가, 각자의 사정대로, 각자 원망받을 짓을 했다는 걸 제대로 알아들은 모양이었다.

"네 엄마는…… 혜원이는 그때 많이 아팠어."

"……."

"이해하라고 하는 말이 아니야. 그냥 사실을 말하는 거야."

얼마나 마음고생을 했는지 살이 하나도 찌지 않아 임신을 한 줄은 꿈에도 몰랐다고 했다. 그렇게 혼자 숨어 몰래 아이를 낳던 혜원이 과다 출혈로 죽기 직전까지 가서야 무슨 일이 벌어졌는지 알았다.

머리부터 발끝까지 피에 물들어 사경을 헤매는 어린 딸, 딸의 앞날이 너무도 아깝고 불쌍해서 너는 눈에 보이지도 않았다고 인화가 담담하게 말했다.

"조 이사가 너를 만난 줄도 몰랐다."

"그랬겠죠. 그때까진 제가 어디서 어떻게 살고 있는지 관심도 없었을 테니까."

"맞아."

잊고 살았다. 이따금 떠오르기도 했지만 제 아비와 둘이 잘 살겠거니 했다. 어떻게 그럴 수 있냐고 묻는다면 인화야말로 되묻고 싶었다. 그러지 않으면 어떻게 살 수 있냐고.

"조 이사가 결혼 전에 혜원이 뒷조사를 한 줄 그땐 몰랐어. 당해본 뒤에야 알았지. 그 사람들 사고방식이 그래. 불안 요소를 방치하지 않아. 사소한 것도 자기가 통제할 수 없는 걸 용납 못 하지."

"……."

"아마 네가 가수가 되지 않았다면 평생 너와 접촉할 일도 없었을거야."

"여사님도 마찬가지고요."

해인이 싸늘하게 말했다.

"오혜원 씨가 간 이식이 필요한 병에 걸리지 않았다면 저와 만날일도 없었겠죠."

"……맞아."

인화가 가슴이 들썩일 정도로 크게 숨을 들이쉬었다. 창백하게질려 있던 얼굴이 싸늘하게 굳어졌다.

"나 그러려고 너 찾은 거야. 내 딸 때문에."

"……."

"요즘은 기술이 좋아져서 생판 타인도 이식을 할 수 있다지만 아무래도 피가 섞인 사람이 하는 것만큼 잘 맞지는 않을 테니까."

그렇다고 그 험한 일을 내 친손자, 손녀에게 시킬 수는 없으니까.

생살을 찢고 장기를 도려내고 어떤 후유증이 남을지도 모르는 일을 내 생때같은 자식들에게 시킬 순 없으니까.

잔인할 정도로 솔직한 말에 해인이 헛웃음을 터트렸다.

"그럼 차라리 본인이 하시지 그러셨어요. 그렇게 소중한 따님인데."

"그럴 수 있으면 그렇게 했을 거야. 내 건강만 허락했다면."

한 치의 망설임도 없는 말에 해인이 자식 사랑이 대단하시다며 비꼬았다.

"근데 어떡하죠? 헛수고하셨는데."

"그래."

"저 이식 같은 거 해 줄 생각 없어요."

"그래."

"무슨 말씀을 하셔도 절대 안 할 거예요."

"그래."

말끝마다 꼬박꼬박 고개를 끄덕인 인화가 창백한 얼굴로 눈을 부릅뜨고 해인을 똑바로 보았다. 억지로 강한 빛을 보는 것처럼 혼탁한 눈에 핏발이 하나둘 늘어 가는데도 해인의 눈을 피하지 않으려 필사적으로 애를 썼다.

"너 안 할 거 알아. 그러니까 이제 필요 없어."

"⋯⋯."

"너 필요 없어. 그러니 절대 누가 무슨 소리를 해도, 다시는 병원 근처에도 오지 마."

"⋯⋯."

"조 이사도, 혜원이도 아무도 만나지 마. 연락 와도 받지 마. 협박이든 회유든 넘어가지 마. 그 사람들, 자기 문제는 자기가 알아서 처리할 수 있는 사람들이야."

해인의 표정이 미세하게 흔들렸다. 인화가 피처럼 붉어진 눈으로 해인을 하염없이 바라보았다.

"앞으로 우리 다시는 보지 말자. 전처럼, 다시는……."

더 무슨 말인가 하려던 것처럼 달싹이던 입술이 이내 다물어졌다. 테이블 위에 올린 인화의 손끝이 경련하듯 저를 향해 떨리는 걸 해인은 보았다.

후, 길게 심호흡을 한 인화가 주먹을 꼭 쥐고 다시금 가라앉은 음성으로 입을 열었다.

"가게는 옮길 필요 없어. 건물, 다른 사람한테 넘길 테니까."

"……."

"더는 네가 떠날 필요 없어."

그 말을 끝으로 잠시 꼼짝도 않고 앉아 있던 인화는 돌연 자리에서 일어나 간다는 말도 없이 밖으로 나갔다. 미련 없이 내딛는 걸음이 가볍다기보단 허망해 보였다. 해인과 마주 앉아 있는 동안 인화는 알맹이는 잃어버리고 껍질만 남은 사람처럼 생기가 다 빠져 버린 것 같았다.

또박또박 멀어지다 이내 사라지는 발소리를 들으며 해인은 멍하니 맞은편을 바라보았다. 1분 전, 제 세계에서 영영 떠난 사람이 남긴 빈 찻잔을 쳐다보다가 테이블 위 힘없이 늘어진 제 손을 내려다봤다.

언젠가, 그 손 위에 겹쳐졌던 주름진 손이 환영처럼 어른거렸다.

"해인이는 손도 이렇게 예쁜데, 왜 이 예쁜 손에 반지 하나 끼워 줄 사람이 얼른 안 나타날까."

"그러게요, 세상 남자들 눈이 다 삐었나 보죠."

너스레를 떠는 해인을 보며 인화가 자주 씻어 건조해진, 빈말로도 곱다고는 할 수 없는 해인의 손을 끝도 없이 쓰다듬고, 귀한 것처럼 매만지며 이상하다는 듯 고개를 갸웃했다.

"얼른 좋은 사람 만나야 될 텐데, 왜 남자가 안 생길까. 더 늦기 전에 결혼도 하고 아기도 낳고 하면 좋을 텐데."

"아니, 여사님, 저 그렇게 급하지 않아요! 제 나이면 아직 한창 놀 때예요."

"놀아도 남자가 있으면 괜찮은데, 혼자 놀면 안 돼. 버릇돼."

조바심을 내던 인화는 해인이 결혼하면 자기가 선물로 금가락지를 해 주겠다 했다. 그렇게 상품이라도 걸어야 해인이 혹해서 열심히 짝을 찾을 게 아니겠냐고.

"진짜죠? 여사님, 그거 유효 기간 없는 거죠? 제가 10년, 20년 뒤에 결혼해도 반지 주시는 거죠?"

해인은 그런 인화의 걱정이 귀찮거나 거슬리지 않았다. 다들 겪는다는, 명절날 결혼 스트레스를 주는 친척이 제게도 생긴 것 같아 내심 좋았다.

얼마나 앉아 있었는지 어느새 창가에 노을이 붉게 비쳐 들었다. 해인은 일어나 가게 문을 잠그고 집으로 향했다.

인화에게 서진을 소개하고 싶었다. 얼른 가정을 꾸리라면서도 은근히 눈도 높고 남자 얼굴부터 이것저것 다 따지는 인화는 막상 해인이 누굴 만난다고 하면 맘에 안 든다는 기색이 다분했다.

하지만 해인은 서진이라면 그런 그녀의 높은 허들을 가뿐히 통과할 거라 믿어 의심치 않았다. 까다로운 그녀라도 서진은 틀림없이 마음에 들어 할 거라고.

해인만 꾸던 헛꿈이었다.

* * *

따라오지 말라고는 했지만 혼자 가게 둘 순 없었다. 사람을 잘 믿고 만사를 곧이곧대로, 뭐든 좀처럼 의심하는 법이 없는 해인은 서인화를 믿는 것 같았지만 서진은 아니었다.

서인화가 해인에게 어떤 해코지도 하지 않는다는 확신이 100퍼센트 있지 않은 한 서진은 절대 해인을 혼자 보내지 않을 것이었고, 아마 죽을 때까지 그런 일은 일어나지 않을 터였다.

어차피 목적지를 알고 있으니 서두를 필요는 없었다. 서진은 충분히 거리를 둔 채 해인을 뒤따랐다. 저와 있을 때완 달리 심란한 표정을 여실히 드러낸 해인은 아무것도 눈치채지 못한 듯 뒤 한번 돌아보지 않고 여느 때와 같은 경로로 곧장 데이지 커피로 향했다.

서진은 건너편에 위치한 편의점에서 음료수를 한 병 산 뒤, 데이지 커피의 전면 창이 훤히 들여다보이는 야외 파라솔에 자리를 잡았다.

해인이 가게로 들어가고 얼마 지나지 않아 서인화가 나타났다.

우려와 달리 서인화는 혼자였다. 한참을 더 경계를 풀지 않고 사방을 주시했지만 뒤따라온 사람은 없는 듯했다.

서진은 사 둔 음료수엔 손도 대지 않고 잘 훈련된 경비견처럼 데이지 커피에서 눈을 떼지 않았다. 투명한 유리창 너머로 어렴풋이 두 사람의 모습이 보였지만 표정이 보일 거리는 아니었다.

30분쯤 지나자 서인화가 먼저 자리에서 일어났다. 가게를 나올 때부터 위태로워 보이던 서인화는 얼마 걷지 못하고 끝내 도롯가에 멈춰 서서 급하게 숨을 몰아쉬듯 어깨를 들썩였다. 그제야 선명하게 보이는 그녀의 얼굴은 온통 눈물투성이였다.

서진이 흉한 것을 보듯 눈매를 찡그렸다. 손수건을 꺼낼 여력도 없는지 서인화는 손바닥으로 입을 틀어막은 채 몸을 떨며 오열했다. 어찌나 격하게 눈물을 쏟아 내는지 저러다 쓰러지는 게 아닌가 싶을 정도였다. 그럼 곤란한데.

다행히 서인화는 쓰러지지 않고 다시 걸음을 옮겼다. 제발 기절을 해도 해인이 안 보는 데서 하라는 서진의 바람을 듣기라도 한 것처럼 앞섶을 움켜쥐고 가쁜 숨을 내쉬면서도 무사히 근처에 있는 차에 올라탔다.

그냥 빨리 가 버렸으면 좋겠는데 서인화는 출발을 하지 않고 운전석에 가만히 앉아 있었다. 무슨 수상한 짓이라도 하는 게 아닌가 서진이 그쪽을 쏘아보고 있는데 휴대폰이 진동했다.

이정우였다.

"끝났어?"

―어.

"수고했어."

용건만 묻고 뭐라 더 말을 이으려는 이정우를 무시하고 서진이 뚝 전화를 끊었다. 그 뒤로도 해인은 한참이나 가게에서 나오지 않았다.

서진은 물방울이 맺혀 줄줄 흘러내리기 시작한 음료수병의 표면을 신경질적으로 긁어 대며 정지 화면 같은 전면 창을 노려보았다. 얼굴이 보이지 않아도 해인이 즐겁게 웃고 있지 않을 거라는 건 확실했다.

"후."

서인화가 뭐라고. 오혜원이 뭐라고. 그것들이 다 무슨 소용이라고.

당장이라도 가게 안으로 달려가 해인을 끌어내고 싶은 욕구를 억누르느라 서진은 몇 번이고 심호흡을 해야 했다. 그 무가치한 인간들 때문에 해인이 상처받고 저리 넋을 놓고 있는 걸 보니 속이 상하기보단 화가 났다.

제가 아닌 타인이 해인에게서 어떤 감정의 부스러기조차 갈취해 간다는 생각만으로도 서진은 금광을 약탈당한 것처럼 몹시 분하고 억울해졌다. 그게 좋은 감정이든 나쁜 감정이든 상관없었다. 해인의 기쁨과 환희는 물론, 슬픔과 분노도 다 저에게로만 향했으면 했다.

서진 자신이 그런 것처럼.

'하지만 너는 아니겠지.'

서진에게 해인은 전부지만 해인에게 서진은 첫 번째는 될 수 있어도 전부는 될 수 없을 터였다. 해인은 아마 누가 누구의 전부가 된다는 생각조차 거부할 것이고, 그런 점에서 서진과는 메울 수 없는 간극이 있었다.

그걸 떠올릴 때마다 서진은 우주를 맴도는 인공위성처럼 외로워졌다.

'심지어 첫 번째도 못 되고.'

해인이 지금 제 곁에 머물러 준다 해서 주제 파악을 못 하는 건 아니었다. 말 그대로 해인은 지금 제 곁에 머물러 주는 것이다. 그게 언제, 어떻게, 무슨 연유로 끝날지는 아무도 모르고 해인 자신도 아마 모를 것이다.

그와 달리 서인화나 오혜원은 어쨌거나 해인과 피가 섞인 혈연이었다. 보육원에서, 서진은 버림받은 사람들이 오히려 저를 버린 인간에게 더 매달리고 집착하는 사례를 숱하게 보았다.

만약 서인화나 오혜원이 자신처럼, 해인의 약한 부분을 파고들어 온다면.

"……."

사랑하는 사람과 가까운 사이라고 해서 그 사람까지 사랑하게 되는 그런 인류애는 서진에겐 해당되지 않았다. 해인에게 다른 가족이 있다는 건 달갑지 않은 일이었지만 그들만 해인을 이용하란 법은 없었다. 자신도 그들을 이용할 수 있다.

서진이 이런 생각을 한다는 걸 알면 해인은 좋아하지 않을 게 뻔했다. 하지만 서진은 인생의 절반 이상을 어떻게 하면 해인을 영원히 제 곁에 붙들어 둘 수 있을까를 고민했고, 해인이 다시 저를 버리면 어쩌나 하는 두려움을 안고 살았다. 모든 경우의 수를 두고 대비책을 모색하는 건 서진에겐 생존 본능이나 같은 것이었다.

해인은 서진을 아직 잘 몰랐다. 가끔 돌발 행동을 해 골치를 아프게는 해도 어디까지나 상식선에서 생각하고 있을 터였다. 하지만 서진은 자신이 해인에 대해서만큼은 상식의 테두리를 아슬아슬하게 벗어났다는 것을 인식하고는 있었다. 알아도 어쩔 수 없는 일이었다.

해가 뉘엿뉘엿 질 무렵이 되어서야 해인이 자리에서 일어났다. 눈물 자국 따위는 없었지만 우울한 기색이 역력한 얼굴이었다. 해인이 걸음을 옮기며 휴대폰을 꺼냈다. 곧바로 서진의 휴대폰이 진동했다.

"여보세요."

ㅡ어, 나.

애써 밝은 목소리를 내는 게 보이니 마음이 좋지 않았다.

ㅡ나 이제 집에 가. 뭐 좀 사 갈까?

"뭐."

ㅡ뭐 먹고 싶은 거 없어? 필요한 거나.

서진은 좀 고민하는 척하다 대충 몇 가지를 말했다. 해인이 알겠다며 전화를 끊고 방향을 돌려 마트 쪽으로 내려갔다.

그때까지 서 있던 서인화의 차가 사라진 것을 확인하고, 서진도 집으로 갔다. 그리고 해인이 오기를 기다렸다.

"어?"

너무 생각대로의 표정이라 서진은 되레 웃음이 날 것 같았다.

대문을 열자마자 펼쳐진 광경에 해인은 벙벙한 표정을 짓더니 집을 잘못 찾아온 게 아닌가 싶었는지 도로 고개를 빼고 대문 옆에 붙은 주소판을 확인해 보기까지 했다. 바로 앞에 서 있는 서진과 뻔히 눈이 마주쳤음에도 불구하고.

"서진아?"

"응."

"이게 무슨……."

서진이 손을 뻗어 웅얼거리며 여전히 대문 앞에 머물러 있는 해인을 잡고 안쪽으로 당겼다. 터덜터덜 끌려오는 해인의 시선이 이리저리 움직이며 그사이 낯설어진 제집을 바쁘게 살폈다.

한옥의 처마를 따라 주먹만 한 알전구들이 주렁주렁 걸려 저물어 가는 하늘에 휘황한 빛을 더하고 있었다. 정원의 모과나무와 목련의 가지엔 하얀 레이스 천이 느슨하게 걸린 채 바람에 살랑이고, 발치의 디딤돌엔 반딧불이 같은 조명이 아스라이 빛났다.

"이게 다 뭐야?"

마치 로맨스 영화 세트장에 들어온 것 같다. 회전하는 선풍기처럼 해인이 몹시도 분주하게 고개를 휘휘 돌리며 그 모든 것들을 좇았다. 툇마루 위에 꽃과 양초들이 세팅된 것과 문설주에 걸린 리스까지 다 훑은 뒤에야 서진은 해인의 시선을 차지할 수 있었다.

"여기가 어디예요, 선생님?"

뜬금없는 높임말을 하며 저를 올려다보는 갈색 눈에 서진은 가슴이 와르르 떨렸다. 참지 못한 서진이 고개를 숙여 해인의 눈가에 입을 맞췄다.

"우리 집 왜 이렇게 됐어? 무슨 파티라도 있어?"

"응."

"정말? 무슨 파티인데? 너 퇴원 축하 파티?"

대답 대신 동그란 이마와 뺨에 차례로 입을 맞춘 서진이 양손을 내려 해인의 손에 깍지를 꼈다. 그대로 지그시 해인을 내려다보자 제 눈빛이 어땠는지 해인의 얼굴이 붉어지며 쑥스러운 듯 눈을 슬쩍 피했다.

"우리 둘이서?"

"왜, 부족해?"

서진이 해인의 손을 잡고 툇마루에 앉았다. 예스러운 라벨이 붙어 있는 검은 와인병을 보고 반색한 해인이 거기부터 손을 뻗자 서진이 잠깐만 기다리라고 하고는 트레이를 덮고 있던 돔 모양의 금속 커버를 열었다. 그 아래엔 먹음직스럽게 조리된 스테이크와 샐러드, 수프와 빵이 아직 식지 않은 채 김을 모락모락 올리고 있었다.

이쯤 되자 해인은 약간 정신이 드는지 안절부절못하기 시작했다.

"야, 너 이거 언제 이렇게 다 준비한 거야? 나한테 말하지. 네 퇴원 파티를 네가 준비하면 어떡해. 아니, 근데 설마 너 이거 직접 한

건 아니지? 너 지금 몸도 성치 않은데 장 보고 요리하고 그러면 안
되는데……."

말하다가 더 심각한 게 떠오른 모양이었다.

"너 저것들은 다 어떻게 한 거야? 설마 너 지붕 위에 올라간 건
아니지? 어?"

"내가 지금 지붕엘 어떻게 올라가."

"아니, 넌 하고도 남아."

아무래도 해인은 서진이 생각한 것보다는 저를 덜 상식적으로 보
는 모양이었다. 뭐라 더 따지고 들려는 해인의 입에 서진이 얼른 스
테이크 한 점을 쑥 밀어 넣었다.

"먹어. 일단 밥부터 먹자. 배 안 고파?"

"그렇지만……."

더 무슨 말인가를 하려다 말고 해인이 살짝 놀란 눈으로 스테이
크를 내려다보았다. 맛있다! 느낌표가 붙은 단어가 자막처럼 얼굴
에 떠오르는 것 같았다. 입에 든 것을 다 씹어 삼키기도 전에 해인
은 제 손으로 포크를 찾아 쥐고 고기를 찍었다.

그다음부터는 말도 없었다. 서진은 타이밍에 맞춰 빵이며 샐러드
를 집어 해인의 접시 위에 올려 주며 그 모양을 가만히 바라봤다.
부지런히 잘 먹고 있는데도 어쩐지 마음이 짠해졌다.

이런저런 일들 때문인지 얼굴이 좀 마른 것 같다. 가뜩이나 여름
이라 가만히 있어도 축축 처지는데.

서진은 제 양부가 철마다 이용한다던 한의원을 떠올렸다. 당장

내일 날이 밝는 대로 전화를 걸어야겠다. 그 양반이 칠순이 가까운 나이에도 그렇게 정력적인 게 다 그 한의원의 보약 덕이라고 했던가.

어느 정도 음식이 줄어들자 서진은 해인이 와인병을 따는 걸 내버려 두었다. 해인은 혼자 와인을 졸졸 따라 마시며 서진에겐 손도 못 대게 했다. 아직 환자라 안 된다는 거다.

"환자는 무슨 내가 환자야."

"네가 환자지, 그럼. 퇴원했다고 끝이야?"

"그럼 넌 무슨 환자랑 그렇게 섹스를 해?"

"뭐."

해인이 한 대 얻어맞은 얼굴로 서진을 보았다.

"어젯밤엔 너도 내가 환자라는 걸 전혀 고려하지 않았던 것……."

"야! 너 좀, 그 말 좀……!"

당황하며 서진의 입을 틀어막은 해인의 얼굴이 화르륵 달아올랐다.

부정할 순 없는 게 지난밤엔 좀 생각 없이 하긴 했다. 하다 보니 둘 다 꼭지가 돌아 버린 것 같은데, 어째 서진과는 매번 그렇게 되는 것 같다.

세상이 금방이라도 두 동강 날 것처럼, 다신 없을 것처럼 절박하게 끝의 끝까지 몰아쳐 대니 자신도 휩쓸려 버리고 마는 것이다.

해인이 반성하는 눈으로 서진의 몸 이곳저곳을 훑었다. 돌이켜 보면 꽤 아팠을 순간들이 많았던 것 같은데 서진은 정말 아무렇지도 않은 것 같았다. 통각이 마비됐나 의심스러울 정도였다.

"그, 그래도 많이 마시지 마."

"응."

"조금만 마셔. 진짜 조금만. 이만큼만."

서진은 해인이 3분의 1쯤 채워 준 잔을 들어 마시더니 그대로 해인에게 입을 맞췄다. 놀라 절로 벌어진 입 속으로 머금고 있던 술을 넘겨주자 해인은 움찔하면서도 별 저항 없이 받아 마셨다.

"이렇게 맛만 보는 건?"

"……."

"괜찮지?"

그렇게 웃는 서진이 너무도 즐거워 보여서 해인은 말릴 의욕도 생기지 않았다. 해인이 저지하지 않자 서진은 그것을 몇 번이고 반복했다. 나중엔 아예 해인도 제 손으로 술을 마시지 않고 서진이 다가오면 딴짓을 하거나 무슨 말을 하다가도 멈추고 무의식적으로 아, 입을 벌렸다. 그 모습에 서진은 가슴이 다 녹아 없어져 버리는 것 같았다.

주는 사람도, 받는 사람도, 양쪽이 모두 의욕이 넘치다 보니 와인이 빠른 속도로 소진되기 시작했다.

"있잖아."

그 결과 슬슬 혀가 풀리기 시작한 해인이 느릿느릿 입을 열었다.

"나는 사람들이 나한테 거짓말하는 건 이상하게 잘 알겠더라."

"뭐?"

서진이 포도알을 뜯어 해인의 입으로 가져가던 손을 멈추고 해인을 빤히 쳐다봤다.

"거짓말, 거짓말하는 거, 나한테."

"……."

"그 사람들이 거짓말을 못하는 걸까, 아니면 내가 잘 안 속는 걸까."

서진이 미간을 찌푸린 채 시선을 돌려 와인병에 술이 얼마나 남았는지 헤아렸다.

"벌써 취했어?"

"어?"

"아직 그렇게 헛소리를 할 정도로 마시진 않은 것 같은데."

해인이 눈을 흘기며 주먹으로 서진의 어깨를 치는 시늉을 했다.

"너는 진짜 환자라서 다행인 줄 알아라."

"뭐가."

"너 나중에 몸 다 나으면 정식으로 한판 붙자."

"뭐?"

서진이 어처구니없다는 듯 되물었다. 웃음기라곤 눈곱만큼도 없이, 사뭇 진지한 눈으로 저를 노려보며 대련 신청을 하는 해인을 보고 기가 찬다는 듯 헛웃음을 허허 터트렸다.

"나랑 왜 붙고 싶은데?"

완만하게 고개를 기울이며 해인을 바라보는 서진의 눈동자가 조명을 받아 별무리처럼 반짝였다. 표정 역시 여름밤 공기처럼 온전히 다정하고 상냥했다.

"그걸 몰라서 물어?"

"붙으면, 이길 자신은 있고?"

그 말에 지체 없이 아래로 떨어지려던 해인의 고개가 잠깐 주춤하더니 동그란 눈동자가 신중하게 위아래로 움직이며 서진을 가늠해 보았다.

"할 만할 것 같아."

"할 만하다고?"

묘하게 현실적이고 계산적인 판단에 서진이 재차 웃었다.

"그래 봐야 넌 백면서생이잖아. 난 유단자라고."

"오호."

나직하게 터지는 감탄사에 해인이 우쭐한 표정을 지었다. 하지만 이내 서진의 입에서 백면서생이라는 단어도 다 알고, 하는 중얼거림이 흘러나오자 다시금 눈초리에 각이 섰다.

"너 진짜 은근 나 무시해."

"내가?"

"어릴 때도 좀 그랬는데."

서진이 아무 대꾸도 하지 않자 그대로 긍정이 되어 버렸다.

"야, 빨리 부정 안 해?"

"그러게 공부 좀 하지."

"허."

"초등학생한테 숙제 맡길 정도면 무시당해도 할 말 없지."

"어, 그건 네 말이 맞다."

깔끔하게 인정한 해인이 피식 웃으며 벌렁 자리에 드러누웠다.

서진이 선을 끌어다 내놓은 선풍기 바람에 길게 부채꼴로 펼쳐진 머리카락이 날렸다. 보드라운 갈색 실 같은 머리카락이 살랑거리며 서진의 맨 팔뚝을 간지럽혔다.

"숙제도 해 주고, 심부름도 해 주고, 놀아도 주고."

"……."

"생각해 보면 네가 해 준 게 많네, 나한테."

해인이 서진을 올려다보며 웃었다. 나뭇잎처럼 둥그런 눈매가 반으로 접히며 곱게 휘어졌다.

"오늘도 그렇고."

만약 오늘 서진이 없었다면 혼자 집에 돌아온 해인은 지금쯤 무얼 하고 있었을까.

"고마워."

"……."

"고마워."

가벼운 척 던진 말이 긴 여운을 남기며 안온한 침묵을 끌고 왔다. 정면으로 고개를 돌린 해인이 눈을 깜박이며 밤하늘을 올려다봤다.

풀 냄새와 흙냄새, 과일 냄새와 섞인 쌉쌀한 알코올 냄새가 났다. 바람이 흐르고, 처마에 매달린 전구들이 차례대로 반짝였다. 점멸하는 불빛들의 박자를 따라 세던 해인이 문득 노래를 흥얼거리기 시작했다. 예전에 즐겨 부르던 곡이었는데 오랜만에 불렀더니 가사가 헷갈렸다.

막힌 부분을 대충 '음음음'으로 때우고 있는데 뜻밖에 서진이 뒤를 이었다. 저보다는 훨씬 느린 템포로, 부드러운 저음의 노랫소리가 읊조리듯 담담하게 흘러나왔다.

"와, 최서진."

혹시나 거슬리면 그만 부를까 봐 제 입까지 틀어막고 있던 해인이 노래가 끝나자 감탄하며 외쳤다.

"나 너 노래 부르는 거 처음 봐!"

정말 그랬다. 그 시절, 해인이 수없이 노래하고 춤추고 할 때에도 서진은 단 한 번도 해인에게 장단을 맞춰 준 일이 없었다. 종종 반강제로 코인 노래방에 끌고 간 적도 있었는데, 해인이 혼자 만 원치 곡을 다 부를 동안 서진은 마치 공부라도 하는 것처럼 열심히 모니터 아래 뜨는 가사를 읽기만 했을 뿐이었다.

"내가 그렇게 한 번만 불러 보라고 해도 안 부르더니."

"그래서 지금 다 하잖아."

"응?"

"지금, 뭐든 다 한다고."

대꾸한 서진이 휴대폰으로 방금 자신이 불렀던 노래를 검색해 플레이했다. 그러더니 갑자기 자리에서 일어나 슬리퍼를 꿰어 신고 절뚝절뚝 정원 아래로 내려갔다. 뭘 하는 건가 반쯤 몸을 세워 보고 있던 해인의 눈이 휘둥그레졌다.

"야, 너 뭐 해……?"

"……."

"너 설마 지금 춤추는 거야?"

일단 그렇게 묻기는 했지만 아무리 봐도 저건 춤이 아니었다. 끄덕끄덕 움직이는 꼴을 황당하게 보고 있던 해인의 얼굴이 점점 우는 것도 웃는 것도 아닌 듯 기괴하게 일그러졌다. 입술이 벌어지고 볼이 씰룩이더니 곧 배를 잡고 미친 듯이 웃어 대기 시작했다.

"하하하하하. 야, 너 누가 실 매달고 조종하는 거 아냐? 팔이 왜 그렇게 움직여? 하하하."

유쾌한 웃음소리가 정원의 밤공기를 타고 멀리멀리 퍼져 갔다. 숨이 넘어갈 지경이 될 때까지 한참이나 허리를 꺾고 웃던 해인이 손등으로 눈가를 훔치고 벌떡 일어났다. 그대로 곧장 아래로 내달려 뻣뻣한 로봇처럼 움직이고 있는 서진을 와락 끌어안았다.

"너 오늘 왜 그래? 왜 이렇게 귀여운 짓 해?"

얼굴이 다 했다. 백이면 백, 추해 보였을 몸부림도 서진이 하니 귀엽고 웃겼다.

"인생에는 춤과 노래가 필요할 때가 있다고."

해인의 등을 마주 꽉 부둥켜안으며 서진이 나직이 말했다.

"누가 예전에 그랬거든."

아.

이번엔 해인도 기억이 났다.

서진의 할머니가 돌아가시고 얼마 되지 않았을 때였다.

"네가 보기엔 바보 같아 보일지 몰라도 말이야."

초등학생 어린애가 혼자 사는데 누구 하나 와 보는 이가 없었다.

아버지가 일 때문에 사정이 여의치 않다면 고모나 이모나 삼촌이나 사촌이나 하다못해 사돈의 팔촌이든 아무든 한 번쯤은 들러 볼 만도 한데, 매일 옆집 문을 열고 닫는 사람은 어린 서진 혼자뿐이었다.

"인생엔 춤과 노래가 필요할 때가 있는 법이거든."

돌아가신 할머니가 꿈에 나와 무섭다는 말을 한 이후로 서진은 그 비슷한 얘기를 다시 입에 담은 적이 없었다. 겉보기엔 전과 똑같았다. 똑같이 아무 일 없다는 듯 착실하게 등하교도 하고 밥도 잘 챙겨 먹고 차림새도 깔끔하게 하고 다녔다.

정인은 그런 서진을 두고 어른스럽다고 칭찬을 했지만 해인은 그가 의젓해지는 것이 아니라 마비되어 가고 있다고 느꼈다.

예쁘고 귀엽고 쓸모없고 웃긴 게 그에겐 필요했다. 그 나이에 어울리는 알록달록하고 엉망이고 시끄러운 것들이 필요했다. 예쁘고 귀여운 건 거울을 보면 될 테니, 해인은 쓸모없고 웃긴 걸 담당하기로 했다.

"뭐 하는 짓이야? 왜 밥 잘 먹고 TV 보다가 갑자기 난린데."

해인이 그러는 게 한두 번도 아닌데, 서진은 그때마다 질색을 하며 인상을 썼다. 일부러 동작도 박자도 엉망으로 막춤을 추다 보면 해인 자신까지 기분이 좋아졌다. 그 정신 나간 목각 인형 같은 꼴을 보고 서진은 눈살을 찌푸리다 이내 어이없다는 듯 웃곤 했다.

"무슨 춤을 그따위로 춰서, 어떻게 아이돌을 하냐."

"웃었잖아, 아이돌은 그러면 돼."

"바보 같아."

너무 오래되어 있었는지도 몰랐던 기억이다.

사실 스무 살 이전의 기억이, 해인은 잘 나지 않았다. 옛날 일을 떠올리다 보면 가슴에 통증이 왔고, 억울했고, 누구든 원망하고 싶어질 것 같았다. 그러고 싶지 않아 억지로 잊으려 했다. 떠오를 때마다 머리를 쳐 가며 딴생각을 하려 했다. 그러다 보니 진짜로 희미해졌다.

"인생엔 춤과 노래가 필요할 때가 있는 법이거든."

해인이 그렇게 잊어 가는 동안 서진은 이런 기억들을 수도 없이 되새기며 지냈던 걸까.

그 오랜 시간을 혼자.

가슴이 먹먹해지고 목구멍이 조여드는 것 같았다. 그 시간의 무게가 물리적인 실체가 되어 온몸으로 쏟아지는 것 같았다. 질식할 것 같은 그리움과 애틋함이 사무쳐 해인은 눈시울이 뜨겁게 달아올랐다.

초라한 어릿광대 같아 지워 버리고 싶던 자신을, 서진은 하나도 잊지 않고 조각조각 소중히 간직하고 있었다. 무심코 던진 말 한마디까지 흘려보내지 않고 고이 주워 품고 있었다.

해인이 숨을 크게 몰아쉬며 서진을 힘주어 끌어안았다. 다친 몸이 아프지 않을 정도로만 힘을 더했다. 더는 아프게 하고 싶지 않았다. 더 무슨 짓을 해도 해인은 결코 서진은 못 때릴 것 같았다.

한판 붙기도 전에 이미 진 기분이었다.

"……넌 춤을 그따위로 추면서 무슨 배짱으로 이벤트를 하냐?"

해인이 목이 메어 중얼거렸다.

"웃었잖아. 난 너만 웃어 주면 돼."

해인이 축축한 웃음을 하, 터트리며 서진의 어깨 깊숙이 얼굴을 묻었다. 닿는 피부가 열기로 뜨끈뜨끈했다. 서진은 언제나 해인보다 체온이 높았다. 그 하얗고 차가워 보이는 살갗 아래 이런 열이 끓고 있을 줄 누가 알았을까.

"내가 너한테 뭘 그렇게 잘했다고……."

"……."

"모르겠어."

네가 나를 왜 이렇게까지 좋아하는지.

"몰라도 돼."

"……."

"내가 알고 있으니까."

서진의 커다란 손이 뒤통수를 쓸었다. 위로하듯 애정 어린 손길에 울기 싫은데 해인은 또 눈물이 날 것 같았다.

아무리 그래도 여섯 살이나 많은데 자꾸 우는 모습을 보여 주고 싶지 않았다. 부모도 없는 그 앞에서 다 큰 자신이 버림받았다고 징징대는 건 꼴사나운 짓이었다. 초등학생 서진도 하지 않은 짓인데.

"나 많이 변했는데."

"안 변했어."

"그때처럼 그렇게, 그렇지 않을 건데……."

"똑같아."

변했을까 봐 겁이 난 적도 있었고, 변했으면 좋겠다고 생각한 적도 있었다. 하지만 막상 만난 해인은 어떻게 이럴 수가 있나 싶을 만큼 그대로였다.

"잘 믿고 잘 속고."

"……."

"그걸 자기만 모르고."

"……."

"서인화 씨가 뭐라고 했어?"

기습적으로 꺼낸 이름에 해인의 몸이 굳었다. 재촉하지 않고 기다리자 해인의 입에서 느릿느릿한 음성이 흘러나왔다.

"처음부터, 간 이식 때문에 나한테 접근한 거래."

여전히 얼굴을 묻고 있는 상태였기 때문에 해인이 말을 할 때마다 서진의 쇄골 부근에 미지근한 습기가 고였다. 음악은 반복해서 재생되고 있었고, 그대로 포옹인지 춤인지 모를 자세로 서로를 안고 흔들리고 있는 것도 마찬가지였다.

"그것뿐이었고, 안 해 줄 거 아니까 다시는 보지 말재."

"……."

"죽을 때까지 보지 말자고 그러는데……."

해인이 말을 멈췄다. 고개를 들어 서진을 올려다봤다.

"나도 모르게 거짓말이었으면 좋겠다고 내가 생각한 걸까?"

"……."

"그래서 내 눈엔 그렇게 보인 걸까?"

"아니야, 네가 착해서 그래."

서진은 그게 화가 났다. 왜 아직도 그렇게 착한지. 이제 안 착해도 될 사연까지 있는데.

"네가 너무 착해서."

그래서 간도 줄 수 있을 것 같았다. 끝내 인연을 못 끊을 것 같았다.

"고마워."

해인이 다시 서진의 품에 얼굴을 묻으며 중얼거렸다.

"오늘도, 나는 해 준 것도 없는데 미안하네."

"오늘은 그래도 돼."

"응?"

휴대폰에서 음악이 저절로 꺼졌다. 서진이 해인에게 잠깐 기다리라고 하더니 혼자 집 안으로 들어갔다. 잠시 후, 들어오라는 소리에 해인이 안으로 들어가자 불이 꺼진 거실 테이블 위에 초가 환히 밝혀진 케이크가 보였다.

"……."

어안이 벙벙해져 서 있는 해인을 끌어다 서진이 소파에 앉혔다. 그대로 바닥에 무릎을 꿇는가 싶더니 발목 부근에 서늘한 감촉과 함께 찰칵하고 무언가 채워지는 소리가 들렸다.

해인이 멍하니 손을 뻗어 발목을 더듬었다. 단단하고 차가운 금속이 만져졌다.

"해피 버스데이, 고해인."

어느새 자정이 지나 있었다.

"아."

해인의 입술이 살짝 벌어졌다.

"한 번에 다 불어야 해."

서진이 내민 케이크엔 기다란 초 두 개와 작은 초 아홉 개가 촘촘하게 꽂혀 있었다. 그를 본 해인의 얼굴이 찡그려졌다. 쥐어짠 것 같은 목소리가 총총 떠 있는 촛불들을 희미하게 흔들었다.

"나 서른인데."

"만 스물아홉이잖아."

"……."

"지구랑 같이 나이 먹는 거 이상한 계산법이야."

서진이 눈썹을 찌푸리며 새침하게 말했다. 어떻게든 나이 차를 한 살이라도 줄이려는 의지가 느껴져 해인이 웃음을 터트리고 말았다. 그 바람에 불어서 꺼야 할 초가 몇 개 줄어들었다.

"고마워……."

왠지 쑥스러워 해인이 서진의 얼굴을 쳐다보지 못하고 중얼거렸다. 생일은, 정말 까맣게 잊고 있었다. 늘 생일이 들어 있는 주에 휴가를 내긴 했지만 이번엔 휴가마저 잊고 있었다.

"오늘인 줄 알았으면……."

"뭐 하려고 했어?"

"응?"

"보통 생일엔 뭐 하고 지내?"

"글쎄, 뭐 하려고 했더라?"

딱히 특별한 계획은 없었다. 늘 그렇듯 평소처럼 친구들과 만나 술 마시고 놀았을 것이다. 생일에 무슨 큰 의미를 부여해서 이때 휴가를 내는 게 아니었다. 우연히 태어난 게 8월 초, 휴가철이었고 남들 놀 때 같이 놀자는 단순한 생각으로 내린 결정이었다.

"뭘 했어도 지금보다 좋진 않았을 거야."

진심이었다. 활짝 웃는 해인의 얼굴을 보는 서진의 뺨이 약간 붉어졌다.

* * *

거실로 자리를 옮겨 케이크를 먹으며 와인을 마시다 보니 어느 결인지도 모르게 의식이 끊겼다. 거의 필름이 잘린 수준으로 잠들었다 깨어 보니 어느새 해가 중천에 떠 있었다.

텅 비어 있는 옆자리에 햇살만 수북이 고여 있는 걸 보며 해인이 깨질 듯한 머리를 움켜쥐었다. 으으, 소리를 내며 신음하자 끔찍하게 쉰 목소리가 나왔다. 와인은 늘 뒤끝이 좋지 않았다. 냉방병이라도 온 것처럼 속이 울렁거렸다.

"서진아아……."

부르고도 그 빈사의 염소 울음 같은 소리가 그에게 들릴 리 없을 줄 알았는데 곧 쿵쿵하는 발소리가 들리고 서진이 문간에 나타났다. 같이 새벽까지 놀다 잠든 사람답지 않게 곧 소개팅이라도 하러 나갈 것처럼 말끔한 그를 찡그린 눈으로 올려다보던 해인이 말없이 두 팔을 그에게로 뻗었다.

서진은 그런 해인을 잠깐 내려다보다 느릿느릿 다가와 몸을 낮췄다. 두 팔 안에 제 몸을 웅크려 들여 놓고 얌전히 턱을 기대면서도 묘하게 뻣뻣했다. 그 토라진 고양이 같은 태도를 알아챈 해인이 고개를 기울여 그의 얼굴을 보았다.

"왜 그래."

"……."

"무슨 일 있어?"

내가 뭐 잘못했어? 묻자마자 곧장 생각이 났다. 해인이 아, 소리를 내자 서진도 해인이 새벽의 일을 떠올린 건 알아챈 모양이었다.

해인이 끙 하고 몸을 일으켜 앉자 서진도 닿아 있던 상체를 떼고 얌전히 물러나 앉았다. 끝이 살짝 뾰족해진 눈초리가 해인의 입술만 쳐다보며 다음 말을 기다리고 있었다.

"너 설마……."

해인이 인상을 찌푸리며 고개를 살짝 비틀었다. 목구멍이 쓰려 그런 건데 서진의 눈엔 달리 보였을 것 같았다.

"아직까지 그거 때문에 삐쳐 있는 거야?"

기대와는 영 틀린 말이었는지 서진의 미간이 확 구겨졌다. 열이 올라 짙어진 눈으로 해인을 쏘아보며 부아가 난 속을 토해 냈다.

"그런 식으로 말하지 말랬지."

"뭐가."

"한심한 애새끼 보는 것처럼."

"야, 누나 앞에서 애새끼가 뭐야."

"또."

해인도 같이 눈에 날을 세우고 그를 노려보았다. 속도 안 좋고 머리도 아픈데 눈뜨기 무섭게 비비 꼬인 태도를 대하니 고운 반응이 나가지 않았다.

"누나 맞고 애 맞잖아. 맞는데 어쩌라고. 그럼 네가 일찍 태어나든가."

"……."

"뭐, 그렇게 째려보면 어쩌라고."

그 말에 서진이 눈을 내리깔았다. 그러더니 한풀 꺾인 음성으로 째려본 거 아니라고 웅얼거렸다. 발끈해 발톱을 세우다가도 얼마 못 가 꼬리를 마는 건 명백한 을의 태도였다. 그에 또 마음이 쓰여 해인이 한숨을 쉬고 한층 가라앉은 음성으로 차분히 말을 이었다.

"어제 일, 아니, 오늘 일인가. 암튼, 그게 그렇게 화날 일이야?"

서진은 내리깐 눈을 들지 않았다.

"최서진."

자정이 지나 케이크에 촛불을 불기 무섭게 해인의 휴대폰에 불이 나기 시작했다. 생일 축하한다는 친구들과 지인들의 연락이었다.

그것만으로도 썩 기분이 좋지 않은 것 같았지만, 어쨌든 서진은 생일날 초장부터 해인의 기분을 망치고 싶지 않은지 그럭저럭 웃는 얼굴을 유지하고 있었다.

하지만 그 살얼음판 같은 평정은 윤재가 전화를 걸어옴으로써

금이 가기 시작했고, 베고니아 화분을 준 팬이 보낸 메시지에 와르르 무너지고 말았다.

"나 너랑 싸우기 싫어."

해인이 한숨을 쉬며 말했다. 좀 더 부드럽고 또렷한 어조로 말하고 싶었는데 영 머리가 아파 뜻대로 잘 조절이 되지 않았다.

"……미안해."

서진이 여전히 눈을 마주치지 않고 말했다. 빈말 같진 않았다. 하지만 뭔가 미진했다.

"그거 아니잖아."

서진이 미안한 부분은 다른 게 아니라 자신이 제대로 위장하지 못한 데 있었다. 미숙하게 속내를 드러내 해인의 기분과 생일을 망치게 한 것에 대한 사과라는 것을 해인은 알아챘다.

"차단 푼 거에 대한 설명은 더 안 한다. 내가 한 차단이 아니었으니까."

"……."

"윤재는 그냥 친구로서 생일 축하 겸 안부를 물었을 뿐이야. 그 외엔 따로 연락한 적도 없어. 그 옛날 팬분도 마찬가지고."

묵묵부답이었다.

"대체 뭐가 문제야."

"……."

"나도 너 좋아한다니까."

그 말에 서진은 한층 더 어두운 표정이 됐다. 해인이 한숨을 쉬었다. 이러고 마주 앉아 있어 봐야 해결될 일은 아닌 것 같아 일단 자리에서 일어났다.

　욕실로 들어가 뜨거운 물을 한참이나 맞고 서 있자 울렁이는 속도 가라앉고 머리도 맑아지는 것 같았다. 거품을 내 머리를 문지르면서, 해인은 어떻게든 분위기를 좋게 풀 궁리를 했다.

　새벽엔 휴대폰을 보자는 그에게 욱해서 같이 싸우긴 했지만 애초에 그럴 문제도 아니라는 게 해인의 생각이었다. 서진이 좀 남다른 면이 있다는 걸 몰랐던 것도 아니고, 제 입으로 말한 대로 한 살이라도 더 먹은 자신이 그와 똑같이 굴면 되겠는가.

　'좋게 좋게 달래서 대충 넘어가자.'

　그렇게 작정을 하고 나오자 서진이 식탁에 밥을 차려 놓고 기다리고 있었다. 누가 봐도 생일상이었다. 붉은 콩을 넣어 지은 밥에 미역국, 삼색나물에 산적, 떡갈비에 도미찜까지 있었다.

　그 푸짐한 상차림 뒤에 수줍은 새색시처럼 선 서진을 보자 해인은 어렵지 않게, 꾸미지 않은 미소가 절로 흘러나왔다.

　"와, 이게 다 뭐야?"

　"앉아……."

　"나 올해 칠순이야?"

　해인이 웃음을 터트렸다. 공간을 가득 채우며 울리는 맑은 웃음소리에 서진의 눈이 반짝이는 게 보였다. 해인이 식탁을 빙 둘러 그에게 다가가 애교 부리는 고양이처럼 이마를 그의 어깨에 비볐다.

　"이렇게 잘생기고 참한 남자 친구가 생일상까지 차려 주고."

"……."

"이 할미가 말년 운이 있었네. 오래 살기 잘했어."

"놀리지 마."

해인의 농담에 서진의 입꼬리가 슬쩍 느슨해졌다.

"진짜 칠순 때도 똑같이 해 줄 거지?"

"어?"

"나 진짜 할머니 되고 나서도 말이야."

"……응."

무슨 말을 먼저 내놓을지 몰라 오래 우물대던 입술에서는 짤막한 대답만 나왔다. 그럼에도 서진의 눈가가 부드럽게 풀린 게 보였다. 혈색이 도는 뺨에 희색이 완연했다. 됐다. 이제 거의 다 풀린 것 같다.

"먹자."

"응."

"잘 먹을게."

식탁 앞에 앉은 해인은 일부러 발목이 잘 보이도록 다리를 쭉 뻗어 서진 옆의 빈 의자 위에 올렸다. 새벽에 서진이 발찌를 걸어 준 왼쪽 발이었다. 가느다란 체인을 여러 겹 꼬아 만든 형태의 금 발찌는 해인의 흰 발목에 썩 잘 어울렸다.

서진의 시선이 옆으로 내려갔다. 재잘거리며 열심히 밥을 먹는 해인의 얼굴과 옆자리의 발목을 번갈아 바쁘게 쳐다보며 입술을 오물거리는 서진의 볼이 불그스름하게 익어 갔다. 자세 지적은 하지도 않았다. 그저 해인이 발목을 까딱까딱 흔들 때마다 빛을 흩뿌리는 발찌에서 눈을 떼지 못했다.

해결할 수 없는 문제를 두고 다투어 봐야 기력 낭비, 시간 낭비다. 윤재의 전화를 안 받거나 팬의 번호를 다시 차단하는 게 문제가 아니었다. 앞으로 해인이 사회생활을 아예 접을 수 있는 것도 아니고, 그 시간에 차라리 애정 표현을 더 해서 불안을 잠재우고 관계를 안정시키는 게 나았다.

해인의 방식은 대체로 그랬다. 물속에 잉크 한 방울이 떨어지면 그것을 걸어 내려 아등바등하기보단 아예 물을 더 부어 희석하는 편을 택하는 식이었다.

그와 별개로 발찌는 정말 마음에 들었다. 발목에 걸리자마자 원래부터 제 것이었다는 듯 마음에 착 붙었다. 아주 오랜만에 물건에 대한 소유욕과 애착이 끓어올랐다. 언제부터 준비한 건지는 모르지만 서진이 의미를 담아 품목을 고르고 마음을 써서 디자인을 고르고 했을 걸 생각하면 관 속에 들어갈 때까지도 차고 있고 싶었다.

"이따가 뭐 할까? 생일상도 받고 선물도 받았으니까 나머지는 내가 책임질게."

해인이 말하며 발을 슬쩍 옮겨 그의 다리 위로 올렸다. 그대로 앞뒤로 슬슬 움직이기 시작하자 서진의 몸이 대번에 경직됐다.

"너 아직 조심해야 되니까 활동적인 건 못 할 테고."

"……."

"영화나 보러 갈까? 아니면 좀 먼 데로 드라이브?"

서진이 진심으로 짜증 난다는 듯 미간을 구겼다. 뻣뻣하게 세운 상체를 그대로 둔 채 눈만 움직여 해인을 노려보았다.

"이러면서 나가자고?"

"응?"

"이게 지금 나가자는 사람이……."

사납게 으르듯 나오던 낮은 음성이 찢어질 듯 울리는 인터폰 소리에 끊어졌다.

"누구지?"

해인과 서진이 서로를 마주 보았다. 올 사람이 없는데. 조심스럽게 해인의 발목을 들어 내려놓은 서진이 벌떡 자리에서 일어났다. 짧은 사이 오른 열기가 싸늘하게 식은 얼굴이었다.

"누구세요?"

모니터에 모자를 쓴 남자 둘이 비쳤다.

—택배 왔습니다.

"문 앞에 두고 가 주세요. 감사합니다."

—네? 어, 그게 잠시만 나와 주셔야겠는데요.

"네?"

—물건이 좀, 많은데요. 사인받아야 할 것도 있고.

서진은 탐탁지 않은 표정으로 해인에겐 나오지 말라 이르고 혼자 대문으로 나갔다.

물건은 좀 많은 게 아니었다. 말 그대로 한 트럭이었다. 발신인을 확인한 서진이 모르는 사람이라고, 잘못 온 것 같다고 수령을 거부하자 배달원들이 난색을 표했다.

"여기 고해인 씨 댁 아닙니까? 주소, 전화번호도 다 확실한데."

"아닙니다."

"아니라고요?"

"네, 도로 가져가시죠."

"아니, 그게……."

그대로 대문을 닫으려는 서진과 배달원들 사이에 실랑이가 오갔다. 난처해하는 배달원들을 보다 못해 해인이 끼어들었다. 그 틈을 타 배달원들이 얼른 집 안으로 짐을 나르기 시작했다. 그렇게 몇 번 오가자 정원 가득 박스들이 쌓였다.

"누가 보낸 거라고?"

발신인은 아무리 봐도 모르는 이름, 모르는 번호였다. 이게 다 무슨 일인가. 해인이 어안이 벙벙한 표정으로 서진을 쳐다봤다. 무심코 쳐다본 얼굴이 몰라보게 가라앉아 있어 덩달아 놀라는데 쥐고 있던 휴대폰이 울렸다. 메시지였다.

[생일 축하한다.]

[선물은 마음에 드니?]

[내 개인 번호야. 저장해.]

보낸 이는 오혜원이었다.

* * *

태어난 당사자만큼이나, 아니, 어쩌면 그보다 낳은 사람 역시 잊기 힘든 게 생일이라는 걸 생각지 못하고 있었다. 해인은 당장 전화를 걸어 혜원에게 보낸 것들을 다 가져가라고 했다.

태연하게 전화를 받은 혜원은 놀라울 정도로 아무런 동요도 보이지 않았다.

그저 자연스럽게, 해인이 마치 오래 알고 지낸 절친한 후배라도 되는 것처럼, 부담스러워할 필요 없으니 그냥 받으라고 했다. 그러면서 한술 더 떠 묻지도 않은 선물의 종류와 용도와 가치를 하나하나 줄줄이 설명하기까지 했다.

해인이 기막혀하자 마음에 안 들면 다른 걸 보내 주겠다고 했다. 해인은 그대로 전화를 끊어 버렸다.

"뭐 이런 사람이 다 있지?"

해인이 열을 내는 동안 옆에서 가만 지켜보고 있던 서진이 물었다.

"받기 싫어?"

"당연하지."

"그럼 반송해."

해인이 동의하자 서진이 곧바로 배달업체에 전화를 걸어 물건들을 반송시켰다. 일이 마무리되자 진이 다 빠졌다. 심적인 면에서만이 아니라 실제 체력도 달렸다. 물량 공세라도 할 셈인지 오혜원은 백화점 1, 2층을 다 털어 보낸 것 같았다.

그러느라 아무것도 못 한 채 해가 저물었다. 다음 날은 서진의 꿰맨 손의 실밥을 제거하러 병원에 갔다. 서진은 군이 병원까지 갈 필요 없다고, 그냥 자기가 집에서 떼어 내도 된다고 했지만 해인이 말도 안 되는 소리 하지 말라고 일축했다.

대신 원래 치료받은 병원으로 가지 않고 근처 의원에서 치료를 받았다. 다행히 상처는 벌어지거나 덧나지 않고 잘 붙은 채 아물었다.

"흉터는 안 남겠지?"

해인이 제 눈앞까지 서진의 손을 잡아 올리고 작은 생선 뼈 같은 자국을 주의 깊게 바라보며 심각하게 중얼거렸다. 피부가 하얘서 바늘땀 하나하나가 더 도드라지는 것 같았다.

서진은 남의 일처럼 괜찮겠지, 하고 말았다. 흉터가 남아서 해인이 한 번이라도 더 쳐다봐 주면 오히려 좋을 것 같았다.

"일단 밥부터 먹고, 뭐 할까? 나온 김에 어디 드라이브라도 갈까?"

"드라이브?"

"응, 날씨도 좋은데."

해인이 차에 오르며 말하자 뒤따라 조수석에 오른 서진이 물었다.

"안 피곤해?"

"어? 안 피곤한데. 하루 종일 한 것도 없는데 뭘."

"아까부터 계속 하품하는 것 같아서."

"내가?"

아닌데, 하며 해인이 시치미를 뗐다.

"네가 잘못 봤겠지."

"……."

"나 안 피곤해. 어제 잠도 푹 잤고 되게 쌩쌩한데 지금."

"그래."

"진짜야."

"알았다고."

뭘 먹을까 고민하다가 근처 쌈밥집에 가서 점심을 먹었다. 밥을 다 먹고 해인은 아무 생각 없이 집으로 차를 몰았다. 서진도 별말을 하지 않았다.

집에 도착하자 택배가 또 와 있었다. 곧바로 반송을 시키긴 했지만 배달원들이나 매장 직원들에게 못내 미안했다. 괜히 중간에서 그들의 등만 터져 나가는 것 같아 죄책감이 느껴졌다.

"이 사람 진짜 왜 이러는 거지?"

"그게 궁금해?"

난감해하는 해인을 서진이 골똘한 눈으로 쳐다봤다. 뒤숭숭한 마음으로 해인이 휴대폰을 만지작거리고 있는데 옆에서 쑥 뻗어 온 손이 휴대폰을 빼 갔다. 그를 좇아 고개를 돌리자마자 서진의 입술이 부딪쳐 왔다.

시작부터 사납도록 노골적인 기세에 얘가 갑자기 왜 이렇게 됐나 궁금해할 새도 없이 거칠게 밀어붙이는 서진에게 장단을 맞추기도 바빴다. 주위가 붉게 물든 채 꾹 감긴 눈과 그 힘에 살짝 구겨져 내리깔린 속눈썹을 보자 해인의 머릿속을 어지럽히던 잡념이 싹 가시고 흥분과 열기가 그 자리를 대신했다.

휴가 마지막 날엔 가게에 들러 환기와 청소를 하고 거래처에 필요한 원두와 떨어진 물품을 주문했다. 대충 영업을 시작할 준비를 마치고 집에 돌아왔는데 또 택배가 와 있었다.

해인이 전화를 걸었다.

"왜 이러는 거예요?"

—응?

"저한테 왜 이러시는 거냐고요."

해인이 휴대폰을 꽉 쥔 채 화를 꾹꾹 누른 음성으로 말했다. 제 심장 소리만 들릴 뿐, 수화기 너머는 조용했다.

"뭐 때문에 이러시는지 모르겠는데, 이제 그만하세요. 그래 봐야 아무것도 달라지는 건 없을 거예요."

—뭐 달라지라고 한 거 아냐.

"뭐라고요?"

—엄마가 딸한테 선물도 못 줘?

너무도 태연히 튀어나온 엄마 소리에 해인은 할 말을 잃었다.

—너한테 선물을 꼭 주고 싶은데 네가 자꾸 반송을 해서 이제 더 배달하겠단 데도 없어.

그게 마치 해인의 잘못인 양 혜원이 나무랐다.

—그럼 어쩌겠니. 나라도 직접 가야지.

"뭐라고요?"

—외출 허가가 안 날 것 같은데 도망이라도 쳐야 할지 고민이다.

짓궂은 장난이라도 계획하는 것 같은 어조에 해인은 이게 진심인지 연기인지 알 수가 없었다.

"지금 저 협박하시는 거예요?"

—네가 호의를 호의로 못 받아들이는 건, 그렇게 만든 내 탓이라고 생각하겠지.

"뭐요?"

—하지만 내가 아니야. 정확히 말하면 내 어머니와 남편 탓이지. 그 사람들의 잘못을 나에게까지 돌리지 말았으면 좋겠다.

오혜원이 나긋한 어조로 말했다. 그녀는 해인이 상상한 것 이상으로 뻔뻔하고 낯이 두꺼웠다. 해인은 이런 사람을 어떻게 상대해야 할지 알 수가 없었다.

—난 정말 네가 죽은 줄 알았어.

"그래서, 본인은 아무 잘못도 없다는 거예요?"

—그렇게 말하진 않았어.

"제가, 제가 이 일을 공론화하면, 사람들 모아다 기자 회견이라도 하면 어쩌려고 자꾸 이래요?"

혜원이 웃었다.

—어차피 죽기밖에 더 하겠어?

저도 모르게 그런 말 하지 말라고 할 뻔했다. 해인이 숨을 크게 들이쉬었다. 죽음을 너무도 쉽게 입에 담는 것에 가슴이 선득해졌다.

"저한테 이러지 않으시면 좋겠어요. 아시는지 모르겠지만 저 돈 받고 오혜원 씨 모른 척하기로 했거든요."

—…….

"죽을 때까지 모르는 사람으로 살기로 하고 돈 받았다고요, 돈. 이제 와서 계약을 어겨서 화를 자초하고 싶진 않은데요. 그 정도로 엄마라는 존재가 가치 있는 건지도 모르겠고."

냉소적인 해인의 말에도 혜원은 꿈쩍도 하지 않았다.

—너무 적게 받았더라. 그보다 열 배는 더 불렀어도 줬을 텐데.

"하."

—그땐 그랬을 거야, 조기현 그 사람.

해인이 어조를 바꿔 물었다.

"원하는 게 뭐예요?"

—고정인, 어떻게 죽었어?

기다렸다는 듯 떨어지는 그 말을 듣자마자 해인은 눈앞이 핑 도는 것 같았다. 왈칵 치밀어 오른 열로 속이 울렁거렸다.

어떻게 저런 식으로 아빠를 입에 올릴 수 있을까.

마치 옆집 개의 안부가 궁금하다는 듯, 일말의 조심성도 없이. 가십을 소비하고 싶어 안달 난 사람처럼 저열한 호기심을 저토록이나 해맑게 드러내며.

"궁금하세요?"

—응.

"이혼하세요. 그럼 가르쳐 드릴게요."

그대로 전화를 끊었다.

그날 밤은 잠이 오지 않았다. 해인은 밤새 뒤척이며 잠을 이루지 못했다. 옆에 있던 서진까지 괜히 못 자게 하는 것 같아 눈을 감고 열심히 자는 척을 했지만 고르지 못한 숨소리까지 꾸며 낼 순 없었다.

그렇게 일주일이 지났다. 택배는 더 오지 않았다. 전화도, 메시지도 없었다. 오혜원은 언제 그랬냐는 듯 또 해인의 인생에서 사라질 모양이었다.

놀랄 것도, 새삼스러울 것도 없었다. 죄책감을 자기 보호 본능보다 우선시할 수 있는 사람은 아주 드물다. 오히려 해인은 혜원이 이상한 궤변을 늘어놓으며 계속해서 연락을 시도하지 않는 것만으로도 다행이라고 생각했다. 그런데도 머릿속이 복잡해 잠들기가 어려웠다. 겨우 잠이 들기라도 하면 꿈에 아빠가 나왔다.

"가게 정리할 거야."

휴가가 끝나고 오랜만에 직원들이 다 같이 모여 회식을 하는 자리에서 해인이 공표하듯 말했다. 소민과 준서, 정훈이 제각기 놀란 눈으로 해인을 쳐다봤다. 정훈이 제일 먼저 입을 열었다.

"사장님 혹시……."

"응?"

"결혼하세요? 결혼해서 독일 가시려고요?"

"뭐?"

"서진이 형님이 그런 얘기는 안 하셨는데……."

정훈의 뜬금없는 소리에 잠깐 멍해졌던 해인이 웃음을 터트렸다. 해인이 웃기만 하고 대답을 하지 않자 정훈이 배신당한 것 같은 표정으로 불만을 토로했다.

"맞죠? 독일 가시는 거죠? 서진이 형님은 어떻게 그런 중요한 일을 나한테 말도 안 하고, 어쩐지 요즘은 통 연락도 없으시더니……."

가만 보니 그 집들이 이후, 서진과 정훈은 종종 연락을 주고받은 모양이었다. 사교성이라곤 약에 쓰려도 없는 서진이 갑자기 폭넓은 인간관계를 맺는 데 관심이 생겼을 리 없으니, 보나 마나 그쪽에서 정훈을 인간 CCTV 정도로 이용한 게 틀림없다.

"그럼 언제 가시는데요? 결혼식은 여기서 하고 가시는 거예요? 아니면……."

"정훈아."

"네?"

"너 서진이 좋아해?"

"네? 그야……."

어떻게 대답을 해야 할지 몰라 어버버거리고 있는 그를 보고 소민과 준서도 덩달아 웃음을 터트렸다. 형님, 형님 꼬박꼬박 부르지만 따지고 보면 정훈과 서진은 두 살 차이밖에 나지 않는다. 그나마 동생이 아닌 게 천만다행이었다.

"결혼 안 하고 독일도 안 가."

해인이 웃음기가 가시지 않아 가늘어진 눈으로 정훈을 보며 말했다.

"그냥 사정이 있어서 그래. 가게 옮기려고."

서인화는 이제 더는 해인이 떠나지 않아도 된다고 했지만 그럴 수는 없었다. 서인화를 떠올리게 만드는 이곳에서 그대로 장사를 할 순 없었다.

"어디로 가려고요?"

사정을 아는 소민이 조심스럽게 물었다.

"글쎄, 천천히 알아봐야지. 일단은 조금 쉬려고."

"쉰다고요?"

"응, 부자 애인도 생겼으니까 당분간 거머리처럼 들러붙어서 놀고먹고 하려고."

농담처럼 얘기하는데 갑자기 주위가 조용해졌다. 왜 이러나 싶어 고개를 들어 보니 언제 왔는지 서진이 바로 뒤에 서 있었다.

"데리러 왔어."

해인과 눈이 마주치자 서진이 다정하게 웃으며 말했다. 그 어느 때보다 기껍다는 미소에, 해인은 자신이 세상에서 제일 사랑스러운 거머리가 된 것 같았다.

"그냥 집에 있지. 나 금방 갈 건데."

해인에게 금방이 서진에겐 한세월이라는 걸 아직도 모르는 모양이었다. 서진은 자리에 앉지도 않았다. 준서와 정훈이 권했지만 정중히 사양했다. 해인더러 일어나라는 거다.

"형님 진짜 결혼하는 거 아닙니까?"

"야, 아니야, 아니라니까."

"결혼?"

서진이 고개를 갸웃했다. 해인이 손을 저으며 가게 접는다 하니 정훈이 결혼하는 게 아닌가 의심한다며 설명했다.

"결혼은 무슨."

해인이 고개를 절레절레 저었다. 결혼을 논하기엔 서진은 너무 어리다. 이제 고작 스물네 살밖에 안 됐는데.

"나 먼저 간다. 우리 애인 아직 밖에 오래 있음 힘들어."

쏟아지는 야유를 들으며 해인이 자리에서 일어났다. 지갑에서 카드를 꺼내 소민에게 건네주며 마음껏 더 놀라고 하자 야유가 금방 환호로 바뀌었다.

오랜만에 해 보는 CEO 놀이에 해인도 덩달아 기분 좋게 서진과 함께 집으로 돌아왔다. 오자마자 소파에 축 늘어진 해인에게 서진이 얼음과 배를 간 것에 레몬즙을 짜 주었다.

"어, 맛있다. 이거."

"술 너무 많이 마시지 마."

"어?"

"나도 없는데."

그 말에 해인이 테이블 위에 유리컵을 내려 두고 웃었다.

"너 있잖아. 매번 귀신같이 찾아오면서."

"그래도, 그 전에 취하면 어떡해."

"술은 취하라고 마시는 거지."

"고해인."

정색하는 서진을 향해 해인이 알았다고 손을 휘저었다.

"맨날 말만 그러지."

"뭘 맨날이래. 나 오랜만에 술 마셨는데."

회식이든 그냥 노는 자리든, 해인은 그가 자신이 다른 사람과 술을 마시는 걸 좋아하지 않는다는 걸 알고 있었다. 나름 티를 안 내려고 애를 쓰는 것까지도 알았다.

늙어서 다행이지. 하루가 멀다 하고 사람들을 만나 놀던 20대 때 서진을 만났다면 보나 마나 매일이 전쟁이었을 것이다. 역시 연애도 타이밍이다.

해인의 눈이 가물가물 감겼다. 씻고 자라는 서진의 목소리가 들렸다. 알겠다고 대답을 하고도 한참을 미적거리다가 겨우 자리에서 일어나려는데 휴대폰이 울렸다.

소민이었다. 2차로 갔는지 바에서 준서와 정훈과 셋이 안주를 잔뜩 시켜 놓고 둘러앉아 찍은 사진이 보였다. 해인이 웃으며 화면을 터치하는데 곧바로 다른 사진 하나가 더 떴다. 온통 회색빛인 그것이 뭔지 몰라 가늘게 떠졌던 해인의 눈이 다음 순간 커졌다.

"……."

흐린 흑백 사진처럼 보이는 그것은 소민이 아닌 다른 이가 보낸 것이었다.

해인은 술이 확 깨는 것 같았다.

법원 제출용으로 작성한 이혼 조정 신청서였다.

* * *

눈속임 따위가 아니라는 듯 곧 새벽에 배우 오혜원이 법원에 이혼 조정 신청서를 제출했다는 기사가 떴다. 누가 손을 썼는지 금방 내려가긴 했지만 포털의 실시간 검색어엔 오혜원과 MJ미디어, 이혼 따위의 단어가 한동안 상위권을 점령했다.

해인은 한숨도 자지 못하고 원래 오픈 시간보다 훨씬 이르게 가게로 나왔다. CLOSE 팻말을 그대로 두고 텅 빈 가게에 덩그러니 앉았다.

가슴이 울렁거리고 빈속이 욱신욱신 쑤셨다. 정신을 차리려고 커피를 들이부었더니 손발까지 벌벌 떨리기 시작했다.

'무슨 생각이지.'

정말 이혼이라도 할 셈인가. 대체 무슨 속셈이지. 왜 이렇게까지 하는 거야. 진짜 간 때문인가, 아니면…….

도무지 가만히 앉아 있을 수가 없어 벌떡 자리에서 일어난 해인이 다람쥐 쳇바퀴 돌 듯 가게 안을 빙빙 돌기 시작했다. 아무리 심호흡을 하고 마음을 진정시키려 해도 뜻대로 되지 않았다. 눈에 열감이 느껴졌다. 뇌에 압력이 최대치로 올라 툭 건드리기만 해도 터질 것 같았다.

소민이 출근할 시간이 임박할 때쯤 약간 침착을 되찾은 해인은 휴대폰을 꺼내 몇 개의 메시지를 작성했다. 어차피 올 일이라면 초조하게 기다리기보단 앞장서서 맞이하는 편이 나았다.

메시지를 전송하고 오픈 준비를 했다. 한창 밀대로 열심히 바닥을 닦고 있는데 문 열리는 소리가 났다. 소민인 줄 알고 해인은 고개를 들지도 않고 입을 열었다.

"소민아, 문자 봤지? 미안한데 오전엔 너 혼자 근무해야 할 것 같아. 대신 준서한테 좀 일찍 나와 달라고 했으니까……."

"어디 가?"

해인이 홱 고개를 들었다. 새벽에 자는 걸 보고 나왔던 서진이 근처 샌드위치 가게의 봉투를 들고 서 있었다.

"어, 서진아……."

"어디 가는데? 오전에."

"어……?"

"병원 진료는 오후잖아."

아. 해인이 낭패한 얼굴을 했다. 오늘 오후 병원에 서진의 발목 엑스레이 촬영이 잡혀 있었다. 해인도 동행하기로 했었는데, 그걸 깜빡 잊고 있었다.

"어, 그게 말인데, 서진아……."

말을 하다 말고 해인이 입을 딱 다물었다. 서진의 어깨 너머 입구 쪽을 응시하는 눈동자가 커다랗게 열렸다. 그를 따라 서진도 느릿느릿 고개를 돌렸다.

"안녕."

커다란 선글라스를 쓴 오혜원이 열린 문으로 들어오고 있었다. 늘씬한 체구의 몸이 거침없이 안으로 쑥 들어서는 순간, 공기가 확 달라지는 것 같았다.

디테일이 화려한 검은색 원피스를 입고 챙이 넓은 검은색 모자를 쓴 오혜원은 얼굴이 거의 드러나지 않았음에도 도무지 보통 사람처럼은 보이지 않았다.

진짜로 병원에서 탈출한 건지 뭔지 알 수는 없지만 겉보기엔 허겁지겁 도망친 사람처럼 보이지도 않았다.

"어, 남자 친구도 같이 있었네."

선글라스를 벗으며 혜원이 서진에게 알은체를 하는 것을 보고 해인이 얼른 그 사이로 끼어들었다. 등 뒤로 서진을 감추듯 돌려세우고 오혜원을 똑바로 쳐다봤다.

"차 가지고 오셨죠?"

"응."

"그럼 가 계세요. 금방 따라갈 테니까."

여기까지 왔는데 커피 한잔도 안 주냐는 둥, 헛소리를 했지만 해인은 단호하게 오혜원을 내보냈다. 막 가게로 들어서던 소민이 스쳐 지나가는 그녀를 보며 경악에 찬 표정을 지었다.

대답을 요구하는 얼굴로 저를 보는 소민에게 나중에 설명하겠다는 표를 하며 해인은 일단 서진을 데리고 밖으로 나갔다.

"미안해, 오늘 내가 저 사람이랑 볼일이 좀 있어서."

서진의 표정은 침착했다.

"어디 가는데."

"……갔다 와서 말해 줄게."

"나도 같이 가면 안 되는 데야?"

해인이 난처한 듯 눈썹을 구겼다.

"안 될 건 없지만 그냥, 혼자 가고 싶어."

혼자 이 일을 매듭짓고 싶었다. 오혜원에게도 저에게도 그게 나을 것 같았다.

"미안해. 갔다 와서 다 얘기해 줄게."

"언제 오는데."

"어, 너 진료 시간까진 올 수 있을 것 같은데⋯⋯."

해인이 시간을 가늠해 보며 눈을 가늘게 떴다.

"혹시 늦으면 정우 씨 불러서 같이 가. 나 기다리지 말고."

서진은 아무 말도 하지 않았다. 묵묵한 얼굴로 저만 쳐다보고 있는 그에게 해인이 무슨 말인가 더 하려는데 건너편에 서 있던 차에서 빵, 하고 경적을 울리는 소리가 났다.

"금방 갔다 올게. 계속 메시지 보낼 테니까 걱정하지 말고."

"⋯⋯."

"쫓아오지도 말고, 위치 추적 같은 것도 하지 말고. 30분마다 보낼 테니까. 알았지?"

재촉하듯 경적 소리가 몇 번 더 났다. 마음이 급해진 해인이 마지막으로 당부하고 그쪽으로 뛰어갔다. 커다란 검은 차의 문을 열고 해인이 들어가자 차가 곧바로 출발했다.

서진은 혼자 우두커니 서서 멀어지는 차 뒤꽁무니를 보고 있었다.

* * *

한 시간 반쯤 걸려 혜원과 해인이 도착한 곳은 정인의 유골이 안치되어 있는 납골당이었다.

오는 내내 상대도 않는 해인을 향해 끊임없이 시답지 않은 말을 던져 대던 오혜원은 납골당에 들어서는 순간부터는 한 마디도 하지 않았다. 해인이 헌화를 하는 동안에도 한참을 그대로 서서 안쪽을 뚫어지라 들여다보기만 했다.

한동안 그 옆을 서성대던 해인은 망부석처럼 움직일 기미가 없는 혜원을 혼자 두고 밖으로 나왔다.

원하는 게 뭐냐고 보낸 해인의 메시지에 혜원은 정인이 잠든 곳에 가고 싶다고 했다. 해인은 제 가게 주소를 찍어 보내며 지금 당장 이쪽으로 오면 데려가 주겠다고 했다.

혜원은 해인이 요구한 것을 모두 이행했고, 그렇다면 해인 역시 그래야 했다.

멀지도, 가깝지도 않은 곳에서 매미 우는 소리가 났다. 나무 그늘 아래 놓인 벤치에 앉아 있던 해인이 고개를 꺾어 하늘을 보았다.

투명한 초록빛으로 반짝이는 잎사귀 사이로 구름이 지나가는 파란 하늘이 보였다. 산속이라 그런지 밖인데도 그리 덥지 않았다. 그러고 보니 8월도 벌써 반이나 지나고 있었다.

슬슬 해가 머리 꼭대기에 다다랐다 싶을 때쯤에야 혜원이 나왔다. 해인이 앉은 벤치 맞은편에 목을 곧게 세우고 앉은 혜원은 들고 있던 클러치를 내려놓자마자 한숨 쉬듯 담배 피우고 싶단 소리를 했다.

맞지 않게, 초조한 그 목소리가 어리광을 부리는 것처럼 들려 해인이 피식 웃음을 터트렸다. 혜원은 웃는 해인을 빤히 쳐다보았다. 같이 웃지는 않았다.

"그 사진 속 여자가 새엄마야?"

납골함 옆에 둔 가족사진을 말하는 것이다.

"못생겼던데."

"······."

"고정인 눈 많이 낮아졌네."

심술궂은 말투로 빈정대며 혜원이 손가락 두 개를 펼쳐 제 무릎 위를 톡톡 쳤다. 가상의 담배라도 끼워 놓은 듯 손가락이 일정한 간격으로 움직였다.

"어떻게 죽었어?"

"사고로요."

"무슨 사고?"

"그런 건 뒷조사로 못 알아내나 봐요."

해인이 비꼬자 혜원이 웃었다.

"왜 못 하겠어. 할 수 있지."

그래 놓고 아무 말도 없었다. 필사적으로 제 짝을 찾아 울어 대는 매미 소리가 두 사람 사이의 침묵을 메워 주었다. 예고도 없이, 해인이 조용히 입을 열었다.

"몇 해 전에, 살던 곳 근처에서 불이 났었어요."

노후한 전기선이 합선되어 일어난 화재였다. 불은 오래된 4층 건물을 깡그리 태우고 꺼졌다. 건물 1층은 상가였고, 그 위로는 고시원이 있었다.

시장 근처라 어쩌다 가끔 지나칠 때도 있었지만 정인이나 가족 그 누구도 그곳과 관계가 없었다. 그래서 안타깝고 충격적인 사고지만 어쨌든 남의 일로 끝날 수 있었던 일이었다.

엄마와 싸우고 집을 나간 태희가 친구가 잠시 본가에 돌아간 틈을 타 거기에 머물고 있지 않았다면.

태희는 사고가 나기 2주 전, 제 모친과 심하게 싸우고 집을 나갔다. 원래도 자주 다투던 두 사람이긴 했지만 그땐 유독 심각했다.

태희는 외국에 취직을 해 거기서 기반을 잡고 살고 싶어 했고 모친은 극구 반대했다. 태희 성격에 한번 나가면 언제 돌아올지 모르니, 평생 딸의 얼굴을 손에 꼽을 만큼도 못 볼 거라고 생각했던 것이다.

태희는 친구가 잠깐 비운 고시원에 지내면서 집을 알아보기 시작했다. 이 기회에 아주 독립을 할 작정인 듯했다.

그동안 정인은 몇 번이나 태희를 찾아갔다. 태희를 설득해서 집에 돌아오게 하려 했지만 태희는 고집을 꺾지 않았다. 지원을 해 줄 테니 독립을 해도 집에 와서 하라는 제안도 거부했다.

불이 난 날은 마침 일요일이었다. 평일이었다면 불이 났다는 말에 정인이 그렇게 발 벗고 뛰어나갈 필요도 없었을 것이다. 태희는 출근을 했을 테니까.

하지만 그날은 하필 일요일이었고, 태희는 하필 그 시각 헬스장에 있었다. 그러느라 수없이 걸려오는 전화를 받지 못했다.

해인은 그때 가게에서 일을 하고 있었고 근처에 불이 났다는 말은 들었지만 그게 그 건물인지는 몰랐다. 해인이 마지막으로 들은 아빠의 말은 혹시 태희랑 연락되느냐는 것이었다.

"등신 같은 고정인."

혜원의 말에 해인이 눈살을 찌푸리며 그녀를 노려보았다.

"자기나 챙기지. 바보같이."

"……."

"그렇게 가족이 지키고 싶었대?"

해인을 버릴 수도 있었지만 열여덟 정인은 그러지 않았다. 태희를 외면할 수도 있었지만 정인은 그 불길 속에 뛰어드는 걸 마다하지 않았다.

"그러게요. 누구는 그렇게 쉽게 버리는 게 가족인데."

"상처 주니?"

"안 받잖아요."

해인이 말하고자 하는 바는 명백했다.

"자의식 과잉이야. 내가 정말 행복한 부부 생활을 하고 있었다면 네 말 한마디에 뚝딱 이혼을 결심하진 않았겠지."

"조기현 씨는 아내를 되게 사랑하는 것 같던데요."

"그래 보여?"

혜원이 웃었다.

"그랬지. 한 10년 전엔."

해인이 말없이 혜원을 빤히 보았다.

"첫사랑이었어."

혜원이 뜬금없이 상황에 맞지 않는 서정적인 단어를 입에 올렸다.

"고정인 말이야."

"……."

"내 첫사랑이었어. 뭣도 모를 때라고는 하지만 지금 생각해도 눈에 보이는 게 없을 정도로 정말 좋아했어."

해인이 입술을 꽉 물었다.

"그런데도 변하더라."

"……."

"그게 사람 마음이야."

처량하지도, 아쉽지도 않은 덤덤한 말투였다. 혜원은 알 듯 말 듯한 눈으로 해인을 물끄러미 바라보았다. 시간이 느릿느릿 마치 손에 잡힐 것처럼 흘러갔다. 해인은 그녀가 눈으로 제 얼굴을 만지고 있는 것 같다고 느꼈다.

"우리 엄마 서인화 씨, 진짜 독한 사람인데 그렇게 우는 거 처음 봤어."

혜원이 말했다.

"그렇게 예쁠 줄 몰랐대."

해인은 숨이 막힐 것 같았다.

"막상 봤을 때 그렇게 예쁠 줄 몰랐대."

숨소리를 내지 않으려, 아니, 울음소리를 내지 않으려 해인이 안간힘을 썼다. 있는 힘껏 주먹을 꽉 움켜쥐고 이를 악물었다. 얼굴

근육이 제멋대로 일그러지고 머리끝까지 열이 차올랐지만 당장 오혜원 앞에서 눈물을 흘리지 않는 게 더 급했다.

"엄마 말이 맞네."

오혜원이 울었다.

"이렇게 예쁠 줄 몰랐어."

* * *

오혜원은 아주 오래 울었다. 연기가 아닌, 진짜로 오열하는 얼굴은 스크린 속에서처럼 곱고 예쁘지 않았다. 주름 하나 없이 팽팽하던 이마와 미간이 형편없이 구겨지고, 화장이 번져 얼룩덜룩 달아오른 얼굴은 온통 땀과 눈물과 콧물로 뒤범벅이 되어 엉망이 되었다.

속죄하고 싶다고 했다. 알고서든 모르고서든, 혜원은 제가 한 잘못을 조금이라도 돌이키고 싶다고 했다. 이제 와 엄마 행세를 하겠다는 건 아니라고 했다. 그저 서로 왕래하며 얼굴을 보고 맛있는 것도 먹고 이야기도 나누며 그렇게 시간을 보내고 싶다고 했다.

조기현으로 인해, 해인이 놓친 기회를 보상해 주고 싶다고도 했다. 가수가 하고 싶으면 지금이라도 앨범을 내줄 수 있다고 했다. 하지만 해인은 아이돌보다는 차라리 연기 쪽이 더 맞을 것 같다고 했다. 얼굴이 배우상이라며.

끓어오르는 울음 때문에 잘 나오지 않는 목소리를 억지로 끄집어 내며, 혜원은 애원하고 또 애원했다. 마음이 움직이지 않을 수 없는 광경이었지만 해인은 그럴 필요 없다고 했다.

이제 와 굳이 혜원이 속죄하는 모습을 옆에서 지켜보고 싶지도 않고 그럴 이유도 없으며 보상도 필요 없다고 했다. 어디 가서 당신네들 얘기 떠들 생각도 없고 재산 같은 것도 바라지 않으니 그냥 지금까지 그랬던 것처럼 모르는 사이로 살자고 했다. 각자 인생에 충실하자고, 그게 최선이라고.

"그랬더니 정말 자기한테 원하는 게 그것밖에 없냐는 거야."

해인의 말을 서진은 가만히 듣고만 있었다.

"없다고 했어."

원하는 것도 원망하는 것도 없다.

그래도 용서는 못 한다.

미워서가 아니라 그저 그렇게 모든 게 쉬울 필요는 없지 않을까 해서.

"그러니까 자기도 없대."

"……."

"내 간 원하지 않는다고 대놓고 얘기하는데 할 말이 없더라."

"……."

"그 정도로 아픈 건 아니라고, 이식까진 필요 없는데 괜히 매스컴에서 부풀려서 호들갑을 떤 거라고 하는데."

거짓말일 터였다. 그 정도가 아니라면 서인화가 해인을 찾았을 리가 없다.

"이혼은."

듣고만 있던 서진이 물었다.

"정말 하는 거래?"

"그렇다고는 하는데."

해인이 한 말 때문에 이혼을 결심한 건 아니라는 건 어쩌면 사실일지도 모른다. 오혜원 말대로 사람 마음은 변하고 부부 사이란 겉으로 봐선 알 수 없는 거니까. 이미 사랑이 식고 서로가 지겨워진 두 사람에게 해인이란 변수는 크게 작용하지 않았을지도 모른다. 조기현이 아무 반응도 보이지 않고 가만히 있는 게 그 증거였다.

하지만 오혜원에겐 다른 아이들도 있다. 그것도 아직 미성년자다. 이번에 안 사실이지만 열여덟, 열다섯인 그 아이들은 지금 미국에서 학교를 다니고 있다고 했다.

"내가 신경 쓸 일 아니야."

"……."

"안 그래? 내가 상관할 일 아니잖아."

해인이 동의를 요구하듯 서진의 얼굴을 간절하게 들여다보았다. 서진은 그 눈을 마주 보며 묵묵히 고개를 끄덕였다. 해인은 안도한 듯 조금 웃었다.

"오늘 병원 같이 못 가서 미안해."

결국 늦어서 서진은 혼자 병원에 가야 했다.

"엑스레이 결과는 어떻대?"

"괜찮대."

"아, 그래?"

해인이 안도의 한숨을 내쉬었다. 그간 하도 몸 생각 따윈 안 하고 막 구르는 것 같아서 혹시 더디게 낫고 있으면 어쩌나 걱정을 했는데 다행히 뼈는 잘 붙고 있는 모양이다. 오히려 회복 속도가 빠르다고 했다 한다.

"역시 젊은 게 좋구나."

"……얼마나 차이 난다고."

"여섯 살이 적냐?"

"만으로 다섯이야."

"……뭐? 야, 그럼 너도 만으로 계산해야지."

어이가 없어진 해인이 웃음을 터트렸다. 나이 얘기 할 때마다 은근 예민하게 구는 그가 귀엽고 웃겼다.

"다행이다. 다니엘이 나랑 동갑이어서."

"……."

"만약 다니엘이 나보다 나이가 많았으면 내가 오빠라고 불렀을지도 모르잖아."

해인이 소름 끼친다는 듯 몸을 부르르 떠는 시늉을 했다.

"최서진한테 오빠 소리까지 했으면 내가 너 용서하는 데 좀 더 오래 걸렸을 거야."

분명 농담처럼 들리는 말인데 서진의 표정이 굳었다. 해인은 알아채지 못했다.

"……왜 용서한 거야?"

"응?"

"너, 처음엔 나 다신 안 볼 것처럼 그랬잖아."

해인이 눈썹을 찌푸렸다.

"그러려고 했는데 네가 그럴 수 없게 만들었잖아."

"내가."

"그래, 네가."

서진은 아무 말도 하지 않았다. 입을 꾹 다문 채 말없이 저를 응시하는 표정을 보고 해인이 그래서, 불만이냐고 했다.

"지금이라도 초심으로 돌아가 볼까? 어?"

"아니, 그런 건 아니지만……."

"아니지만 뭐."

서진은 한참이나 말을 하지 않았다. 해인도 재촉하지 않았다. 그저 줄다리기하듯 서진의 얼굴에서 시선을 떼지 않으며 무슨 말을 하나 보자, 하고 있었다.

"너도, 내가…… 나를 좋아해서……."

몇 마디 되지도 않는 말이 어찌나 떨리는지 해인도 괜히 떨리는 것 같았다. 약간 붉은 기가 도는 까만 눈동자와 마주치자 갑자기 심장이 덜컹거렸다. 해인이 얼른 서진에게서 떨어지며 몸을 세웠다.

"무슨 하나 마나 한 소릴 하고 그래. 내가 너 싫어하면 왜 이러고 있겠냐."

"……."

"야, 배고프다. 뭐 먹을래?"

라면 먹을까? 하면서 해인이 주방으로 걸어갔다. 새삼 팔다리를 어떻게 놀려야 할지 몰라 걷는 모양새가 어색해졌다. 서둘러 주방으로 들어가 라면이며 냄비를 찾는 척 수납장 문 여기저기를 열었다 닫았다 하며 해인은 들키지 않게 고요히 심호흡을 하며 얼굴의 열을 식혔다.

해인은 솔직한 편이고 연애를 하면 애정 표현도 잘하는 타입이었지만 서진에겐 그게 잘 되지 않았다. 서진이 서진인 걸 안 후론 오늘처럼 에둘러 표현하거나 홧김에 소리치는 방식 외에 좋다는 말을 한 적도 없는 것 같다.

그건 서진도 마찬가지라 직접적으로 좋아한다는 말은 거의 하지 않았다. 서진은 그게 성격이라 그런 것 같은데 해인은 그런 것도 아니면서 왜 그렇게 말이 안 나오는지 모르겠다.

차라리 안거나 키스하는 건 쉬운데 어릴 적 모습을 알고 있어서 그런지, 아니면 아직도 마음속에 남은 앙금이 있어서인지 입이 딱 붙어 버리는 것이다.

'그 말이 뭐라고.'

해인이 라면 물을 올리며 한숨을 쉬었다. 애정 표현에 박하거나 부끄러워 못 하겠다는 사람을 보면 그 말 몇 마디가 뭐라고 그렇게 아끼냐고 했는데 정작 자신이 그러고 있을 줄이야.

"물이 너무 많아."

"아, 깜짝이야!"

갑자기 불쑥 다가온 서진에 놀란 해인이 펄쩍 뛰다 하마터면 냄비를 엎을 뻔했다. 덩달아 놀란 듯 눈이 휘둥그레진 서진이 괜찮냐고 성큼 다가서 손을 잡았다.

"손 덴 거 아냐? 괜찮아?"

"아, 응. 괜찮아."

"내가 할게. 저리 가 앉아 있어."

해인이 손을 빼내고 물러섰다. 새삼 가까워진 얼굴에 놀라서 뛰던 가슴이 설레서 뛰었다. 해인을 뒤로 물리고 서진이 라면을 마저 끓이기 시작했다. 둘은 그 상태로 선 채 라면이 다 익을 때까지 아무 말도 하지 않았다.

"먹자."

"서진아."

"응?"

"좋아해."

서진이 라면을 한 젓가락 집어 올린 자세로 해인을 바라보며 꼼짝도 하지 않았다.

"먹자."

"으응……."

아직 먹지도 않은 라면이 너무 매운 것처럼 서진의 눈이 붉어졌다. 둘은 한동안 라면을 먹는 데만 열중했다. 먼저 침묵을 깬 것은 서진이었다.

"가게는 언제쯤 알아볼 거야?"

해인이 먹던 것을 꿀꺽 삼키고 이제부터 슬슬 알아봐야지, 했다. 말은 급할 것 없는 것처럼 했지만 마냥 놀 수만은 없었다. 돈도 돈이지만 뭐든 하고 있는 편이 저에게도 나을 터였다.

"너무 먼 데는 좀 그렇고 집에서 가까우면 좋은데."

"이사 생각은 안 해 봤어?"

"어?"

서진의 물음에 해인이 눈을 동그랗게 떴다.

"어, 글쎄…… 집을 옮길 생각은 안 했는데."

한옥은 정인의 흔적이 남아 있는 유일한 곳이다. 어느 한구석 그의 손때가 묻지 않은 곳이 없었다.

"그래도, 신경 쓰이지 않아?"

"뭐가?"

"그쪽에서 다 알고 있잖아."

그쪽이 어디를 말하는지는 묻지 않아도 알 수 있었다. 해인이 허공을 향해 곰곰 시선을 두다 문득 빙긋 웃었다.

"너 사는 아파트 옆으로 들어갈까?"

"……어?"

"농담이야. 거기 들어가려면 한 300년은 더 벌어야 할걸."

해인도 이사 생각을 안 한 건 아니었다. 하지만.

"어차피 그 사람들이라면 이사 가도 알려고만 하면 다 알 수 있을 거야."

"그건……."

"태희도 아직 안 돌아왔고."

"……."

"한번 생각은 해 볼게."

그러면서 해인이 라면을 먹었다. 말은 그렇게 했지만 생각도 하지 않을 것임을 서진은 알 수 있었다.

* * *

보름이 지나고 서진은 드디어 깁스에서 해방될 수 있었다. 후에도 꾸준히 재활을 해야 한다고 했지만 일단 가뿐한 느낌에 한결 편해졌다. 늘 씻고 열심히 관리했지만 혹시 냄새라도 날까 봐 해인 곁에 맘껏 붙지 못하던 것도 이제 끝이다.

끝.

오혜원은 그날 이후로 자취를 감췄다. 개인적인 연락은 물론, 매스컴이나 인터넷에도 기사 한 줄, 근황 한 자 뜨지 않았다. 원치 않아도 소식을 알 수 있던 사람이었는데, 그것도 정말 그쪽에서 원하지 않으면 감쪽같이 숨어 버릴 수 있다는 걸 알았다.

아닌 척하지만 해인이 시간이 갈수록 불안해하고 있다는 걸 서진은 알았다. 이러다 갑자기 예고도 없이 덜컥 부고라도 뜨면 어쩌나 무서워하는 것 같았다. 본인은 내색하지 않으려 했지만 서진이 모를 수는 없었다. 어쩌면 해인 자신보다 더 먼저 해인을 아는 게 서진이었다.

말로는 끝났다고 했지만 끝이 아니었다. 돌이켜 보면 서진에게도 그랬다. 해인은 매번 너무도 쉽게 서진을 받아 주었다.

서진이 할 수 있다면 오혜원도 할 수 있었다.

진료를 마친 후 서진은 오랜만에 VIP 병동으로 올라갔다. 그는 이제 거기 속한 환자가 아니라 입구에서부터 저지당했다. 병실에 연락을 넣고 통화를 한 뒤에야 안으로 들어갈 수 있었다.

오혜원(47세).

병실 앞에 붙은 글귀를 흘깃 훑어본 서진이 무성의하게 노크를 했다. 연락을 받고 기다리고 있었는지 오혜원이 직접 문을 열어 주었다. 병실의 응접실에서 얘기하겠거니 했던 것과 달리 오혜원은 서진을 밖으로 안내했다.

"안엔 냄새가 좋지 않아."

오혜원의 얼굴은 몰라보게 초췌했다. 얼굴뿐만 아니라 드러난 피부 전체가 살색이 아닌 기묘한 빛을 띠고 있었다. 서진이 앞장서 걷는 혜원을 따라 걸었다.

비가 오는 날인데도 혜원은 옥상 정원으로 향했다. 그대로 비를 맞으며 걸어가 안쪽, 비가 닿지 않는 벤치로 들어가 앉았다. 궂은 날씨 탓인지 근처엔 개미 새끼 한 마리 보이지 않았다.

"담배 있어?"

서진이 주머니를 뒤져 담배와 라이터를 꺼내 주었다.

"그래, 어쩐 일로 여기까지?"

여유 있어 보이려 했지만 확연히 기운이 빠진 음성이었다. 서진은 잠깐 동안 그녀를 찬찬히 훑어보며 해인과 닮은 구석을 찾으려 했다. 큰 이유는 없었다. 닮았다고 마음이 약해질 까닭도 없고, 아니라고 안심할 것도 없다. 그저 호기심이었다.

"그 애가 가 보라고 하던?"

"아뇨."

"그럼 뭔데?"

차갑고 냉랭했다. 눈앞의 서진에게 일말의 관심조차 없는 얼굴이었다.

"들러붙어서 협박 같은 거 할 생각이면 관둬. 나 너 같은 애송이 한둘 상대해 본 거 아니고, 지금이라도 몇 명 더 조지는 건 일도 아니니까."

"그럴 시간이나 있겠어요?"

"뭐?"

"죽어 가는 거 아니에요, 지금?"

메마르고 감정 없는 눈동자가 서진을 향했다.

"그건 네가 걱정할 일이 아닌 것 같은데."

"그 시간 더 드릴게요."

혜원이 무슨 소리냐는 듯 미간을 찌푸렸다.

"간 줄게요, 내가."

맨날 엄마 때문에 나를 버린다.

그럼 반대로 엄마 때문에 나를 못 버리게 해야지.

"오혜원 씨한테 내 간 주겠다고요."

돌처럼 무감하던 혜원의 얼굴에 놀란 기색이 스쳤다. 금방 무표정으로 돌아오긴 했지만 서진을 보는 눈동자에 전보다 윤기가 돌았다.

"네가 왜?"

"알고 보니 내가 그쪽에 은혜를 입은 게 있더라고요."

"뭐?"

"MJ장학재단 출신이거든요, 내가."

혜원은 눈썹 하나 까딱하지 않았다. 웃기지도 않은 소리를 들었다는 표정이었다. 바늘 같은 시선으로 한참을 서진의 위아래를 꼼꼼히 훑어보던 혜원이 마침내 냉랭하게 입을 열었다.

"해인이 때문이라면 그럴 필요 없어."

"……."

"그 애한테 간 받을 생각 추호도 없으니까."

"당신 생각이 중요한 게 아니에요."

"뭐?"

"차라리 간 내놓으라고 협박이라도 하지 그랬어요."

서진이 짜증스럽다는 투로 내뱉었다.

"쥐도 새도 모르게 죽을 게 아니면요."

충격과 분노로 일그러지던 혜원의 얼굴이 이내 비웃음을 띠었다. 날카롭게 저를 주시하는 눈동자에 서진은 속내를 다 꿰뚫린 느낌이었지만 비참하지도 수치스럽지도 않았다. 해인만 아니라면 누가 저에 대해 무슨 생각을 하고 어떤 말을 하든 서진은 아무렇지도 않았다.

"이거 정말……."

혜원이 기묘하게 번들거리는 눈동자로 서진의 아래위를 훑었다.

"눈물 나는 순정이네."

"……."

"아니, 소름 돋게 이기적인 건가."

네 간 하나로 내 딸 인생을 통째로 저당잡아 보시겠다고?

혜원의 말을 서진은 부정하지 않았다.

"왜 그렇게까지 하는 거야? 그렇게 자신이 없어?"

"네, 없어요."

서진이 덤덤하게 대답했다.

"고해인이잖아요."

혜원이 하하, 웃었다.

"그래, 뭐 좋아."

"……."

"나야 아쉬울 거 없지. 넌 젊고 건강해 보이고 지방도 얼마 없어 보이니까 웬만하면 공여 가능할 테고. 관계가 없어 심사가 좀 까다롭긴 하겠지만 그것도 뭐 손만 좀 쓰면 통과될 테고."

"저도 그렇게 생각해요."

"그래, 그러자. 그렇게 하지 뭐."

혜원이 꼬고 있던 다리를 내리고 허리를 둥글게 숙였다. 거의 부딪칠 기세로 상체를 서진에게로 쑥 들이민 그녀가 나직한 어조로 빠르게 뇌까리기 시작했다.

"너한테 간 받고, 딸의 남자 친구에게 간을 받은 파렴치한 엄마로 개 인생에서 영영 사라져 주면 되는 거잖아? 좋아. 나야 이득이지. 어차피 남남 된 판에 더 잘 보일 필요도 없고, 굳이 마다할 이유가 없잖아?"

음습하고 비릿한 비 냄새가 났다.

"그런데 너는? 너는 정말로 괜찮겠어?"

서진은 기계적인 동작으로 고개만 까딱했다. 간 일부로 해인을 완전히 얻을 수 있다면 오히려 싼 값이다.

"네 생각대로 안 되면, 그땐 어떡하려고?"

"그건 오혜원 씨가 걱정할 일이 아니죠."

"맞아, 그렇지."

혜원이 눈을 가늘게 뜨고 서진을 쳐다보았다. 신기한 것을 보는 눈이었다. 그러다 고개를 갸웃하며 어쩌다 너 같은 게 해인이 옆에 붙었지? 하고 중얼거렸다.

대답할 필요도 없는 말이라 서진은 그대로 자리에서 일어났다. 뒤따라 혜원도 천천히 무릎을 펴고 몸을 일으켰다.

"공여자 검사부터 받을 테니 필요한 서류는 그쪽에서 알아서 꾸며 주세요."

"나중에라도 맘 바뀌면 말해."

"그럴 일 없어요."

혜원이 웃었다.

"고마워, 답배."

인생에서 가장 맛있는 담배였다고 혜원이 말했다.

* * *

벼룩시장이 열리는 날은 글자 그대로의 가을이었다. 구질구질한 전 애인처럼 질기게 들러붙어 있을 것 같던 더위가 의외로 빨리 물러가서 햇살은 온화하고 대기는 선선했다. 반질반질하게 닦인 데이지 커피의 전면 창엔 커다랗게 '폐업 세일', '벼룩시장'이란 글자가 붙어 있었고 출입문 앞엔 같은 내용을 좀 더 길게 적은 작은 입간판도 서 있었다.

며칠 전, 공식적으로 데이지 커피의 영업을 종료한 해인은 사전에 공지한 날짜에 맞춰 벼룩시장을 열었다. 커피 원두와 각종 차, 컵과 소서는 물론 테이블과 의자, 커피 머신과 냉장고, 모니터, 쇼케이스까지 다 팔았다.

가격이 좋아서인지 금세 입소문이 나 사람들이 와글와글 몰려왔다. 테이블은 근처 상점에서 트럭으로 실어 갔고, 모니터나 냉장고 같은 큼직큼직한 것들도 금방 팔렸다.

"생각보다 더 호응이 좋은데요. 이러다간 한두 시간 뒤면 금방 다 팔겠어요."

"그러게, 장사 시작하고 이런 성황은 처음 본다."

"한 사흘은 열 생각했는데 오늘로 끝날 것 같아요. 그러게 애초에 값을 너무 싸게 매겼다니까."

눈살을 찌푸리는 소민을 향해 해인은 비죽 웃기만 했다. 아끼던 잔 하나, 어렵게 구한 소품 하나가 헐값에 팔려 나갈 때마다 소민은 연인과 이별이라도 하는 듯 안타까운 표정을 지었지만 해인은 별로 아쉬워하는 기색이 없었다.

애초에 나간 돈과 물건엔 미련이 별로 없는 해인이었다. 오히려 손님들이 보물찾기를 하듯 신이 난 걸 보자니 같이 흐뭇해졌다. 엄연히 돈 주고 파는 건데, 마치 제가 선물을 하는 것 같은 뿌듯함이 느껴졌다.

"자, 얘들아. 수고했다. 밥 먹으러 가자."

해가 저물 즈음 벼룩시장도 끝났다. 남은 물건은 얼마 되지 않아 그대로 재활용 센터에 처분하면 될 것 같았다. 큼직큼직한 것들이 죄다 팔려 소득이 꽤 나왔다. 얼마는 알바생들에게 주는 퇴직금에 보태고 나머지는 보육원에 기부할 생각이었다. 어느 보육원인지도 벌써 정해 놓았다.

단골들에게 미리 인사를 하고 어느 정도 정리가 되었다 싶은 시점에 해인은 가게를 빼겠다고 건물주에게 통보했다. 계약 날짜가 아직 한참이나 남았지만 그 정도는 제멋대로 굴어도 될 것 같았다.

건물주는 별다른 이의를 제기하지 않았고, 그렇게 데이지 커피는 3년간의 영업 끝에 이 거리에서 사라질 예정이었다. 갑자기 문을 닫는다 하니 주위 상가에서 말들이 많았다. 결혼을 하느냐는 사람도 있고, 어디 아프냐고 묻는 이도 있었다. 오랜만에 새어머니에게 연락이 오기도 했다.

"정말 아쉬워요. 여기만 한 알바 자리가 없었는데."

알바생에게 아까워하는 기색도 없이 소고기를 척척 사 주는 사장이 어디 흔하겠는가. 정훈이 그렇게 말하며 이제 언제 또 얻어먹을지 기약이 없게 된 소고기를 시무룩하게 씹었다.

해인이 미안하다는 표정을 지으며 그의 어깨를 토닥였다. 이제 좀 손발이 맞아 가던 차에 문을 닫게 되어 그에겐 다른 애들과 또 좀 다르게 미안했다.

"나중에 다른 데 개업하면 연락 주실 거죠?"

"그래, 그럴게."

"그때까진 다른 알바나 좀 하고 있어야겠어요."

그러면서 정훈이 준서와 소민에게 앞으로 어쩔 거냐고 물었다.

"나는 학원 다니면서 공부 시작하려고."

"나도 복학 준비할까 싶어."

"엇, 누나 복학하시려고요?"

휴학과 복학을 반복하다 반쯤 학업을 포기했던 소민은 오랜 고민 끝에 학교로 돌아가기로 했다. 애초에 부모님과 척을 지면서까지 서울로 올라온 것도 학업 때문이었는데 그 학업을 위해 벌던 돈이 언젠가부터 목적이 되어 있었다.

"졸업해도 취직한다는 보장도 없고, 등록금만 안 내도 사람답게 살 수 있는 걸 굳이 학교를 다녀야 하나 싶었는데."

소민이 덤덤하게 말했다.

"어찌 됐든 끝은 봐야겠다 싶어서."

"그래, 잘 생각했어."

"그래요. 하다 말면 찜찜하잖아요. 나중에 후회할지도 모르고."

한창 소민의 복학을 두고 떠들던 정훈이 문득 서진을 돌아보았다. 서진은 늘 그렇듯 대화에 끼지도 않고 술잔도 받지 않았다. 그림처럼 조용히 해인의 옆에 앉아 고기만 열심히 굽고 있었다.

"형님, 술 안 드세요? 한잔 드릴까요?"

"아니, 괜찮아요. 요즘 술 안 마시는 중이라."

"엇, 왜요? 다리 때문에 그러세요?"

해인이 끼어들었다.

"서진이 요새 술 안 마셔. 나랑도 맥주 한 캔도 안 해. 술 끊었대."

"왜 끊었는데? 병원 갔다가 어디 아프다 소리 들은 거 아냐?"

영원이 무신경하게 서진이 아닌 해인에게 질문을 던졌다. 해인의 눈이 놀란 듯 동그래지자 서진이 얼른 아니라고 고개를 저었다. 그저 근래 술이 잘 안 받는 거 같아 안 마시는 거라고 했다.

"그럼 사장님, 안녕히 계세요."

"종종 연락드릴게요."

"언니, 연락할게요."

"그래, 잘 가. 다음에 또 봐."

자리가 파하고 도롯가로 나온 데이지 커피 직원들은 요란한 작별 인사를 나눴다. 해인이 셋을 차례로 택시 태워 보내며 인사를 하는 동안, 영원과 서진은 조금 떨어진 곳에 멀뚱히 서 있었다.

술기운으로도 가려지지 않는 어색한 분위기에 영원은 찔끔찔끔 숨을 뱉었다. 다니엘이든 최서진이든 불편한 건 똑같다. 아니, 오히려 그가 해인에게 품고 있던 마음의 깊이를 알게 되자 껄끄러움이 더 커졌다.

최서진을 믿을 수 없다는 생각엔 지금도 변함이 없다. 하지만.

냉면집에서 나와 서진을 보던 해인의 표정. 영원은 그런 해인의 얼굴은 처음 보았다. 자신은 아무리 해도 그런 얼굴을 하게 만들지 못할 것 같았다. 죽어도 그렇게 마음 놓고 해인이 울 자리가 되지 못할 것 같았다.

그리고 그날 집으로 돌아가자마자 책상에 앉아 노트북을 열면서 어쩔 수 없이 인정해야 했다. 해인과 서진의 얘기를 듣자마자 무의식중에 제일 처음 떠올렸던 생각이 '아, 이거 글 소재로 쓸 만하겠는데'였음을.

영원이 허탈하게 웃었다. 그러니까 나는 안 되는 거야.

"……안 가세요?"

불쑥 날아든 퉁명스러운 목소리에 생각에 잠겨 있던 영원이 번쩍 고개를 들었다. 일견 무심한 듯하지만 결코 우호적이지 않은 차가운 눈동자가 저를 빤히 보고 있었다.

"배웅이 길어지는 것 같은데, 힘들게 서 있지 말고 괜찮으니까 먼저 들어가세요."

말은 배려 같지만 실제론 축객령이었다. 영원은 만약 언젠가 자신이 이 친구와 친해지고 싶은 날이 온다 해도 저쪽에서 원하지 않을 거란 강렬한 확신이 들었다. 그때 저들을 부르는 해인의 음성이 들렸다.

"차영원, 서진아."

해인이 둘의 이름을 부르며 손을 흔들며 달려왔다. 서진의 눈매가 약간 가늘어졌다. 취해서 비틀대는 해인을 사이에 두고 셋은 어두운 골목길을 걸어 각자 집으로 돌아갔다.

"기분이 이상해."

집에 도착하자마자 벌렁 드러누운 해인이 천장을 보며 중얼거렸다. 서진은 그런 해인 곁에 딱 붙어서 그 발에서 양말을 벗겨 냈다.

"내일부터 진짜 출근을 안 해도 된다는 게."

"좋지 않아?"

"글쎄."

일하지 않는 자, 먹지도 말라는 말을 격언처럼 듣고 자란 한국인으로서 비록 한시적일지라도 백수가 된 마당에 마음이 편할 사람이 얼마나 있을까.

"아, 그래도 재미있었어."

"그래, 그럼 됐지."

"배운 것도 많고 돈도 벌었어."

"잘됐네."

"근데 넌 왜 기분이 안 좋아?"

불쑥 고개를 돌린 해인이 서진을 보며 물었다. 급습을 당해 당황한 서진이 슬그머니 시선을 돌렸다. 기분이 안 좋은 것까진 간파해

냈는데 왜인지는 모른다.

"그냥 말해. 괜찮으니까 그냥 말하라고."

"술 깨면 말할게……."

"나 안 취했어."

"취했잖아."

"음, 어, 조금 아주 조금 취했어. 네 얘기 듣는 데는 아무 지장도 없어."

해인이 증명이라도 하려는 듯 자리에서 일어나 앉았다. 상체가 약간 휘청이긴 했지만 눈에 힘을 주고 서진을 똑바로 쳐다보았다. 자, 말해.

"……왜 매번."

망설이다 입을 연 서진이 말을 끊었다. 할까 말까 고심하는 기색이 완연했다. 이때 재촉하면 안 되는 걸 알기에 해인은 그저 지그시 바라보기만 했다.

"왜 매번 차영원 이름 먼저 말해?"

"엉?"

"왜 늘 차영원, 서진아, 그렇게 부르냐고……."

"……내가?"

해인은 그런 줄도 몰랐다. 서진이 언제 어디서 몇 번이나 그랬는지를 연대표 외듯 줄줄 읊는 동안 해인은 멍하니 듣고만 있었다.

"어, 내가 그랬구나."

이해는 안 돼도 받아들여야 하는 게 있다. 사랑스러운 연인의 정신 건강과 관계의 평화를 위해서라면 못 할 것도 없는 일이다.

"이제 안 그럴게."

해인이 산뜻하게 잘라 말했다.

"무조건 너 먼저 부를게."

"……."

"됐지?"

빙글빙글 웃는 해인의 얼굴을 지그시 바라보다 대답 없이 벌떡 일어난 서진이 벗은 옷가지와 양말 등을 껴안고 세탁실 쪽으로 가 버렸다. 너 먼저 부르겠다는데도 왜 삐지냐고 해인이 소리치며 비틀비틀 그를 따라갔다. 삐진 거 아니라고 해도 졸졸 따라다니기를 그치지 않는 통에 결국 서진이 해인을 잡아다 씻으라고 욕실에 넣었다.

욕실 문을 닫은 뒤에도 제 이름을 부르는 소리가 드문드문 들려 서진이 한숨을 쉬었다.

"이제 죽어도 너 먼저 부를게."

어찌 된 일인지 씻고 더 술이 오른 것 같은 해인이 제 머리를 말려 주는 서진에게 자꾸 들러붙었다.

"나한텐 이제 너밖에 없잖아."

"……."

"이제 됐어? 또, 또 말해 봐. 나한테 더 원하는 거 없어?"

"가만히 좀 있어 봐. 머리를 못 말리겠잖아."

"원하는 거 없냐고오."

"……."

"서진아, 최서진."

"……오늘은 하지 말자. 너 너무 취했어."

"안 할 거야. 그냥 안고만 있을 건데."

"……근데 옷은 왜 벗어."

"나 원래 다 벗고 자잖아."

서진이 허, 하고 기막힌 소리를 냈다. 해인이 헤, 웃으며 그를 끌어안았다. 질척거리며 들러붙던 것도 잠시, 곧 잠이 드는지 고른 숨소리가 들렸다. 먼저 눕혀 놓고 자리를 정리한 서진도 잽싸게 불을 끄고 이불 속으로 들어와 해인을 마주 끌어안았다.

술기운 탓인지 평소보다 몸이 뜨끈뜨끈하고 심장 박동도 거셌다. 각자의 속도로 뛰다 점점 같아지는 두 개의 박동을 느끼며 서진도 눈을 감았다. 그때 불쑥 튀어나온 손이 서진의 옷 안으로 들어와 그대로 등 뒤로 넘어갔다.

"잡았다."

서진이 놀라 눈을 뜨자 자는 줄 알았던 해인이 반짝이는 눈으로 저를 올려다보며 웃고 있었다. 서진이 무슨 말을 할 새도 없이 해인이 제 입술로 그의 입을 막아 버렸다. 몇 번 피하는 시늉을 하는가 싶던 서진도 어느새 잡아먹을 듯한 기세로 해인에게 입을 맞췄다. 마른 들판에 불이 붙듯 순식간에 열기가 전신으로 확 번졌다. 급격한 태세 전환에 해인이 피식 웃으며 말했다.

"안 한다며. 나 취해서."

"아직 덜 취한 것 같아서."

서진이 입고 있던 티셔츠를 벗어 던졌다.

"말할 기운도 없게 해 줄게."

* * *

숙취로 뇌가 땡땡 울리는 것 같았다. 눈을 뜨자마자 쏟아지는 일조량으로 짐작건대 오전은 거의 날렸다는 걸 알 수 있었다. 온기가 다 날아가 버린 옆자리에 서진은 없었다.

매번 저보다 늦게 자는 것 같은데 눈뜨면 없다. 저도 그렇게 게으른 편은 아니라고 생각했는데 서진 곁에 있으면 게으른 것 같다.

"아닌가, 게으른가."

내가 나에게 너무 관대했나. 실없이 중얼거리며 해인이 징징 울리는 머리를 부여잡고 자리에서 일어났다. 비척비척 거실로 나가 보니 서진은 보이지 않고 휴대폰만 식탁 위에 있었다. 크게 서진아, 외치니 톡톡 욕실 문을 두드리는 소리가 났다.

웃으며 식탁 의자를 끄집어내 앉는데 서진의 휴대폰에 메시지가 떴다. 별것 아닌 광고 같았다. 무심코 집어 들어 알림을 끄는데 전에 들어온 문자 일부가 얼핏 눈에 들어왔다.

[Web 발신: 윤서진 님. 입원 예약 알림. 9월 16일 8:50 동관 1층 원무과로 방문 바랍니다. 입원 준비물······.]

흘깃 보고 내려 두었다. 그때 욕실에서 서진이 나왔다. 벌써 어디나갈 준비를 다 마친 모양새에 해인이 눈을 크게 떴다.

"어, 너 어디 가?"

"응. 집에 좀."

"아, 그래."

그러냐며 고개를 끄덕이는데 서진이 망설이듯 말을 끌었다.

"갔다가…… 내일 올지도 몰라."

"내일?"

"응, 미리 말 못 해서 미안해."

"아냐 아냐. 그게 뭐가 미안해."

늘 묻지 않아도 일이 있으면 사전에 미리 알리던 서진이기에 의외일 뿐, 기분 나쁠 건 없었다. 다른 데도 아니고 집에 간다는데.

"잘 갔다 와."

웃으면서 보낸 다음, 해인은 서진이 미리 차려 놓은 밥을 먹고또 한숨 잤다. 내내 자다 깨다 하면서 하루를 보냈다. 그 탓인지다음 날엔 새벽같이 잠이 깼다. 툭툭, 도토리가 떨어지듯 빗방울이지붕을 때리는 소리가 들렸다. 차갑고 냉랭한 가을비가 내리고 있었다.

서진은 어제 진짜로 집에 오지 않았다. 하루뿐인데, 그간 늘 붙어 있어서인지 괜히 적적하고 허전했다. 뭐 하냐고 메시지를 보내봤지만 아직 자는지 답이 없었다. 버티고 버텨 8시가 되자마자 전화를 걸어 봤지만 받지 않았다. 이쯤이면 벌써 일어나고도 남았을 시간인데.

'무슨 일이 있나.'

그대로 휴대폰을 내려놓고 가만히 천장을 보고 누워있는데 날씨 탓인지 어쩐지 스산해졌다. 이불을 끌어안고 누워 있는데 이상하게 심장이 계속 뛰었다. 뭐지, 왜 이러지. 해인이 제 가슴 위에 양손을 가만히 올렸다. 투둑, 툭 빗방울이 제멋대로 떨어지는 것처럼 불규칙적인 고동이 불안감을 불러왔다.

그때 문득 어제 본 서진의 휴대폰 문자 내용이 머리에 스쳤다.

'입원 예약이라고 했었나?'

유심히 보지 않아 잘 기억이 나지 않았다. 단순히 이전에 병원 진료를 받을 때 기록인 줄 알았다. 그런데 이상하게 예약이라던 날짜가 오늘이었던 것 같다. 아니다. 잘 모르겠다. 확실하지 않다. 그냥 착각일 가능성이 더 높다. 그런데도 심장이 무겁게 쿵 내려앉았다.

'뭐지, 왜 자꾸 이런 기분이.'

어제 마지막으로 본 서진의 표정이 잘 기억나지 않았다. 분명 웃으면서 인사를 했던 것 같은데. 그 환한 얼굴을 떠올린 순간 해인은 영문도 모르게 소름이 돋았다. 자신이 뭔가를 예감한 것처럼 초조해하고 있다는 걸 깨닫자 무섬증이 났다. 벌떡 자리에서 일어난 해인이 휴대폰을 들었다. 곧장 이정우의 번호를 찾아 눌렀다.

"안녕하세요, 고해인입니다. 이른 시간에 죄송한데요."

혹시 서진의 본가에 무슨 일이 있는지 묻자 이정우는 아무 일도 없다고 했다. 자신이 어제 잠깐 들렀는데 서진은 집에 온 적도 없다고 했다. 통화를 종료하는 손에 땀이 흥건했다. 침착하자고, 이렇게 겁낼 필요 없다고 스스로를 달랬지만 소용없었다.

해인이 없는 곳에서, 서진에게 돌이킬 수 없는 일이 벌어지고 있는 것 같았다.

'무슨 일? 무슨 일이?'

알 수 없었다. 순간 머릿속이 아득해지는 것 같았다. 해인은 정신없이 옷을 찾아 입으며 택시를 불렀다. 기사에게 서진이 입원했던, 어제 문자에서 봤던 병원 이름을 댔다.

가는 동안 서진에게 계속해서 연락을 시도했지만 받지 않았다. 이정우 외에, 그에게 연락이 닿을 만한 사람도 떠오르지 않았다. 해인이 머리를 쥐어뜯었다. 서진에겐 아무도 없었다. 친구도, 가족도, 정말 저밖에 없었다.

그리고 자신도 그랬다.

"……여보세요?"

간신히 전화가 연결됐다. 수신자는 오혜원이었다.

* * *

기증자 2차 검사는 1차와 달리 하루 동안 단기 입원을 한 상태에서 진행되었다. 전날부터 금식을 해야 하고 여러 가지 신경 쓸 것도 있어 서진은 해인에게 집안일 핑계를 대고 호텔에 묵었다.

검사 당일 아침, 서진은 일찌감치 호텔을 나섰다. 병원에서 받은 메시지대로 우선 원무과로 가 입원 수속을 하려는데 해인에게서 전화가 왔다.

주변을 한 번 둘러보다 일단 보류로 돌렸다. 잘못하면 집이 아닌 것뿐만 아니라 여기가 병원이라는 것까지 들킬 것 같았다. 그래선 곤란하다. 언젠가는 해인도 알게 되겠지만 그게 지금은 아니었다.

그럼에도 전화는 끊임없이 계속 걸려왔다. 해인답지 않은 집요함에 무슨 일이라도 생겼나 불안함이 밀려왔다. 일단 접수는 미루고 통화부터 하자고 마음을 먹은 서진이 뽑은 번호표를 버렸다. 주위를 두리번거리며 조용한 곳을 찾아 걸음을 옮기는데 뒤에서 툭툭 치는 게 느껴졌다. 돌아보니 오혜원이었다.

"잠깐 따라와 봐."

"왜요? 아직 접수 안 했는데."

"일단 따라와."

딱딱하게 굳은 얼굴을 보자 뭐가 잘못됐나 하는 생각이 들었다. 서진이 휴대폰을 꽉 쥐고 오혜원을 따라갔다. 동관을 나선 혜원이 입원 병동 쪽으로 걸어갔다. 비가 오는데 우산도 없이, 젖는 것도 개의치 않는 듯했다.

마음이 급했다. 얼른 용건을 끝내고 해인에게 전화를 걸어야 했다. 무슨 문제라도 생겼냐고 서진이 재차 물으려는 찰나였다. 멀지 않은 곳에서 끼이익- 하고 타이어가 거칠게 도로를 긁는 소리가 들렸다.

서진도 오혜원도 그쪽으론 고개도 돌리지 않았다. 하지만 이내 탁탁거리는 발소리가 가까워지더니 서진이 뒤를 돌아볼 새도 없이 무언가 거세게 부딪쳐 왔다.

"최, 최서진……!"

헉헉거리는 숨소리가 체온과 함께 쏟아지고 제 이름을 부르는 소리가 들렸다. 서진의 몸통을 꽉 둘러 안은 팔은 벌벌 떨릴 정도로 한껏 힘이 들어가 있었지만, 그 때문에 서진이 숨이 막힌 건 아니었다.

급하게 저를 붙들어 돌려세우는 손길에 속절없이 흔들리며 고개를 튼 서진이 두려운 것을 보듯 해인을 마주 보았다. 작은 얼굴이 온통 빗물에 젖어 있었다.

"너, 너 지금 여기서 뭐 하는 거야? 왜 여기 저 사람이랑 있는 거야?"

혜원을 가리키면서도 해인은 서진에게서 눈을 떼지 않았다. 빗물이 눈에 들어가는데도 부릅뜬 눈을 깜빡이지도 않았다. 찰나라도 방심했다간 또 서진이 제 손에서 빠져나가 연기처럼 사라져 버리기라도 할까 두려워하는 것 같았다.

"네가 왜 여기…… 왜……?"

울컥한 주먹이 올라갔지만 차마 서진의 몸에 닿지는 않았다. 헉헉 거친 숨을 토해 내며 해인이 무언가를 억누르듯 이를 악물었다. 덜덜 떨리는 손이 서진의 뺨을 감싸고 제 얼굴을 똑바로 보게 했다. 마구 씰룩이는 입술을 어떻게든 다잡으려 노력하며 해인이 입을 열었다.

"최서진, 잘 들어. 나 너 사랑해. 진짜 세상에서 제일 사랑해."

"……."

"나한테는, 나한테는 너밖에 없어. 정말이야. 네 간 한쪽도, 살점 하나, 피 한 방울도 아무에게도 못 줘. 절대 누구한테도 못 줘. 그걸 왜 줘? 어떻게 줘? 왜……!"

불안정한 목소리가 점점 고조되었다. 생각만으로도 억울하고 서럽다는 듯 해인이 눈물을 왈칵 쏟았다. 손을 뻗어 서진의 앞섶을 움켜쥐고 미친 사람처럼 마구 흔들었다.

"알아들었어? 누구 맘대로 간을 줘? 네 건 다 내 거야. 절대 못 준다고! 네가 주든 누가 가져가든 내가 지구 끝까지라도 쫓아가서 빼앗아 올 거야. 가만두지 않을 거야. 너한테 누가 손끝이라도 대면 절대 가만두지 않을 거라고! 내가!"

흐어엉- 어린아이 같은 울음이 터졌다. 한스러운 통곡 소리가 빗소리에도, 도로 위의 차 소리에도 묻히지 않고 서진의 귀에 곧장 꽂혔다.

"집에 가자……."

"……."

"집에 가. 서진아…… 나랑 집에 가자……."

해인이 막무가내로 서진을 잡아끌었다. 여전히 울먹이면서도 쏟아지는 빗줄기를 단호하게 헤치며 미련 없이 앞만 보고 걸었다. 저도 모르게 고개를 돌린 건 끌려가던 서진이었다. 저만치 떨어진 곳에 여전히 비를 맞고 서 있는 혜원이 보였다. 눈이 마주치자 비인지 뭔지에 젖은 입술이 움직이는 게 보였다.

　"……아빠 닮았네. 얼굴 보는 것도 그렇고."

　데리고 가.

　오혜원이 말했다.

09. 편지

앞으로 뭘 하고 놀아야 하나 걱정하던 게 무색하게 해인은 백수 생활 이틀 만에 취직을 했다. 평일 오후 1시 반부터 5시 반까지, 체육관 유초등부 차량 승하차 도우미를 하게 된 것이다.

갑자기 사람이 빠졌다며 체육관 관장님이 급하게 하루 이틀만 도와 달라고 부탁해서 얼렁뚱땅 시작한 일이었는데, 어쩌다 보니 거의 한 달 가까이 계속하고 있었다.

"자, 차렷, 인사."

"안녕히 가세요……."

"잘 가. 명절 잘 보내고."

긴 추석 연휴를 앞둔 날이었다. 마지막 하차하는 아이를 보내며 해인이 친근하게 인사를 건넸다. 어깨에 멘 크로스백의 끈을 매만지며 소년이 우물쭈물 해인을 쳐다보았다. 이제 날씨도 제법 쌀쌀해져 소년은 흰 도복 위에 점퍼를 걸치고 있었다.

"왜, 뭐 할 말 있어?"

"선생님은 추석 때 어디 가세요?"

"아니, 아무 데도 안 가는데?"

"그럼 뭐 하시는데요? 나흘이나 쉬는데."

"글쎄, 그냥 집에서 놀고먹고 하지 않을까."

대답이 끝났는데도 소년은 갈 생각을 하지 않고 미적거렸다. 운전석에 앉은 기사님 쪽을 흘깃 바라본 해인이 소년을 향해 얼른 들어가라는 듯 손짓을 했다.

"빨리 가. 어머니 기다리시겠다."

"……."

"얼른, 그래야 나도 빨리 집에 가지."

그 말에 소년이 불만스러운 듯 미간을 찌푸렸다.

"또 그 토끼 때문에요?"

"응? 응, 토끼 때문에."

얼른 가서 토끼 밥 먹여야 된다며 해인이 코를 찡긋하며 웃었다.

"나 왔어!"

퇴근길에 관장이 명절 선물이라고 들려 준 햄 세트를 힘차게 휘두르며 해인이 대문을 박차고 들어갔다. 큰 소리로 제가 왔음을 알리자 안쪽에서 앞치마를 두른 서진이 왔어? 하며 하얀 얼굴을 쏙 내밀었다.

그 얼굴이 새삼 또 귀여워서 냅다 달려간 해인이 그를 붙잡고 볼비며, 입술 이곳저곳에 뽀뽀를 퍼부었다. 가슴이 뭉클해지고 하루의 피로가 싹 풀리는 기분이었다. 엉겁결에 날아든 햄 세트를 받아 안은 서진은 꼼짝 않고 얌전히 서서 뽀뽀 세례를 받았다.

"우리 토끼, 집 잘 지키고 있었어?"

"……."

"응? 왜 대답이 없어?"

"……그렇게 부르지 말라니까."

짜증이 난 듯 바짝 눈초리를 세우는 게 영락없이 화난 토끼였다. 해인은 제가 왜 여태 이걸 몰랐는지 의아할 정도였다. 새초롬하니 귀여운 얼굴에 하얗고 보송보송한 게 딱 봐도 그냥 토끼인데.

"거북이한테 간 팔아서 용궁에서 한몫 잡으려고 한 게 누군데. 토끼 아냐?"

"……그런 내용 아니야. 너는 고전 시간에 잠만 잤어?"

"어, 어떻게 알았어?"

너무도 당당하게 대꾸하며 한 점 부끄럼도 없는 초롱초롱한 눈으로 저를 보는 것에 서진은 할 말을 잃은 듯했다. 해인이 뭘 그렇게 세세하게 따지냐고 야유를 했다.

"뭐 대충 간 나오는 건 맞잖아."

"……."

"맛있는 냄새 나는데? 이거 동태찌개인가?"

해인이 시선을 돌리며 서진을 지나쳐 주방으로 향했다. 막 들어가지 말고 먼저 손부터 씻으라는 잔소리를 하긴 했지만 그 뒤통수를 보는 서진의 눈길은 부드럽기 짝이 없었다.

병원에서 서진을 끌고 곧장 집으로 돌아온 해인은 서진을 탓하지 않았다. 저를 속였다고 원망하거나 몰아세우거나 실망하지도, 화를 쏟아 내지도 않았다.

그저 자신이 더 잘하겠다고 했다. 자기가 더 잘할 테니 아무 데도 가지 말고 그냥 제 곁에 무사히 있기만 하라고 했다. 서진이 할 말을 해인이 울면서 했다. 그러면서 자꾸 서진의 몸을 만져 댔다.

아무 일도 없었는데, 해인은 상당히 충격을 받은 것 같았다. 어딘가 서진의 몸에 주사 자국, 칼자국이라도 나지 않았는지 겁내는 것 같았다. 저 모르게 간 한쪽이 벌써 사라지고 없는 건 아닌지 계속 불안해하며 확인하고 묻고 더듬다가 안심하다가 몸을 떨다가 했다.

그러더니 다음 날이 되자 해인은 안면을 싹 바꿨다. 변덕스러운 봄 날씨처럼 언제 그렇게 울고불고했냐는 듯 갑자기 서진을 토끼라고 부르며 놀리기 시작했다. 우리 토끼, 간 잘 있어? 씻어서 어디 안 빼놓고 다니지? 하면서 불쑥 서진의 복부를 문지르는 식이었다.

처음엔 본인도 장난으로 시작한 것 같았는데 부르다 보니 재미를 붙였는지 이제 이름보다 토끼라고 더 많이 불렀다. 기분에 따라 토순이, 토깽이, 토토 따위로 제멋대로 변형시켜 부르기도 했다.

귀여움을 받는 게 싫지는 않았지만 아무래도 귀엽기보단 멋있고 싶은 서진으로선 그 별명이 몹시 마음에 들지 않았다. 하지만 지은

죄가 있으니 강하게 의견을 피력할 수도 없었다.

서진은 이 일로 해인이 지금까지와는 비교도 할 수 없을 만큼 화를 낼 거라 생각했다. 어쩌면 또 저를 안 보겠다는 말을 들을지도 모른다고 생각했다.

각오는 했다. 해인이 싸늘한 눈길로 저를 바라보고 냉정한 말을 내뱉는 걸 상상만 해도 가슴이 칼로 찔리는 것처럼 아팠지만 그래도 괜찮았다. 그래도 해인은 끝내 간이 30퍼센트밖에 남지 않은 자신을 버리지는 못할 것이다. 제 곁에 머물러 줄 것이다. 영원히.

그런 계산이었다.

하지만 해인은 화를 내지 않았다. 오히려 자신이 잘못했다며 사과를 했다. 그런 해인의 얼굴에서 서진은 낯익은 누군가를 봤다. 불안, 초조, 두려움, 눈앞의 사람이 당장이라도 어떻게 될지 몰라 잔뜩 겁먹은 눈빛.

그건 서진 자신의 얼굴이었다. 그것을 깨닫는 순간, 말로 표현하기 힘든 온갖 감정이 밀려들었다.

해인은 늘 그랬다. 언제나 서진이 생각하는 대로 움직이지 않았다. 서진이 해인을 만나기 전 갑옷을 두르듯 철저하게 준비한 성공이나 부에도 관심이 없었다. 사는 데 지장은 없어도 결코 넉넉한 형편이 아닌데 돈에 별 욕심도 없었다. 저 승하차 도우미 알바도 굳이굳이 하겠다기에 그럴 필요 없다고, 서진이 은근히 제 통장 잔고를 보여 주기도 했지만 그냥 그런가 보다 하는 눈치였다.

서진은 제 빛나는 갑옷이 아무 의미도 없다는 걸 알았다. 그간 자신이 해인을 가지기 위해 했던 모든 노력들, 높은 학력, 사회적 성공, 부와 안정된 기반 따위가 하나도 통하지 않는다는 걸 깨달았다. 통한 건 딱 하나, 원래부터 가지고 있던 얼굴뿐이었으니 헛수고만 실컷 한 셈이다.

'아니, 헛수고는 아니지.'

조기현과 MJ미디어. 서진이 하필이면 그 장학재단의 후원을 받은 건 어떤 우연이었을까.

서진은 조기현을 가만히 둘 생각이 없었다. 해인은 그대로 조기현을 잊어버린 것 같지만 서진은 잊지 않았다. 앞으로도 해인의 몫까지, 무엇 하나 잊지 않을 작정이었다.

쉽진 않겠지만 그리 어려운 일도 아니었다. 한 사람이 한자리에 오래 앉아 있다 보면 그늘도 깊어지는 법이다. 둑을 허무는 데 필요한 건 작은 개미구멍 하나였다. 거기부터가 시작이다.

오혜원은 미국으로 떠났다. 얼마 전, 출국 기사 한 줄이 떴다. 이혼 조정이 마무리되는 동안 미국의 아이들과 머물 작정이라고 했다. 건강 문제도 있고, 사실상 연예계 은퇴가 아니겠냐는 소문도 돌았지만 공식적인 입장 발표는 없었다. 하지만 아마도 오랫동안 TV에서 오혜원의 모습을 볼 일은 없을 것 같았다.

해인은 이제 더 이상 오혜원을 떠올리며 걱정스러운 표정을 하지 않았다. 가끔 서진을 물끄러미 바라보는 눈매가 매서워질 때가 있는데 그때마다 서진은 해인이 자신을 보며 감히 제게 칼을 대려 한 오혜원을 떠올린다는 걸 알았다.

그럴 때면 어쩔 수 없이 마음 깊은 곳에서부터 저열한 희열이 끓어올랐다. 해인의 머릿속에 결국 그런 식으로 각인된 오혜원의 최후가, 뒤틀린 서진의 소유욕을 만족시켜 주었다.

"손가락은 좀 괜찮아?"

서진이 밴드가 감겨 있는 해인의 오른손 둘째손가락을 보며 물었다. 그 손에 수저를 쥐고 허겁지겁 밥을 퍼먹던 해인이 응? 하는 시선으로 서진을 올려다보았다.

차에 타고 내리고 하는 것도 쉬운 일이 아니라 퇴근 후엔 엄청나게 허기가 졌다. 해인이 입 속에 든 것을 꿀꺽 씹어 삼키며 괜찮다니까, 하고 말했다.

"손톱 빠지고 새로 올라오는 중이라 아프지도 않아."

"그 문 닫은 애 이름은 뭔지 계속 말 안 해 줄 거야?"

"야."

해인이 도대체 그걸 알아서 뭐 할 거냐고 한숨을 쉬었다. 단순한 사고였다. 해인이 체육관 차량 문을 잡고 있는데 내리던 아이가 모르고 실수로 문을 쾅 닫아 손가락을 찧었다. 그뿐이었다. 누구의 악의나 의도도 개입되지 않은 사고.

"안 그래도 애가 그 뒤로 미안한지 내 눈치 엄청 본단 말이야. 진짜 괜찮은데."

"……."

"다쳤을 땐 눈물도 찔끔 흘렸어. 그런 애 아닌데. 되게 씩씩한 애거든."

"몇 살인데?"

"6학년. 아, 근데 걔가 자꾸 쉬는 날 뭐 하냐고 물어봐. 아까도 명절에 뭐 하냐고 묻던데."

"왜 물어보는데."

"몰라? 나랑 놀고 싶은가 보지."

해인이 웃었다. 서진은 아무 말도 하지 않았다.

"저번에도 빨리 집에 가서 토끼 봐야 한다고 했더니 자기도 토끼 좋아한다고 보러 오면 안 되냐고 하던데."

키 180이 넘는 토끼를 보면 깜짝 놀라지 않겠냐고 해인이 키득 거렸다. 서진이 못마땅한 표정을 지었다.

"어쩐지 꼬마들이 날 좋아한단 말이야."

"정신 연령이 비슷하다는 걸 걔들도 느끼나 보지."

서진이 톡 쏘았다. 해인은 이제 그 정도 빈정대는 건 들은 척도 하지 않았다.

"위험한데, 이거. 나중에 또 한 10년 뒤에 누가 찾아오면 어떡 하지?"

"뭐?"

"누나, 제가 사실 그때 좋아했어요, 하면서."

서진이 목덜미부터 시뻘겋게 달아오르기 시작했다.

"……무슨, 말도 안 되는 소릴."

"그렇지? 우리 토끼처럼 비범한 귀염둥이가 세상에 또 있겠어."

빨갛게 익은 서진의 얼굴을 감상하듯 잠시간 바라보던 해인이 다시 부지런히 동태찌개를 퍼먹기 시작했다. 한동안 밥공기를 해작이며 망설이듯 입술만 달싹이던 서진이 무심한 척 해인을 불렀다.

"응? 뭐라고?"

"……그 아르바이트 그만두라고."

빨개진 얼굴로 중얼거리는 그를 보며 해인이 또 웃었다.

*　*　*

명절이라곤 하지만 자라면서 정인이 따로 명절을 쇠지는 않았기에 해인에게 추석은 그저 휴일이었다. 평소보다 맛있는 걸 좀 더 많이 먹고 푹 쉬기만 하면 그만인. 정인이 재혼을 한 뒤에도 비슷했고, 죽은 뒤에도 달라진 건 없었다.

차례는 물론, 성묘도 가지 않았다. 1년 365일, 그 많은 날들 중에 굳이 미친 듯이 차가 막히는 명절 연휴에 납골당을 찾을 이유가 없다고 생각했다. 막히는 차 안에 불편하게 구겨져 하릴없이 시간을 흘려보내는 건 딱 질색이었다.

"자, 이거."

해인은 그랬지만 서진은 다를 터였다. 서진에겐 가족이 있다. 다 커서 입양되어 깊은 정은 없다 해도 어쨌든 가족은 가족이니 명절날 서로 얼굴은 봐야 할 것 같았다.

하지만 아무리 봐도 서진은 그럴 생각이 눈곱만큼도 없어 보였다. 해인이 등 떠밀기 전엔 한옥에서 한 발자국도 나가지 않을 것 같았다.

"부모님 갖다 드려. 그리고 내일은 집에 갔다가 하룻밤 자고 와."

식사를 마치고 해인이 내민 선물 꾸러미를 보고 서진이 놀란 눈을 했다. 분홍색 보자기로 곱게 싸인 그것은 해인이 몇 날 며칠을 고민하다 인터넷에 남자 친구 부모님 명절 선물로 검색해 가장 많은 추천을 받은 글을 참고로 해서 고른 한우 세트였다.

"왜?"

"왜라니. 추석이잖아."

"……."

"가족이랑 보내야지."

그 말에 서진의 표정이 미묘해졌다. 그 기색을 알아챈 해인이 얼른 말을 보탰다.

"내일 갔다가 추석날 아침 일찍 와. 나랑은 그때부터 지내면 되잖아. 그래도 부모님인데 얼굴은 뵙고 와야지."

서진의 불안은 해인이 헤아릴 수 없을 만큼 크다. 그의 마음속 검은 잉크는 어쩌면 영영 사라지지 않을지도 모른다.

모든 관계엔 끝이 있고 언젠가 이 미칠 것 같은 감정에도 끝이 있다는, 유한한 존재로서의 한계가 해인에게 일종의 해방감을 준다면 서진에겐 죽을 때까지 저항해야만 하는 두려움이었다. 해인조차도 그 불안에서 서진을 구할 수 없을지도 모른다.

하지만 물에 떨어진 잉크를 완벽히 제거하진 못해도 희석할 수는 있다. 한 방울의 검은 잉크가 온 마음을 검게 물들이지 않도록 해인은 이번에야말로 노력이란 걸 해 볼 작정이었다. 온 힘을 다해 애정을 퍼부을 작정이었다.

그래서 다시는 서진이 자신을 꾸미거나 속이거나 무언가를 지불하지 않아도 괜찮다고, 그러지 않아도 얼마든지 제 옆에 있을 자격이 충분하다는 걸 확신할 때까지.

그렇게 오래 함께해 닳아지고 굳어져 서로가 서로에게 습관이 되고 버릇이 될 때까지 매일을 사랑하고 표현하고 말하고 행동할 작정이었다.

"괜찮아. 안 그래도 돼. 어차피 양부모님 나랑 명절 안 지내."

"응? 왜?"

구박이나 차별이라도 당하는 건가 싶어 해인의 얼굴이 굳어졌다.

"해외에 나가셔. 다른 친척들도 거기 있고."

"……너는 안 데리고 가?"

굳이? 라는 듯 서진이 눈썹을 으쓱했다.

"그럼 넌 명절에 뭐 하는데."

"아무것도 안 했는데."

그 말에 또 해인의 머릿속이 바빠졌다.

"할머님이나 부모님 산소는……."

"산소 없어. 제사 같은 것도 지낸 적 없고."

매장할 여력도 없어 세 분 모두 산소가 없었다. 납골당에 모시지도 못했다. 할머니가 돌아가셨을 때, 서진의 아버지는 모친의 유골을 부인의 유골을 뿌린 고향 산 깊은 곳에 뿌렸고 나중에 서진도 아버지의 유골을 거기다 뿌렸다.

"그러니까 아무것도 안 해도 돼."

그래도 해인과 함께니 명절 기분은 내고 싶었다. 서진은 몇 가지 명절 음식을 할 생각으로 인터넷 창을 열어 레시피를 뒤적였다. 대충 메뉴를 정하고 장 볼 것들을 머릿속으로 추리고 있는데 해인이 그의 옆구리를 쿡쿡 찔렀다.

"그럼 우리 거기 갈까?"

"어디?"

"할머님이랑 부모님 잠들어 계신 곳."

서진이 눈을 깜빡이며 해인을 쳐다봤다. 또 굳이? 하는 눈빛이다.

"가자, 응? 나들이 삼아 음식 싸 가지고 가서 인사드리고 오자."

"……좀 먼데."

"멀면 더 좋지."

막히는 고속도로는 질색이라던 사람이 그새 안면을 싹 바꿔 한껏 들뜬 얼굴을 했다.

"내일은 장 봐서 음식 만들고, 추석날 일찍 싸 들고 출발하면 되겠다. 그치."

"……."

"뭐 뭐 만들까?"

해인이 하고 싶다는데 굳이 반대할 서진이 아니었다. 머리를 맞대고 메뉴를 짠 둘은 다음 날 아침을 먹자마자 같이 시장에 갔다. 일찍 움직인다고 했는데 날이 날인지라 사람이 엄청나게 많았다. 이리저리 휩쓸리다시피 장을 보고 돌아와 곧장 음식을 만드는데 착수했다.

"자, 그럼 반죽부터 할까?"

평소에 한 적 없는 명절 음식에 도전하자는 데까진 합의가 수월했다. 서진은 만두를 빚자고 했다. 만두는 만들어 놓고 남으면 얼려 났다가 이리저리 활용하기도 쉽다는 거다.

하지만 해인은 추석엔 뭐니 뭐니 해도 송편이라고 주장했다. 떡은 초보자에게 너무 어렵지 않냐고 서진이 걱정했지만 어차피 못하는 건 마찬가지니 쉬운 거든 어려운 거든 상관없다고 큰소리를 쳤다.

다행히 세상이 많이 좋아져서 시판 재료의 도움을 적절히 받으면 만두나 송편이나 손이 많이 갈 뿐 크게 어렵진 않았다. 팥을 싫어하는 서진의 입맛을 고려해 송편 소로는 완두와 깨를 넣기로 했다. 완두 소는 파는 걸 사 왔다.

큰 스텐 대아에 열심히 치댄 반죽을 놓고 TV 앞에 자리를 잡았다. 잘 보지도 않는 명절 프로그램을 배경음처럼 틀어 놓고 나란히 머리를 맞대고 앉아 송편을 빚기 시작했다. 툇마루 안쪽 깊숙이까지 가을 햇빛이 비쳤다. 이맘때면 늘 나는 옆집의 금목서 향기가 거실까지 들어왔다.

"와, 우리 토끼가 달토끼였네."

해인이 서진이 빚어 쟁반 위에 줄지어 둔 송편을 보고 감탄했다. 마치 기계가 만든 것처럼 크기도 모양도 균일하게 예뻤다. 옆에 울퉁불퉁한 자갈 같은 모양새로 삐죽빼죽 늘어선 제 것과는 확연히 비교가 됐다.

"너 진짜 손재주 좋다. 솜씨가 보통이 아닌데? 떡 만드는 기계야, 아주."

"뭔 소리야, 갑자기."

순간 서진의 손끝이 살짝 떨리는 게 보였다. 그럴 의도는 아니었는데 제가 그를 도발해 버린 걸 서진의 붉어진 귀로 깨달은 해인이 반성은커녕 짓궂게 웃었다.

"떡을 예쁘게 빚으면 나중에 예쁜 딸을 낳는다는데."

"……."

"나도 예쁜 딸 낳고 싶다."

"그만해……."

"응? 뭘 그만해?"

해인이 천연덕스럽게 대꾸하며 반죽을 길게 한 줌 떼어 묘한 모양으로 만들어 손안에 넣고 주물럭거렸다. 그를 본 서진이 경악에 찬 눈을 했다.

"너, 너 지금 뭐 하는 거야!"

"뭐 하긴, 떡 만들고 있잖아."

"그게 무슨 떡이야!"

"떡 모양이 다 똑같으란 법은 없잖아. 이런 모양도 있고, 저런 모양도 있고. 어? 근데 이거 뭐 닮은 거 같지 않아?"

"……진짜, 고해인 너……."

서진이 깊게 숨을 들이쉬며 해인을 노려보았다. 해인이 눈을 가늘게 뜨고 씩 웃었다. 서진이 이성의 끈을 잡고 있던 것도 거기까지였다.

와락 해인을 덮친 서진이 한 손으로 해인의 머리를 받치고 그대로 마룻바닥 위에 내리누르며 입을 맞췄다. 심장을 벅벅 긁는 것 같은 웃음소리를 흘리는 입술을 마구 빨고 핥으며 다른 손은 옷 속으로 넣었다.

예정에 없던 한눈을 파느라 대충 할 일을 마쳤을 땐 자정이 다 된 시각이었다. 잠깐 눈을 감은 것 같은데 요란하게 울리는 알람 소리에 눈을 떠 보니 새벽이었다.

길이 막힐 걸 대비해 아침 일찍 움직이기로 했다. 퉁퉁 부은 눈을 억지로 뜬 해인과 서진은 서로 별로 말도 없이 나갈 준비를 시작했다.

"산에 가는데 무슨 그런 옷을 입어."

"그래도, 예쁘게 보여야 할 거 아니야."

"누가 본다고 치마를……. 바지 입어, 바지."

옷을 챙겨 입고 어제 만든 떡과 전을 싸고 밥도 퍼 담았다. 시장에서 산 식혜와 나물, 과일도 몇 가지 담았다. 그렇게 음식이 바리바리 담긴 아이스박스를 트렁크에 넣고 문을 탕 닫은 서진이 운전석으로 걸어왔다.

그 모습을 백미러로 지켜보던 해인은 왠지 가슴이 두근두근했다. 누구 애인인지 참 멋있고 잘생겼다. 진짜 귀성길을 떠나는 신혼부부가 된 것 같았다.

"가자."

"응."

운전은 서진이 했다. 해인은 그가 내비게이션에 입력하는 주소를 가만 보았다. 정확한 주소는 서진도 몰라 대충 산 근처 큰 건물을 찍는 듯했다. 총 소요 시간으로 두 시간 반이 나왔다. 서진도 안 가 본 지 오래인데 그래도 근처까지 가면 찾아갈 수 있을 거라 했다.

"얼마 만에 가는 건데?"

"글쎄……."

"설마 처음 가는 건 아니지?"

"……."

"맞아?"

해인이 눈을 크게 뜨자 서진이 아니라고 고개를 저었다. 간간이 몇 번 갔었다고는 하는데 믿을 수가 없어 해인이 의심스러운 시선을 거두지 않았다. 행동으로 증명하겠다는 듯 서진이 거침없이 차를 몰았다.

우려와 달리 차는 그리 막히지 않았다. 새벽같이 일어난 보람이 있었다. 가다가 휴게소에 들러 우동과 라면으로 요기를 했다. 해인과 서진처럼 허기를 때우고 쉬어 가는 가족 단위 귀성객들로 휴게소가 복작거렸다.

"귀찮고 불편하다고만 생각했는데."

"……."

"이런 것도 좋은 것 같아."

명절 뉴스 자료 화면으로 쓰일 것 같은 광경을 가만히 내다보던 해인이 중얼거렸다. 서진은 뭐냐고 묻지 않았다. 그도 그랬으니까. 차가 더 막혀도 좋을 것 같았다. 지옥의 귀성길도 해인과 하면 천국일 것 같았다.

오랜만에 찾았음에도 서진은 정확히 목적지를 찾았다. 차가 올라갈 수 있을 만큼 포장된 산길을 올라간 뒤, 차에서 내려 30분쯤 걸었다. 거기서 또 등산로가 아닌 작은 샛길로 접어들어 10분쯤 더 걷자 장막처럼 빽빽하게 둘러싸인 나무 너머 바깥쪽으로 툭 튀어나온 커다란 바위가 나타났다.

바위 위에 올라서자 그 아래는 가파른 내리막이었다. 까마득하게 먼 곳까지 숲이 바다처럼 뻗어 있었다. 해인이 준비해 온 꽃다발을 아래로 던졌다. 온통 초록뿐인 곳에 바람이 많이 불었다. 바람이 불 때마다 나무 이파리들이 박수 치듯 차르르 소리를 냈다.

해인이 고개를 돌려 서진을 바라보았다. 가만히 아래를 내려다보고 있는 하얀 얼굴은 약간 찌푸려진 채였다.

"여기 어릴 때 할머니랑 아버지랑 처음 왔었는데, 그땐 어머니 혼자 이런 데 있다는 생각에 좀 슬펐어."

서진이 무덤덤하게 입을 열었다.

"무섭지 않을까 생각도 들었고."

그뿐, 서진은 더 말하지 않았다. 조금 길게 자란 머리카락이 춤추듯 흩날렸다. 해인이 손을 뻗어 서진의 손을 꽉 쥐었다. 해인의 눈에 금방이라도 초록에 파묻힐 듯 조그만 소년과 그 소년의 손에서 하얗게 반짝이며 흩뿌려지는 가루가 바람에 날리는 게 보이는 듯했다.

어머니가 혼자일까 걱정하던 소년은 이곳에 올라올 때마다 소중한 사람을 하나하나 남겨 놓고 내려가야 했다. 그렇게 혼자가 되었다.

불현듯 해인은 오래오래 튼튼히 살아야겠다는 생각이 들었다. 건강 검진도 받고, 술도 끊어야겠다. 운동도 다시 시작하고 몸에 좋은 것만 먹고 영양제도 챙겨 먹고 떨어지는 낙엽조차 조심하며 살아야겠다고 다짐했다. 그래서 다시는 그가 혼자 산을 내려가는 일이 없도록.

돌아가는 길은 끔찍하게 길이 막혔다.

"이럴 바엔 차라리 하루 쉬고 내일 가자."

해인이 근처 모텔을 가리켰다. 서진은 못 볼 거라도 봤다는 듯 재빨리 고개를 돌리며 눈살을 찌푸렸다.

"뭘 그렇게 야단이야. 넌 모텔에서 자 본 적 없어?"

"없어."

"아, 그래."

해인은 전혀 주눅 들지 않았다.

"그럼 이 기회에 나랑 처음 가면 되겠다."

깔끔떨기로 둘째가라면 서러운 서진이 모텔은 극구 안 된다고 해서 근처 작은 호텔을 찾았다. 둘 다 지칠 대로 지쳐서 커튼을 굳게 닫아 놓고 죽은 듯 잠부터 잤다.

예정에 없던 숙박이라 부족한 게 많았다. 우선 충전기가 없어 해인의 휴대폰이 꺼지고 말았다. 데스크에 얘기하면 빌릴 수야 있겠지만 굳이 급하게 연락할 곳도 없어 내버려 두었다.

다음 날 체크아웃을 하고 집으로 돌아가는 차 안에서 휴대폰을 충전했다. 전원을 켜자마자 부재중 전화를 알리는 알림이 여러 개 떴다.

"어? 이거 태희인가."

국제 전화인 듯한 번호가 있었다. 그 외에도 새어머니의 번호가 몇 개 떠 있었다. 명절이라고 따로 연락을 하시는 분이 아니었다. 해인 역시 부담스러워할 것 같아 얼마간 용돈 송금만 하고 안부 메시지만 보내곤 했다.

혹시 태희에게 무슨 일이라도 있나 걱정이 된 해인이 지체 없이 새어머니의 번호를 눌렀다.

"네, 저예요."

운전을 하며 서진은 통화를 하는 해인의 얼굴을 흘깃흘깃 쳐다보았다. 겉으로만 봐서는 무슨 얘기를 하고 있는지 전혀 짐작이 가지 않았다. 몇 마디 하지 않고 내내 듣고만 있던 해인이 전화를 끊었다.

"무슨 일이야?"

"결혼한대……."

"누가?"

멍한 눈이 서진을 향했다.

"태희."

* * *

집에 도착한 뒤에도 해인은 정신을 차리지 못했다. 너무 갑작스럽고 믿기지 않는 소식이라 제대로 된 판단을 내릴 수가 없었다.

태희가 결혼이라니. 다른 사람이 말했다면 믿지 않았을 것이다. 태희 본인이 얘기했어도 장난치지 말라고 했을 것이다. 하지만 새어머니는 이런 일로 해인에게 농담을 하는 사람이 아니었다.

"아니, 무슨 결혼이야. 갑자기 이게 대체 무슨……."

당장 쫓아가 세세한 자초지종을 듣고 싶었지만 새어머니는 다음 날에나 보자고 했다. 아직 남편의 가족들과 명절을 보내고 있는 중인지 전화 통화도 오래 하지 못했다.

그럼에도 그 짧은 시간 동안 그녀가 얼마나 황당해하고 어이없어하는지 여실히 느껴졌다. 해인만큼 그 충격을 이해할 사람도 없을 것이다.

"태희는 결혼 안 한다고 했는데……."

연애에도 관심 없었지만 결혼엔 더 관심 없던 게 태희였다.

"누가 알아, '비포 선라이즈' 같은 일이 일어났는지."

지켜보던 서진이 마땅찮다는 듯 퉁명스럽게 말했다. 서진으로선 정태희가 마음에 들 이유가 하나도 없었다. 해인은 그 말에 고개를 갸우뚱했다. 설마. 그렇게 낭만적인 애가 아닌데, 태희가.

"네가 어떻게 알아."

"내가 모르면 누가 알아. 동생인데."

대답 대신 서진이 눈썹을 보란 듯 치켜올렸다. 결과적으로 일이 이렇게 된 걸 보면 모르지 않았냐, 이거다.

"그건 그런데, 아직 태희한테 직접 들은 것도 아니고……."

"……."

"아, 모르겠다. 답답해 죽을 것 같아."

자리에 가만 앉아 있지도 못하고 내내 끓는 기름 속에 들어간 콩처럼 집 안을 튀어 다니던 해인은 밤이 되자 좀 안정을 찾고 침착해졌다.

이렇게 혼자 안절부절못해 봐야 아무 소용도 없다. 정확한 건 태희와 통화를 하고 직접 그녀의 얘기를 들어 봐야 알 일이다. 최소한 새어머니에게 무슨 말을 했는지라도 알아야 했다.

"그러고 보면 거기 한참을 묵었지. 정태희답지 않게."

정말 〈비포 선라이즈〉 같은 일이 벌어진 건가. 곰곰 생각해 보면 절대 일어나지 못할 일도 아니다. 해인 자신도 독일에서 온 다니엘과 사랑에 빠지지 않았는가.

"나랑 다니엘의 독일 버전 같은 일이네."

심지어 해인은 다니엘을 따라 독일도 갈 결심까지 했었다.

"근데 그 영화, 결국엔 헤어지는 거 아냐? 아닌가? 2탄에서 다시 만났나?"

"……."

"사람 일 참 알 수가 없네……."

나도 국제결혼 하고 싶었는데, 중얼거리다 따가운 시선이 느껴져 고개를 돌리니 서진이 기가 찬다는 듯 해인을 쏘아보고 있었다. 왜 그러냐고 물어도 대답이 없었다. 대수롭지 않게 여긴 해인은 제 옆 자리를 탁탁 치며 그만 자자고 했다. 해인은 이미 이불 속에 누워 있던 상태였다.

"불 끄고 와."

서진이 말없이 벌떡 몸을 일으켰다. 해충이라도 때려잡는 것처럼 거칠게 스위치를 내리쳐 불을 탁 끈 그는 자리로 돌아오는 대신 해인을 내려다보며 통보하듯 말했다.

"난 오늘 내 방에서 잘게."

"엉?"

"잘 자."

그러더니 해인이 미처 무슨 말을 할 새도 없이 문을 쿵 닫고 가 버렸다. 평소보다 더 크게 쿵쿵거리는 발소리가 점차 멀어지는 게 들렸다.

어안이 벙벙한 얼굴을 하고 있던 해인이 와락 이불을 들치고 자리에서 일어나 그를 쫓아갔다. 해인이 따라오는 걸 알면서도 서진은 뒤도 돌아보지 않고 제 방으로 들어가 문을 닫아 버렸다.

"야, 왜 그러는데?"

벌컥 문을 열어젖힌 해인이 물었다. 서진은 침대에 누운 채 이불을 덮고 눈을 꼭 감고 있었다.

"왜 그러는데? 왜 삐졌냐고."

"아무것도 아니야."

"뭐가 아무것도 아니야."

서진이 각방을 쓰자고 했을 때는 보통 일이 아니었다. 서진은 해인과 몸을 붙이지 않고는 잠을 자지 못했다.

"아무것도 아니니까 가서 자."

"우리 토끼가 이렇게 마음이 상했는데 내가 어떻게 잠이 오겠어."

"토끼라고 하지 말라니까!"

서진이 버럭 성질을 내더니 아주 머리 꼭대기까지 이불을 뒤집어 썼다. 덩치는 산만 한 녀석이. 와중에 그게 귀여워 웃음이 날 것 같았지만 여기서 웃기라도 했다간 일이 더 커질 것 같았기에 해인은 꾹 참았다.

"마음이 상한 건 맞나 보네."

꿈지럭거리는 이불 뭉치를 내려다보다가 해인이 머리부터 안쪽으로 파고들었다. 방어하는 서진의 손이 느껴졌지만 끄떡도 하지 않고 상체를 다 비집어 넣고 양팔로 서진의 어깨를 덥석 끌어안았다.

"하지 마, 저리 가라고."

"왜 그러는데? 말을 해야 알지."

"……"

"오늘 내가 내내 다른 데 정신 팔고 있어서 그래?"

밑도 끝도 없는 태희의 결혼 소리에 서진은 종일 뒷전에 제쳐 두었다. 성묘를 다녀온 뒷정리도 서진이 다 했고 집 청소도 식사 준비도 서진이 다 했다. 하지만 서진은 해인의 말에 어이가 없다는 듯

흥, 소리만 냈다.

"내가 그딴 걸로 삐치는 속 좁은 놈인 줄 알아?"

어, 하고 대답하고 어떻게 하는지 보고 싶었지만 해인은 꾹 참았다. 지금은 더 놀릴 때가 아니었다.

"너는 속이 안 좁은데 나는 눈치가 좀 없잖아."

해인이 머리를 서진의 가슴에 마구 비비며 말했다. 서진의 심장 박동이 빨라지는 게 느껴졌다. 안 그래도 뜨거운 몸에 열이 더 오르고 있었다. 좀만 더 하면 자기가 먼저 견디지 못하고 이불 밖으로 튀어나올 것이다.

"나는 너 없으면 못 자는데."

"하지 마. 머리 치워……."

"너 없으면 밤새 한숨도 못 잘 것 같은데. 그럼 내일 하루 종일 비몽사몽할 텐데. 아침에 샤워하다가 정신 못 차리고 욕실에서 미끄러질지도 모르는데. 그러다 타일 바닥에 머리통 깨져서 피 줄줄 나고."

"……비약하지 마."

"그럼 어떻게 되겠어? 과다 출혈로 병원에 실려 가겠지. 근데 차가 막히는 바람에 도로에서 오도 가도 못 하는 처지가 될지도 몰라. 가까스로 병원에 도착해서도 마침 A형 혈액이 모자라 수혈도 못 받고……."

"그만하라고!"

오버 좀 하지 말라고 서진이 이불을 들치고 벌떡 일어나 앉았다.

오래 이불 속에 갇혀 있었기 때문인지, 아니면 다른 이유 때문인지 얼굴이 벌겋게 달아올라 있었다. 해인도 꾸물꾸물 이불 밖으로 기어 나왔다.

눈이 마주치자마자 둘 다 동시에 입술을 꽉 물었다. 웃음을 참기 위해서였다. 이불 속에서 마구 비비적댄 결과로 둘 모두 번개라도 맞은 것처럼 정전기로 머리카락이 곤두서 있었다.

참지 못하고 먼저 웃어 버린 건 해인이었다.

"넌 어쩜 머리 꼴이 그래도 잘생겼냐."

서진이 눈을 찡그렸다. 씩씩거리다 끝내 참지 못하고 손을 뻗어 해인의 머리를 쓰다듬고야 말았다. 평소보단 힘이 실려 있지만 귀여워 죽겠다는 듯 이를 악물고 해인의 머리며 볼이며 뒷덜미를 마구 어루만졌다.

"자, 이제 말해 봐."

"……."

"왜 맘 상했어?"

한참 뜸을 들이던 서진이 작게 입을 열었다.

"……다니엘한테 반했잖아."

"음?"

"너 다니엘 좋아했잖아."

"……그게 왜?"

서진이 대답 대신 싸늘한 눈으로 해인을 바라보았다. 아. 그제야 사태를 파악한 해인의 입이 스륵 벌어졌다.

"야, 다니엘이 너잖아."

"……."

"왜 자기 자신한테 질투를 하고 그래."

어이없어 해인은 헛웃음이 났지만 서진은 복잡한 표정으로 입술을 물고 시선을 피했다. 말을 꺼낸 걸 후회하는 듯도 했고 그 이상으로 속상한 것 같기도 했다.

"너는…… 너 원래 나한테 관심 하나도 없었잖아."

"뭐?"

"다니엘이 아니었으면 나 안 좋아했을 거 아냐……."

다니엘이라 저를 부르며 좋아한다고, 사귀자고 고백하던 해인을 보며 서진은 짜릿하면서도 가슴 한구석이 싸늘해졌다. 그렇게 오랜 세월 고대해 온 순간임에도 마음껏 기뻐할 수가 없었다.

동갑내기 사업가이자 외국인 여행가로, 적당히 편집한 다니엘의 모습이 아닌, 최서진 자신이라도 해인이 이렇게 좋아해 줬을까?

"뭔 소리야, 그게."

해인이 골치 아프다는 표정을 지었다.

"애초에 내가 본 건 너밖에 없는데."

다니엘인가 뭔가 하는 건 만난 적도 없다.

"그냥 처음부터 다 너였잖아."

비 오는 날, 활짝 열린 대문 앞에서 축축하게 젖은 눈이 저를 보던 때부터.

"나는 너만 좋아했는데."

네 얼굴, 네 목소리, 네 말투, 네 취향에 반했다. 그냥 너라서 좋았다.

"그리고 내가 왜 너한테 관심이 없어? 어릴 때도 맨날 내가 먼저 말 걸었잖아. 잊었어?"

"넌 모두에게 친절했으니까. 이웃이든 누구든……."

"맞지, 그건 맞는데."

서진이 우울한 눈을 들어 해인을 바라보았다.

"그중에 너처럼 잘생긴 애는 없었어."

"……."

"너처럼 나한테 잘못한 사람도 없었고, 그런데도 평생 데리고 살아야겠다 싶은 사람도 없었어."

"……."

"다니엘이고 나발이고 너밖에 없어."

"……."

"'비포 선라이즈' 같은 영화보다 우리 얘기가 훨씬 더 멋있잖아."

어떤 영화도, 동화도 부럽지 않다. 너만 있으면.

"너처럼 나 좋아해 줄 사람이 어디 있어."

"……."

"너만큼 특별한 사람은 세상에 없어. 죽어도 없을 거야."

말없이 듣고 있던 서진이 입술을 꾹 물었다. 해인이 그 볼을 쓰다듬자 얌전히 얼굴을 기댄 채 긴 속눈썹을 내리깔았다. 이제 기분이 좀 풀렸어? 속삭이자 서진이 해인의 손을 잡아 손등이며 바닥에 입을 맞췄다. 말랑말랑한 입술이 뜨끈뜨끈해서 해인은 닿는 곳마다 열꽃이 피어오르는 기분이 들었다.

"사랑해……."

"알아."

"네가 아는 것보다 더 많이 사랑해."

"안다니까."

"아니, 그것보다 더 많이, 네가 무슨 생각을 하든 그것보다 더……."

알겠다고, 해인이 웃음을 터트리며 서진의 목을 끌어안았다. 서진도 다급하게 해인의 뒤통수를 당겨 안았다.

"날 좀 사랑해 줘. 너도 계속, 나만 사랑해 줘……."

어리광 부리는 말투와 달리 해인의 몸을 주무르며 키스를 퍼붓는 몸짓은 거칠기 그지없었다. 터질 듯 조이는 힘에 숨이 막혀 뒤틀어대는 몸을 꼭 붙잡고 서진이 코가 뭉개질 정도로 깊숙이 혀를 섞고 입을 맞췄다.

가슴속을 부글부글 태우는 열기를 어떻게 해야 할지 알 수가 없었다. 서진은 입술이 얼얼해질 정도로 해인의 몸이 보이는 곳마다, 잡히는 곳 하나하나에 키스를 하고 사랑한다는 말을 불어넣었다. 눈길이 닿고 숨이 붙는 어디 하나 예쁘지 않은 곳이 없었다. 죽을 것 같았다. 너무 좋아서.

과분했다. 뭐라고 해도 해인은 서진에게 너무도 과분해서, 영원히 기적 같을 사람이었다.

* * *

오랜만에 만난 새어머니는 안색이 그다지 좋지 않았다. 남편과 함께 운영하는 아웃도어 매장 근처 조그만 카페 한구석에 맥없이 앉아 저를 맞는 그녀를 보고 해인은 절로 걱정스러운 표정이 됐다.

"얼굴이 안 좋으세요."

"그래? 피곤해서 그런가 봐."

"어디 편찮으신 건 아니죠?"

"아냐, 그냥 잠을 잘 못 자서 그래. 명절 대목에 힘들기도 했고."

대답하며 그녀가 해인 옆에 앉는 서진에게 눈길을 주었다.

"이쪽은?"

"제가 만나는 사람이에요."

"안녕하십니까. 윤서진이라고 합니다."

"아, 그래요……."

반갑다고 어색하게 인사를 받으며 새어머니가 해인을 향해 눈을 굴렸다. 서진이 이 자리에 있어도 괜찮은지 판단이 서지 않은 모양이다. 해인은 담담하게 고개를 끄덕이며 괜찮다고, 안심하고 편하게 말하라는 뜻을 표했다.

가늠하듯 약간 호기심 어린 눈으로 서진을 훑어보던 새어머니는 이내 더 급한 용건이 있다는 걸 떠올린 듯 찌푸린 눈을 해인에게 고정했다.

"혹시 태희가 너한테도 연락 왔었니?"

"아뇨, 어제 전화를 한 것 같긴 한데 못 받았어요. 폰이 꺼져 있어서."

"그래? 그래도 너한테는 전화라도 하나 보구나."

한탄하듯 하는 말에 해인이 의아한 표정을 지었다. 저 말만 들으면 태희가 꼭 해인에게만 연락을 하는 것 같다. 오히려 새어머니야말로 너무 자주 연락을 받아 힘들다는 말까지 했다고 하지 않았던가.

"나한테는 문자만 보내."

"네?"

"결혼 얘기도 문자로 했어."

너무 기가 막혀 화낼 기운도 없다는 듯 새어머니가 허탈한 웃음을 터트리며 해인을 보았다.

"걔를 정말 어떡하면 좋을지 모르겠다."

붉어진 눈가가 속이 상해 금방이라도 눈물을 흘릴 것 같은 표정이었다. 그 답답한 심정은 이해가 갔다. 서운하고 원망스러운 것도 알 것 같았다.

아무리 내리사랑이라지만 두 모녀의 관계는 늘 일방통행이었다. 젊은 시절 태희의 친부와 이혼하고 혼자가 된 새어머니는 하나뿐인 딸을 무척이나 아꼈지만 태희는 제 모친이 하는 일이라면 뭐든 못마땅해했다. 이혼도, 연애도, 그 뒤로 줄줄이 몇 번이나 이어진 재혼도.

누구의 잘못은 아니다. 새어머니는 외로움을 많이 타는 사람이었다. 정이 많은 성격에 미인이라 다가오는 사람도 많았다. 생활력 없는 홀몸으로 딸을 키워야 하는 현실적인 면 역시 무시할 수 없었을 것이다.

"결혼할 사람은 누구예요? 어떤 사람이래요?"

해인이 물었다. 그게 가장 궁금한 것이었다. 대체 태희의 남편감이 누구인지, 나이는 몇이고 이름은 뭔지, 인종은 어떻게 되는지, 태어난 국가만이라도 알고 싶어 죽을 지경이었다.

"모르겠어, 나도. 그냥 지금 신세 지고 있는 집 아들이라는데……."

"신세 지고 있는 집 아들요?"

역시 독일인인가 보다. 해인의 눈에 반짝 불이 켜졌다.

"혹시 이름이 다니엘이래요?"

"모르겠어, 그것도."

답답해진 해인이 문자 좀 보자며 손을 내밀었지만 새어머니는 제 할 말을 이어 가느라 못 본 듯했다.

"그냥 결혼한다고만 했어. 독일 사람이고, 식은 안 올리고 거기서 간단하게 신고만 할 테니까 그렇게 알라고."

"그게 무슨 소리예요?"

"내 말이 그 말이야!"

결국 새어머니가 분통을 터트리고 말았다.

"그거 나 속 썩이려고 그러는 거야. 어쩌면 결혼한다는 것도 거짓말인지도 몰라. 한국 오기 싫어서. 너도 알지? 걔가 얼마나 매정한지."

"어…… 아무리 그래도 그런 걸로 거짓말을 하겠어요…….”

"이제껏 한 걸 보면 그러고도 남아. 맞아. 나 보란 듯 그런 거야. 나한테, 나 괴롭히려고…….”

"설마, 태희가 그럴 리가 없잖아요.”

"없긴! 네가 몰라서 하는 소리지!”

그녀가 새된 소리를 내자 해인은 태연한데 옆에 있던 서진의 표정이 굳어졌다. 날카롭게 변한 서진의 눈빛도 알아채지 못하고 이걸 좀 보라며 새어머니가 자신의 휴대폰을 내밀었다.

태희와의 문자 내역 맨 마지막에 결혼 얘기가 있었다. 새어머니의 말에서 더 빼고 더할 것도 없었다. 태희는 정말 간결하고도 건조하게 자기의 결혼 소식을 전하고 있었다. 회사에 단체 문자를 돌려도 이보다는 자세하고 친절할 것 같았다.

"그 위로 쭉 계속 봐 봐.”

휴대폰을 되돌려주려는 해인에게 새어머니가 기운 없는 투로 말했다. 영문은 모르지만 해인은 시키는 대로 스크롤을 올려 이전 문자들을 확인했다.

"거기, 그 애가 나한테 하는 짓 좀 봐.”

"……이건, 그냥 여행 사진 아니에요?”

많기도 했다. 한참이나 스크롤을 올려도 끝이 없었다. 여행 아주 초기부터 태희는 제 어머니에게 자신의 일거수일투족을 담은 사진을 보낸 듯했다. 정작 본인의 얼굴은 한 장도 없었지만 어느 이국의 공항, 이름 모를 음식이 놓인 식당, 창밖으로 낯선 풍경이 보이는

숙소까지 마치 여행 일지를 기록하듯 세세하게 찍은 사진들이 줄줄
이 끝도 없이 이어졌다.

"……."

태희가 할 만한 행동이 아니라 놀란 것일 뿐, 이 알 수 없는 감정
은 섭섭함이 아니다. 그렇게 생각하며 해인이 괜히 허전한 가슴을
쓸어내리는데 새어머니의 목소리가 끼어들었다.

"자세히 봐."

"네?"

그때 서진의 손가락이 끼어들어 넘어가는 액정 화면을 멈춰 세
웠다.

"보이지?"

새어머니의 목소리가 들렸다.

"그거, 정인 씨 구두 맞지?"

해인의 눈이 커졌다. 해인이 휴대폰 액정을 얼굴 가까이 가져와
뚫어지게 쳐다보았다. 몰랐다. 줄줄이 이어지는 사진마다 빠짐없이
구두 한 켤레가 있었다. 때로는 그 자체가 주인공인 것처럼. 파도가
밀려오는 해변 한구석에, 낯선 언어로 쓰인 책들이 가득한 서점 귀
퉁이에, 처음 보는 음식이 놓인 테이블 맞은편 자리에도, 주름지고
낡은 갈색 가죽 구두가 가지런히 놓여 있었다.

"아."

해인은 입을 벌렸다 다시 다물었다.

무슨 말을 해야 좋을지 알 수가 없었다.

"얘 지금도 나 용서 못 했어. 복수하는 거야. 시위하는 거라고."

새어머니가 약간 떨리는 목소리로 말했다.

"결혼도 그래서 하는 걸 거야. 그 애가 어디 아무하고나 그렇게 결혼할 애야?"

정인이 죽고 만 1년도 못 되어서 새어머니가 재혼을 한다고 했을 땐 해인도 섭섭한 마음이 전혀 들지 않았다면 거짓말이다. 그래도 해인은 이해하려고 했다. 축하하려고 했다.

산 사람은 어떻게든 살아야 한다. 아버지는 이미 돌아가셨다. 살아 있을 때 행복하게 결혼 생활을 해 준 것만으로도 해인은 새어머니에게 고마웠다. 원래 금슬이 좋았던 부부일수록 재혼을 더 빨리 한다는 말도 있지 않던가.

하지만 태희는 아니었다.

반대할 줄은 알았지만 태희는 거의 미친 사람처럼 굴었다. 재혼 소리를 듣자마자 새어머니에게 욕설에 가까운 비난을 퍼붓고 대들고 소리치고 도가 넘는 언행을 했다.

두 사람이 다투는 건 늘상 있던 일이지만 그렇게 심하게 충돌한 건 처음이었다. 결국 새어머니가 손찌검까지 했고 태희는 끝까지 결혼식에도 참석하지 않았다.

네가 잘 좀 설득해 달라고 애걸하듯 신신당부하는 새어머니와 헤어져 해인은 밖으로 나왔다. 말없이 한참을 걸었다. 서진도 말없이 따라 걷기만 했다.

"아빠랑 새어머니랑 결혼하고 말이야."

해인이 입을 열었다.

"아빠가 몇 번이나 다 같이 가족 여행이 가고 싶다고 했는데 태희는 한 번도 가지 않았어."

"……."

"태희는 한 번도 아빠를 아버지라고 부른 적도 없어."

고집이 센 성격이었다. 예민하고 배타적인 성격이라 인간관계에 벽이 높았다. 외로움을 많이 타서 늘 누군가가 곁에 있어 주길 바라는 모친과 달리, 태희는 다가오는 사람을 의심하고 밀어내는 성격이었다.

"나한테도 언니라고 한 적 없지만."

동갑이니까 상관없었다. 그래도 해인은 한 번도 태희가 제 동생이 아니라고 생각한 적이 없었다.

"그…… 신발 같은 걸 가져갔는 줄 몰랐네."

그 구두는 정인이 태희 대학 졸업식 때 신고 가려고 샀던 것이었다. 결국 태희가 원치 않아 졸업식에는 가지도 못했지만. 해인은 그 구두가 아직까지 남아 있는 줄도 몰랐다. 정인이 사망하고 의복이나 신발 같은 것들은 다 태우거나 처분했으니 아마 그건 태희가 남몰래 빼놓은 것이었을 거다.

"걱정돼?"

서진이 해인의 손을 꼭 잡으며 물었다.

"새어머니 말이 사실인 것 같아?"

해인이 인상을 구겼다. 설마 결혼 같은 중대사로 그랬을까 싶지만 태희는 못되게 굴고자 작정하면 정말로 매몰차게 굴 수 있는 애였다.

"모르겠어……."

"……."

"아닐 거라고 하고 싶지만……."

그 사진들엔 의도가 느껴졌다. 1년 가까이, 새어머니가 그만 보내라고 하는데도 대꾸 한번 없이 사진만 꿋꿋이 보낸 데엔 집요함마저 느껴졌다.

보는 사람의 마음이 편치 않을 것임을 태희는 충분히 알았을 것이다.

"아닐 거야."

"응?"

"시위하려고 결혼하는 거, 아닐 거라고."

서진이 산뜻하게 잘라 말했다. 해인이 고개를 돌려 서진을 바라보았다. 가벼운 산들바람에 서진의 머리카락이 날렸다. 서진이 손을 들어 앞머리를 쓸어 넘기자 긴 손가락 사이로 해초처럼 부드러운 머리카락이 매끄럽게 감겼다.

"그런 걸로 자기 어머니 괴롭히고 그런 사람 아닐 거야."

"……네가 어떻게 알아?"

"네가 좋아하고 걱정하잖아."

해인이 말없이 눈만 껌뻑이며 서진을 쳐다봤다.

"그걸 알면 정태희, 그렇게 막살진 못할 거야."

"……경험담이야?"

서진은 대답하지 않았다. 혼자 뭔가를 곰곰이 생각하더니 가벼운 표정으로 해인을 내려다보며 이왕이면 태희의 남편이 다니엘이었으면 좋겠다는 말을 했다.

"왜?"

"그냥."

하지만 서진의 희망대로 되진 않았다.

태희와 결혼할 사람은 다니엘의 형이었다.

＊　＊　＊

새벽 3시가 조금 넘었을 무렵, 태희에게서 전화가 왔다. 미리 약속하고 기다리고 있던 것도 아닌데 해인은 벨 소리가 울리자마자 벌떡 일어나 휴대폰을 낚아챘다.

금방까지 잠에 빠져 있었던 사람이라고 믿을 수 없을 만큼 날렵한 그 동작에 덩달아 잠이 깬 서진이 어리벙벙한 표정을 지었다.

"여보세요, 태희야, 태희야?"

—왜 이렇게 호들갑이야.

평소와 조금도 다르지 않은, 심드렁하고 약간은 귀찮은 듯한 태희의 목소리를 듣자마자 해인은 속에서 뭔가가 울컥 치미는 듯했다. 만약 태희가 눈앞에 있다면 등짝을 한 대 때려 주고 싶기도 하고, 그냥 와락 안아 주고 싶기도 했다.

—별일 없지?

"지금 그게 할 말이야?"

—뭐가.

"너 결혼한다며?"

—아, 그새 들었어?

"뭐? 너 진짜……."

—아쉽네. 너한텐 내가 제일 먼저 말해 주고 싶었는데.

그 말에 해인은 입이 딱 달라붙은 듯 말이 나오지 않았다. 둘 사이, 물리적인 먼 거리를 확인시켜 주듯 그다지 좋지 않은 통화 감도로도 태희가 진심으로 아쉬워하는 게 느껴졌다.

그제야 해인은 태희의 결혼 결심이 홧김도, 시위도, 복수도, 그어떤 수단도 아니라는 것을 알았다. 서진의 말이 옳았던 것이다.

"대체 누구야? 어떤 사람인데."

해인이 찡한 콧잔등을 문지르며 부러 무뚝뚝한 소리를 냈다.

"믿을 만한 사람이야? 내가 가서 안 봐도 되겠어?"

—웃기는 소리 하네.

"웃기긴 뭐가 웃겨? 어느 나라, 어떻게 생긴 놈팽이가 우리 동생 데려가는지 내 눈으로 똑똑히 봐야……."

—그냥 평범한 사람이야.

말은 그렇게 해도 걱정하는 해인의 마음을 아는 것처럼 태희는 그녀로선 드물게 자세히 제 배우자가 될 사람에 대해 설명하기 시작했다.

이름은 미하엘 마이어, 나이는 태희보다 세 살 많은 서른둘, 국적은 독일, 직업은 자동차 디자이너로 벤츠사에서 근무하고 있다.

마이어 부부의 2남 중 장남으로 다니엘의 하나뿐인 형이며, 취미는 영화 감상. 건강 상태는 양호하고 매일 30분씩 조깅을 하고 주말이면 두 시간씩 개를 데리고 산책을 한다. 현재 태희가 신세를 지고 있는 슈투트가르트의 저택에서 부모님과 조부모님과 동생과 개두 마리와 함께 생활하고 있으며 아마 결혼 후에도 당분간은 그렇게 살 것 같다.

거기까지 듣고 해인이 질문을 했다.

"그거 일반적이지 않은 거 아냐?"

—뭐가?

"독일에도 시집살이 같은 게 있어?"

태희가 피식 웃는 소리가 들렸다. 말이 한 집이지, 작정하지 않으면 한 달이 지나도 마주치기도 힘들다는 말로 비춰 볼 때 집이 상당히 큰 모양이었다. 다행이다.

"얼굴은, 잘생겼어?"

해인의 입에서 말이 떨어지기 무섭게 서진에게서 찌릿, 날카로운 시선이 날아들었다. 차마 큰 소리는 내지 못하고 입 모양으로 뭐라 뻐끔거리는 걸 보니, 대충 외간 남자 얼굴은 왜 궁금해하냐는 뜻인 듯하다.

해인이 어설프게 배시시 웃으며 휴대폰을 쥔 손이 아닌 다른 손으로 서진의 손을 잡았다.

—글쎄, 그냥 그래.

"뭐야? 그럼 성격이 좋아?"

―그것도 그냥 그래.

그럼 대체 뭘 보고 반한 거야? 뭘 보고 이렇게 빨리 결혼 결심을 하게 된 거지?

―부모님들이 좋아서.

"뭐?"

―조부모님도 좋고, 가족끼리 사이가 좋아서. 그리고…….

태희가 답지 않게 말을 끌었다.

―무엇보다, 정말 너무 좋은 형이라서.

"……."

―하나밖에 없는 동생이 아무리 사고를 쳐도 변함없이 이해하고 예쁘게 봐 주는 그런 형이라서.

누구처럼.

해인은 휴대폰을 든 채 한참이나 아무 말도 하지 못했다. 태희도 마찬가지였다.

"난, 난 네가 다니엘이랑 결혼하는 줄 알았어."

―뭐?

"아니, 어머니가 네가 그 집 아들하고 결혼한다길래……."

―설마, 다니엘이랑 나는 결혼 못 해.

'안 해'도 아니고 '못 해'는 뭐람.

―걔 게이야.

"……어, 뭐?"

―내가 정말 그렇게 생각 없이 너 혼자 있는 집에 남자를 보냈겠어? 설마 알량한 네 태권도 실력 하나만 믿고?

중간에 두바이에서 만난 남자와 사랑에 빠져 결국 한국엔 가지도 못했지만.

"아니, 야, 그럼 왜 그 얘기를 지금 해?"

―그땐 그에 대해 합의가 되지 않았으니까. 내 마음대로 남의 성적 지향 얘길 할 수 없잖아. 그건 아우팅이야.

다니엘이 계획대로 한국에 왔다면 아마 직접 얘기했겠지만 그럴 기회가 없었다.

제대로 상황을 알리지도 않고 두바이에 잠적해 버린 일을 두고 태희가 불같이 화를 내자 다니엘은 파리처럼 싹싹 빌면서 자신이 해인에게 직접 사정을 설명하고 사과하겠다고 했다.

그러면서 앞으로 서로의 가족에게 서로에 대해 어떤 것을, 얼마나 오픈할 것인가에 대한 가이드라인을 정했다.

평소에도 다니엘은 굳이 자신의 성향을 숨기진 않았다. 태희와 가족이 됐으니 이젠 해인과도 가족이나 마찬가지라고 했다. 독일은 동성혼도 가능한 나라니까.

―그 일 때문에 혹시 더 불편한 건 없었지?

"어? 뭐, 뭐가?"

해인이 저도 모르게 눈을 굴려 서진을 보며 말을 더듬었다. 그러고 보니 자신도 태희에게 할 말이 있다.

서진은 반쪽만 들리는 대화가 불만스러운지 해인의 손을 양손으로 붙잡은 채 손바닥을 손톱으로 아프지 않을 정도로만 꾹꾹 누르고 있었다.

―없으면 됐고. 끊어, 나 가 봐야 해. 나중에 다시 전화할게.

"어, 어. 잠깐만, 태희야."

―응?

해인이 숨을 한 번 들이마셨다.

"결혼 축하해."

희미한 숨소리가 들리고 곧 전화가 끊어졌다. 보이진 않아도 해인은 태희가 웃었다는 걸 알 것 같았다. 끊자마자 곧바로 태희에게서 사진 두 장이 전송되었다. 하나는 태희와 미하일 둘이 찍은 사진이었고, 하나는 가족사진인 듯했다.

"정태희 거짓말했잖아. 되게 잘생겼는데."

미하엘은 태양을 녹인 듯한 금발과 푸른 눈이 한눈에 들어오는 미남자였다. 차갑기보단 따뜻한 햇살 같은 느낌이 드는 외모라 다소 싸늘하고 냉랭한 분위기의 태희와 묘하게 잘 어울렸다.

"미남인데 착해 보여. 우리 태희 남자 잘 만난 것 같아."

가슴이 콩콩 뛰고 절로 웃음이 나왔다. 해인이 휴대폰 액정에서 눈을 떼지 못하고 몸을 들썩이며 호들갑을 떨었다. 가족들도, 태희의 말처럼 다들 인상이 좋았다. 이름만 듣고 그새 왠지 아는 사람처럼 친근해진 다니엘도, 얼굴을 보니 더 반가웠다.

"이거 봐, 여기. 강아지 털도 똑같이 금색이야. 이게 골든레트리버던가?"

서진의 옷자락을 잡아당기며 한참이나 혼자 떠들어 대던 해인은 돌아오는 반응이 없음을 깨닫고 그제야 고개를 돌려 서진을 바라보았다.

"왜 그래?"

서진은 시선을 내리깐 채 그림자가 진 얼굴로 가만히 앉아 있었다. 머리맡의 작은 수면등만 켜 둔 상태라 표정이 잘 보이지 않았다. 휴대폰을 내려놓은 해인이 서진과 눈을 마주치려 이리저리 고개를 기울여 가며 왜 그러냐고 물었다.

마지못한 듯 고개를 든 서진이 자신 없는 눈으로 해인을 쳐다봤다. 분명 위에 있는 시선인데 아래쪽에서 올려다보는 것 같은 눈망울과 머뭇거리듯 잘근거리는 입술이 어쩐지 서글프고 처연해 보여 해인은 가슴이 철렁 내려앉는 것 같았다.

"네 가족에게 질투하면, 나 나쁜 거지."

"……어?"

"나처럼, 너한테도 나밖에 없었으면 하고 바라면 내가 이기적인 거지?"

서진의 목소리가 가늘게 떨렸다. 어디서 바람이 부는 것도 아닌데 처량하게 늘어진 속눈썹이 흐느끼듯 떨렸다. 우울한 표정을 지은 서진이 기뻐하는 해인과 함께 기뻐하지 못하는 자신을 질책하듯 눈매를 구겼다.

"너한테는 동생도 있고…… 이제 제부도 생기고 어쩌면 조카도 생길지도 모르는데."

"그렇지."

해인이 서진의 양 볼을 감싸 떨어진 시선을 올려 저를 마주 보게 했다.

"그리고 너한테도 처제가 있는 거지. 이제 동서도 생기고 어쩌면 조카도 생길지도 모르고."

"……"

"안 그래?"

서진이 몇 번 눈을 감았다 떴다.

"응, 알겠어."

"알겠어?"

응, 대답과 함께 엷은 미소가 서진의 입술에 연기처럼 미약하게 떠올랐다 사라졌다. 서진이 그만 자자며 주섬주섬 자리에 누웠다. 해인을 향해 이불을 들춰 보이며 누우라고 했지만 해인은 앉은 자세로 꿈쩍도 하지 않았다.

"너 진짜 아는 거 맞아?"

"……응."

"진짜?"

대답이 없었다. 이불을 꽉 쥐고 있는 서진의 손등에 뼈와 힘줄이 도드라졌다. 어렴풋한 불빛 탓인지 피부가 더 창백해 보였다. 서진이 몸을 일으켜 앉았다.

"……아니, 모르겠어."

"허……"

"나는 왜 결혼 못 해?"

서진이 세상 억울하다는 눈으로 해인을 보았다.

"뭐?"

"그 사람들은 만난 지 몇 달 만에 결혼도 하는데 나는 왜 못해? 나는 10년이 넘게 너만 좋아했는데, 10년을 기다리다 겨우 만났는데 왜 나는 결혼 못 하냐고."

"뭐?"

"결혼도 안 했는데 어떻게 내가 그 사람들하고 가족이 돼. 무슨 처제고 조카냐고."

"아니, 야, 잠깐만."

해인이 일단 서진의 말을 정지시켰다.

"그러니까 네 말은, 지금 너도 결혼하고 싶다 이거야?"

"응."

서진이 단호하게 고개를 끄덕였다. 해인이 어이없다는 듯 외쳤다.

"야, 무슨 결혼이 친구 따라 강남 가는 것도 아니고 남이 하면 나도 해? 이게 무슨 경쟁이고 시합이야? 각자 상황이란 게 있는 거고 타이밍도 맞고 그래야……."

"나도 성인이고 돈도 있고 자립도 했어. 태어나서 지금까지 사랑한 사람 너밖에 없고 죽을 때까지도 너만 사랑할 거야. 부족한 게 뭔데? 더 맞출 타이밍이 있으면 나도 맞출게."

그렇게 말하니 할 말이 없었다. 한참이나 기다려도 해인이 말이 없자 서진이 금방 낯빛을 바꾸고 힘없이 웃었다.

"알았어."

"……또 뭘 알아?"

"알겠다고. 그냥, 내가 괜한 말 했어……."

"……."

"신경 쓰지 마. 자자, 얼른."

꾹꾹 누른 듯한 음성으로 말한 서진이 다시 이불 위에 반듯하게 누워 눈물을 참듯 눈을 꼭 감았다. 하얀 얼굴 곳곳이 붉게 달아올라 얼룩덜룩했다.

그 서럽고 억울한 얼굴을 보니 해인은 자기가 무슨 범죄라도 저지른 것 같았다.

말은 내 토끼니 뭐니 해 놓고 막상 중요한 순간에 발을 빼 버린 난봉꾼, 순진한 애를 꿀 바른 말로 꼬드겨 놓고 정작 결혼은 하지 않는 사기꾼이 된 것 같았다.

"야, 그래 좋다. 하자, 까짓 거."

서진이 반짝 눈을 떴다.

"까짓 거?"

"아니 아니, 그러니까…… 하자고, 결혼."

서진이 냉큼 몸을 일으켜 앉았다. 당장이라도 죽을 것처럼 시름에 잠긴 청년은 간 곳 없고 언제? 하고 생기에 찬 눈을 반짝이는 걸 보니 해인은 뭔가 찜찜한 기분이 들었다.

"어, 언젠가?"

"그게 무슨 소리야……."

서진이 금세 벼락 맞은 고목나무처럼 시들어 버리자 해인이 서둘러 입을 열었다.

"하자고. 한다니까. 내가 너랑 결혼 안 하면 누구랑 하겠어."

"언제?"

"음, 그건 차차 의논해서……?"

"그렇지, 프러포즈 할 땐 그냥 프러포즈만 하는 거지. 날짜는 그 뒤에 잡는 거지?"

"프, 프러포즈?"

물론 언젠가 결혼이란 걸 한다면 서진과 할 생각이긴 했지만 일단은 달래려고 한 말이었다. 그런데 갑자기 급류를 탄 듯 일이 일사천리로 진행되는 것에 해인은 약간 불안감을 느꼈다.

"프러포즈 아냐?"

"어, 근데 이걸 정식으로 프러포즈라 하기엔 좀 그렇고, 뭐 준비한 것도 없고……."

새벽에 자다 깨서 잠옷 바람으로 국제전화를 하다 말고 웬 프러포즈?

아무리 형식보다 내용이 중요하다고 해도 이건 아니었다. 해인은 연애에 있어서 절차를 중시하는 면이 있었다. 그게 상대를 존중하는 거라 배웠다.

평생 한 번인데, 기억에 남는 이벤트는 열어 주지 못할망정 이렇게 토끼같이 어리고 귀여운 남편을 이런 식으로 날로 먹듯 날름 데려올 수는 없다.

"다음에 진짜 제대로 할게."

"……."

"뭣보다 반지가 없잖아."

다른 건 다 제쳐 둔다 쳐도 반지는 있어야 된다며 해인이 설득을 하려는 찰나였다.

"있어."

"어?"

"반지, 있어."

서진이 벌떡 일어나 뒤도 돌아보지 않고 방을 나갔다. 금세 돌아온 그의 손엔 정말로 반지 케이스가 들려 있었다.

"다음은 없어. 지금 해."

"……."

"지금."

서진이 해인의 코앞으로 케이스를 내밀며 다그치듯 말했다. 그 단호하고 강렬한 눈빛에 밀려 해인이 어쩔 수 없이 케이스를 받아 들었다. 물리적으로 결코 무겁다고 할 수 없는 무게였는데 어쩐지 손바닥에 벽돌이라도 올려놓은 듯 묵직했다.

"야, 근데 잘 생각해 봐."

해인이 이게 마지막 기회라는 듯 진지하게 입을 뗐다.

"정말 결혼하고 싶어? 결혼은 나중에 언제든 할 수 있어. 너 이제 겨우 스물넷인데, 아직 한창 놀 나이야. 의무에 묶이기보단 청춘을 누리면서 살 나이라고."

"나는 그냥 묶이고 싶은데."

"……그래, 알겠는데 그래도 연애랑 결혼은 달라."

"알아, 아니까 결혼하고 싶은 거야."

같으면 연애를 하지 왜 결혼을 하겠냐고 서진이 오히려 이상하다는 눈으로 해인을 봤다.

"정말 괜찮아? 너 아직 스물넷이야. 스물넷."

"알아, 두 번 세 번 얘기하지 마. 내가 내 나이도 모를까 봐."

"나중에 아쉽지 않을 자신 있어?"

"난 열세 살 때부터 너랑 결혼하고 싶었어."

서진이 확고한 어조로 말했다.

"초등학생 때부터 너랑 부부가 되고 싶었다고. 나한테 후회 같은 게 있을 거 같아?"

"……."

"청춘이고 나발이고 필요 없어. 젊든 늙든 너랑 부부인 채로 살고 싶어. 그게 아니면 아무 가치도 없어. 내 청춘 같은 건."

"……."

"다 알았으면 좋겠어. 남들도, 세상도 모두 다. 하루라도 빨리 법적으로도 너랑 내가 부부라고, 네 보호자는 나고 내 보호자는 너라고 말할 수 있었으면 좋겠어."

"……."

"이 정도로는 부족한 거야?"

서진이 불안한 눈으로 해인을 보았다. 차분한 얼굴로 가만히 서진의 말을 듣고 있던 해인이 천천히 입을 열었다.

"……결혼하면."

매달리는 강아지 같은 눈이 바짝 긴장한 채 해인의 입술에 고정됐다.

"일단 결혼하면 정말 빼도 박도 못 해."

"당연하지."

"네가 나중에 늙은 내가 싫어졌다고 해도 못 보내 준다고."

"바라는 바야."

서진이 활짝 웃었다. 그제야 해인이 반지를 끼워 주었다. 반지도, 그걸 낀 사람의 손도 예뻤지만 아쉬움은 어쩔 수 없었다. 해인이 한숨을 푹푹 쉬었다. 프러포즈를 이렇게 잠옷 바람으로, 부스스한 머리로 할 일이 아닌데.

하지만 서진은 아무래도 좋았다. 목적 달성을 위해선 절차 따윈 얼마든지 무시할 수 있었다. 그렇게 재고 따질 정도로 여유 있는 인생이 아니었기에 서진은 일찌감치 기회는 왔을 때 잡아야 한다는 걸 알았다.

이번에도 마찬가지였다.

"근데 너 이 반지는 언제부터 갖고 다녔어?"

반지를 낀 손을 들어 이리저리 살피며 해인이 물었다. 반지는 미리 치수를 잰 것처럼 해인의 왼손 약지에 딱 맞았다. 놀랍지도 않았다.

"그거? 우리 처음 집에서 삼겹살 구워 먹던 날에……."

서진과 해인이 재회한 지 불과 이틀째 되던 날이었다.

* * *

프러포즈까지 받은 밤을 그냥 보낼 수는 없다고 우기는 서진에게 넘어가 새벽녘이 다 되어서야 잠이 들었다. 해가 중천에 뜬 뒤에도 해인은 서진이 흔들어 깨울 때까지 세상모르고 잠에 빠져 있었다.

"일어나, 응? 그만 일어나야지."

잠결에 이리저리 피해도 끈질기게 따라오며 입을 맞추는 통에 어쩔 수 없이 천근 같은 눈꺼풀을 들어 올렸다. 눈이 마주치자마자 환하게 웃는 얼굴 뒤로 보이는 벽시계는 오전 11시를 약간 지나 있었다.

꿈도 없이 푹 잤다. 그럼에도 해인은 아직 더 자고만 싶은데 서진은 어떻게 저렇게 개운한 얼굴인지 모르겠다. 분명 잠든 건 제가 먼저고, 서진은 이런저런 뒷정리를 하느라 훨씬 더 늦게 잤을 텐데.

'젊은 게 좋긴 좋구나.'

실없는 생각을 하며 해인은 서진에게 반쯤 둘러메진 채 거실로 이동했다. 소파 위에 해인을 앉혀 놓은 서진이 배고프지? 조금만 기다려, 하더니 주방으로 갔다. 식욕을 자극하는 맛있는 냄새가 모락모락 풍겼다.

꽤 기분이 좋은 듯 안 하던 콧노래까지 흥얼대며 분주하게 움직이는 서진을 보자 해인도 진짜로 배가 고파졌다.

"아침 뭐 했는데?"

냄새에 이끌린 해인이 홀쭉해진 배를 움켜쥐고 식탁으로 가니 레인지 위 커다란 냄비에 해물탕이 보글보글 끓고 있었다. 꽃게와 전복, 문어, 새우에 갖가지 해산물이 어찌나 많이 들어갔는지 넉넉한 대용량 냄비가 미어터질 지경이었다.

"이게 웬 거야? 너 시장 갔다 왔어?"

주방은 서진의 영역이 된 지 오래라 해인은 냉장고에 정확히 뭐가 있는지도 잘 몰랐지만 이 정도의 해물이 있을 리 없다는 정도는 알고 있었다. 서진은 수줍은 듯 뿌듯한 얼굴로 고개를 끄덕였다.

"잠이 일찍 깨서."

햇빛을 받은 옥돌처럼 반짝반짝 빛나는 그 얼굴을 보자 해인은 제 추레한 몰골이 좀 부끄러워졌다. 도망치듯 욕실로 가 샤워를 하고 어느 정도 사람 꼴을 갖춘 후 식탁 앞에 앉았다.

보고 있던 서진이 자리에서 일어나 어디론가 가더니 해인이 욕실에 빼놓고 깜빡 잊고 있던 반지를 가져다 내밀었다.

"아, 익숙하지가 않아서 까먹었네."

어색하게 웃으며 해인이 반지를 약지에 꼈다. 손가락 끝에 제대로 반지가 안착하는 것까지 보고 있던 서진이 말없이 집게와 가위를 들고 해물을 먹기 좋게 자르기 시작했다. 그의 손가락에도 해인의 것과 세트인 반지가 있었다.

해인은 미간까지 찌푸린 채 열심히 꽃게를 해체하고 있는 서진을 물끄러미 바라보았다. 이렇게 보고만 있으면 너무도 맑고 투명한, 순수하기 그지없는 청년 같은데 저 예쁜 얼굴 뒤로 도대체 무슨 생각을 하고 있는지 알 수가 없다. 만난 지 이틀째 되는 날 반지를 준비하다니.

　"너 혹시 벌써 가족계획도 세웠어?"

　"어?"

　"나 아기는 몇이나 낳으면 돼?"

　둥그렇게 뜬 눈으로 해인을 보던 서진의 얼굴이 해체하고 있던 꽃게만큼이나 순식간에 빨갛게 달아올랐다. 능숙하게 움직이던 손이 삐걱거리더니 끝내 꽃게 다리 하나를 떨어트렸다.

　"아침부터 그런 소리는 좀……."

　"얼씨구."

　그게 네가 할 말이냐며 해인이 받아쳤다. 자기는 더한 소리도 하고 그보다 더한 짓도 하는 주제에. 서진이 눈을 피하며 못 들은 척했다. 귓불까지 빨개진 서진이 서둘러 길게 발라낸 게살을 해인의 입에 쏙 밀어 넣었다.

　"와, 대박. 진짜 맛있다."

　"요즘 꽃게가 제철이래."

　해인은 서진이 잘라 앞접시에 올려 주는 조개며 낙지, 소라 등을 열심히 집어 고추냉이를 푼 간장에 찍어 먹었다. 고래처럼 양껏 먹고 얼큰한 국물까지 들이켜자 속이 확 풀리며 몸에 열이 올랐다.

툇마루 쪽으로 열어 둔 문에서 건조하고 서늘한 가을바람이 불어와 이마에 송송 맺힌 땀을 씻어 갔다.

"아기는 아무래도 좋아."

"음?"

제가 말을 하고도 까먹고 있던 해인은 서진이 불쑥 꺼낸 말에 어리둥절해하다가 이내 아까 자신이 한 농담의 연장선임을 깨닫고 표정을 바로 했다.

"자녀 계획 같은 건 아무래도 좋다고. 네가 하자는 대로 하겠지만 너무 많이 낳지는 않았으면 좋겠어. 임신 출산은 여자 몸에 많은 부담을 주니까."

"……."

"아예 안 낳아도 좋아, 난."

서진은 시종 진지한 얼굴이었다. 마시던 커피 잔을 감싸 쥐고 해인이 멍하니 서진을 쳐다봤다.

"그보다 식장부터 알아봐야겠지?"

"어?"

"그러려면 날짜부터 정해야 하고."

"어……."

"좋은 시간, 좋은 장소는 1년 전에 예약 안 하면 자리도 없대."

"1년씩이나? 오버 아냐? 사람 일 모르는데 그사이 파투라도 나면……."

파투라는 말에 날카로워지는 서진의 눈빛을 보고 해인이 얼른 화제를 바꾸었다.

"근데 넌 그런 얘기를 어디서 듣는 거야? 혹시 웨딩 카페 같은데 가입한 건 아니지?"

서진은 대답을 하지 않았다. 그냥 물어본 건데 신빙성이 생겨 버렸다. 서진이 구체적이고도 상세한 결혼 계획을 줄줄 읊기 시작했다. 스드메니, 혼수니 하는 얘기를 하는데 해인은 멍하기만 했다. 말만 들어도 할 게 한두 가지가 아니구나 하는 느낌에 머릿속이 아득해졌다.

"아니면 다른 방법도 있어."

"다른 방법?"

"원한다면 피로연만 여기서 하고 결혼식은 신혼여행지에서 하는 거지."

"어디?"

"어디든. 하와이나, 몰디브나, 카리브해의 어느 섬이나."

그렇게 둘만의 결혼식을 올리는 것도 좋을 것 같다며 서진이 꿈같은 소릴 했다.

"야, 그래도 너는 어쨌거나 부모님이 있잖아. 부모님 축의금 뿌린 것도 있을 텐데."

"상관없어."

"왜 상관이 없어? 네 입장만 생각하냐?"

"그런 건 신경 쓰지 마. 내가 다 알아서 해. 네가 어느 쪽이 좋은지만 생각해."

"그럼 너는 어느 쪽이 좋은데?"

물어보나 마나인 것 같았지만 해인이 예의상 질문했다. 예상대로 서진은 후자를 선택했다.

"너 웨딩드레스 입으면 엄청 예쁠 텐데."

"……."

"그거 남들이 보는 거 싫어."

어이가 없어진 해인이 웃음을 터트렸다.

"야, 너 무슨 그런 말을, 진짜 누가 들을까 겁난다."

드레스가 무슨 선녀 날개옷도 아니고, 본판이 있는데 예뻐지면 얼마나 더 예뻐진다고. 해인이 계속 피식거리자 서진이 눈을 치뜨고 해인을 쏘아보았다.

"내가 봤어. 진짜 심장이 터질 것처럼 예뻤다고."

"봤다고? 어디서?"

"꿈에서."

혹시 아이돌 활동 당시 드레스를 입은 적이 있었나 기억을 더듬던 해인은 꿈이란 말에 폭소를 터트렸다. 가만 보면 얘도 참 웃긴다. 평생 심심할 일은 없을 것 같다. 서진은 해인이 왜 이렇게까지 웃는지 모르겠다는 표정을 지은 채 해인이 웃음을 그칠 때까지 기다렸다.

"그럼 우리 신혼여행 독일로 갈까?"

"……뭐?"

"괜찮지 않아? 독일엔 태희도 있고 미하엘도 있고……."

"그러고 보니."

서진이 목소리를 높여 해인의 말을 끊었다.

"편지가 왔어."

"편지?"

"독일에서."

장 보고 오는 길에 우편함에 꽂혀 있었다며 서진이 국제 우편 하나를 가져다주었다. 그 얘길 왜 이제 하냐며 해인이 황급히 편지를 받아 들었다. 봉투에 서툰 한글로 해인의 이름이 적혀 있었다.

"태희가 아니네?"

보낸 사람엔 미하엘 마이어의 이름이 적혀 있었다. 잠시 봉투의 앞뒤를 뒤집어 보던 해인이 조심스럽게 겉봉을 뜯었다.

온통 영어였다. 그럴 줄 알았지만 맥이 빠지는 건 어쩔 수 없었다. 그나마 독일어가 아니라 다행이라고 해야 하나. 외국인들은 왜 세상 모두가 영어를 잘한다고 생각하는 거지? 한국어를 모르면 태희에게 대신 써 달라고 해도 됐을 텐데.

"이리 줘 봐."

서진이 해인의 손에서 편지를 가져갔다. 읽을 수 있겠냐고 해인이 묻자 눈으로 대충 스윽 내용을 훑던 그가 고개를 끄덕였다. 반색한 해인이 얼른 읽어 보라고 했지만 잠시 더 시간을 들여 편지를 살피던 서진이 고개를 저었다.

"다른 데 옮겨 써 줄 테니까 네가 읽어. 그게 나을 것 같다."

아르바이트 시간이 임박했기에 마음이 급했지만 서진은 금방 내용을 번역해 왔다. 서두르느라 비문이나 오역이 있을지도 모른다고 했지만 해인은 괜찮다며 서진의 손에 들린 편지를 빼앗다시피 가져왔다.

다 읽은 뒤엔 반으로 접은 편지를 손에 쥐고 한참이나 말이 없었다.

* * *

"어라, 차가 바뀌었네요?"

체육관으로 출근을 하자 학원 차가 바뀌어 있었다. 낡은 구형 11인승 승합차는 간 곳 없고 번쩍번쩍 광이 나는 새 차가 있었다. 해인이 오오, 소리를 내며 차를 구경했다. 문도 자동으로 열리고 닫히는 시스템이라 손 끼일 걱정도 없었다.

예전 차도 아직 쓸 만했는데 어쩐 일이냐고 관장에게 물었지만 관장은 자세한 대답을 피했다. 그냥 누군가의 후원을 받았다는 말만 했다.

비영리 단체도 아니고 어느 한 곳 뛰어난 것도 모자란 것도 없는 이 체육관에 후원을 할 사람이 누군가 의아했지만 관장은 묘한 눈길만 줄 뿐, 아무 말도 하지 않았다.

긴 명절 연휴 뒤라 다들 묘하게 활기가 없는 느낌이었다. 시간도 평소보다 더디게 흘렀다. 해인의 왼손을 본 아이들이 깍깍대며 야단을 떨었다. 관장이나 사범, 차량 기사는 알아채지도 못했는데 아이들이 확실히 관찰력이 좋다. 왠지 불퉁하게 말이 없는 마지막 아이를 보내고 해인도 집으로 돌아왔다.

"다녀왔어."

"왔어?"

삐죽 고개를 내민 서진이 다가와 안아 주었다. 해인은 널찍한 어깨에 턱을 올리고 심호흡을 했다. 단단한 목덜미에서 늘 나던 시트러스 향이 났다. 마음이 따뜻해지는 것 같았다. 지붕 위를 주황빛으로 물들이는 노을에서 향기가 난다면 서진 같은 냄새가 날 것 같았다.

저녁을 먹고 툇마루에 앉아 해인이 일을 하러 간 사이 서진이 정자로 깨끗하게 옮겨 쓴 편지를 다시 읽었다. 긴 내용도 아니고, 처음 읽는 내용도 아닌데 한참이나 걸렸다. 서진이 설거지를 마치고 과일을 잘라 올 때까지 해인은 꼼짝도 않고 앉아 편지를 읽고 또 읽었다.

"과일 먹어."

해인은 말없이 서진이 건네는 포크를 받아 들었다. 서진이 그 옆에 나란히 앉았다. 둘은 말없이 가만히 별이 뜨기 시작한 검푸른 하늘을 바라보았다. 서늘하고 기분 좋은 바람이 불었다. 바람을 타고 흘러오는 서진의 냄새를 갈비뼈 깊숙이 들이마시며 해인이 눈을 감았다.

―고해인 씨에게

이렇게 갑작스럽게 편지를 보내 혹 실례가 되진 않았는지 모르겠습니다. 처음 뵙겠습니다. 저는 태희의 배우자 미하엘 마이어라고 합니다.

지금쯤이면 해인 씨도 소식을 들으셨겠지요. 동생이 먼 타국에서 일면식도 없는 외국인과 결혼을 한다고 하니 아마 걱정이 크실 겁니다. 저도 동생이 있어서 그 마음을 조금은 알 것 같습니다(그 애가 일전에 해인 씨에게 저지른 무례는 제가 대신 정중히 사과드리겠습니다).

태희와 만난 지는 얼마 되지 않았지만 시간이 전부라고는 생각하지 않습니다. 어떤 만남은 순간이 평생을 결정하기도 하지요.

처음엔 태희가 괴짜 같다고 생각했어요. 제가 알던 상식과는 다른, 의외의 언행을 많이 한다고 느꼈습니다. 조금은 불편하고 못마땅하게 생각하기도 했어요. 저는 제가 편견이 없고 수용적인 사람이라 생각했는데, 태희를 만나고 그게 아니란 걸 알았습니다. 아직 배우고 깨쳐야 할 게 더 많다는 걸요.

어딜 가든 다 낡은 남자 구두를 가지고 다니는 걸 보고 처음엔 일종의 위장인가 했습니다. 혼자 여행을 다니는 여자들에겐 자신만의 자구책 몇 가지가 있는 법이죠. 귀찮은 남자들이 들러붙지 않게 하려는 의도인 줄 알았습니다. 실제로 그런 일이 종종 있기도 했지요. 해인 씨도 아시겠지만 태희는 매우 매력적이니까요. 하지만 아니었더군요.

지난 9월 태희는 오로라를 보러 아이슬란드에 가겠다고 했습니다.

그 길로 독일도 떠나겠다고요. 그땐 이미 태희에게 푹 빠져 있던 저는 마음이 조급해져 휴가를 내고 동행했습니다. 나도 오로라를 보고 싶다는 핑계를 댔지만 사실 오로라는 안중에도 없었어요.

운 좋게 여행 첫날 밤 오로라를 볼 수 있었습니다. 태희는 예의 그 구두를 꼭 껴안은 채 하염없이 하늘을 올려다보더군요. 뭘 보고 들어도 심드렁하니 표현이 없던 사람이 몇 시간을 그렇게 있었습니다. 춥다고 그만 들어가자는 제 말도 아랑곳하지 않았어요.

그러고는 울었습니다. 울면서 몇 번이나 뭐라고 크게 외쳤는데 한국어를 모르는 저도 그 말만은 알겠더군요. 세계 어디나 그 단어는 비슷한 음절을 가지고 있으니까요. 엄마와 비슷하게, 아빠라는 말 역시도.

그리고 돌아오는 길에 태희는 제 청혼을 받아 주었습니다.

제가 이 편지를 쓴 걸 알면 태희는 싫어하겠지요. 쓸데없는 소리를 늘어놨다고 화를 낼지도 모르겠군요. 표현은 잘 안 하지만 태희가 해인 씨를 많이 사랑하고 걱정합니다. 원한다면 해인 씨도 독일로 오시는 건 어떤가요? 다들 해인 씨를 궁금해합니다. 다니엘도 제 부모님도, 모두가 해인 씨를 환영할 겁니다.

조만간 태희와 한국에 한번 가겠습니다. 제 동생의 모국이자 태희의 나라가 어떤 곳일지 벌써부터 기대가 되네요. 물론 해인 씨를 만나는 게 제일 기대되고요.

그때까지 부디 건강하시길 바랍니다.

미하엘 마이어

10. 써니사이드 업

　가을의 끝에 다다르자 해가 토끼 꼬리만큼이나 짧아졌다. 날은 밝은 기척도 없이 컴컴했지만 서진은 늘 일어나는 시간에 눈을 떴다. 베개 대신 제 팔뚝에 반쯤 머리를 묻은 해인이 보였다. 세상모르고 잠든 천진한 얼굴에 푸르스름한 여명이 깃들어 있었다.

　매일 아침 숨죽인 채 잠든 해인을 혼자 지켜보는 이 시간은 서진에겐 일종의 명상과도 같았다. 4시에 만날 어린 왕자로 인해 3시부터 행복해지는 여우처럼, 서진은 매일 밤 잠들기 전, 눈뜨면 보일 이 얼굴을 기대하며 눈을 감았다.

　봐도 봐도 지겹지 않은 얼굴에서 겨우 눈을 떼고 서진이 날렵한 고양이처럼 소리 없이 몸을 일으켰다. 조심조심 이상한 각도로 구겨진 채 몸 아래 깔려 있는 해인의 팔을 빼내 가지런히 놓고 한쪽으로 밀쳐진 이불도 고쳐 덮어 주었다. 그런 다음 곧장 욕실로 갔다.

해인은 막 깨어나 부은 얼굴도, 헝클어져 까치집이 진 머리도 귀엽고 사랑스러웠지만 누구나 다 그런 건 아니기에 서진은 제 그런 꼴은 해인에게 보여 주고 싶지 않았다. 가진 것 중에 해인이 제일 좋아하는 게 얼굴이니 조금이라도 너저분한 모습은 보이기 싫었다.

아무리 피곤해 죽을 것 같은 때라도, 씻고 다시 눕는 한이 있어도 서진은 늘 해인보다 먼저 일어나 샤워를 하고 머리를 매만지고 양치도 하는 수고를 마다하지 않았다.

욕실에서 나온 뒤엔 집 안의 문을 죄다 열고 환기를 시켰다. 싸늘하고 신선한 새벽 공기가 묵은 공기를 밀어 내며 아침 이슬이 맺힌 풀 냄새와 나무 냄새가 흘러들어왔다. 정원이라기엔 보잘것없지만 확실히 없는 것보단 나았다.

신발을 신고 마루 아래로 내려가 간단히 체조를 하며 몸을 풀면서, 서진은 어차피 이렇게 된 거 본격적으로 이 정원을 좀 손질해 볼까 하는 생각을 했다.

마음 같아서는 좀 더 넓고 안전하고 편안한 곳으로 이사를 하고 싶지만 해인은 집을 옮길 마음이 없는 듯했다. 서진이 신혼집 얘기를 꺼내 보기도 전에 한옥 인테리어 얘기부터 했으니.

해인의 뜻이 그렇다면 서진이 맞춰야 했다. 서진은 해인이 자신을 만나 행복하길 바랐다. 사소한 거 하나라도 포기하거나 양보하거나 희생하는 건 원치 않았다.

'그래도 이 집은 너무 좁아.'

꽃밭을 조성하기에도 부족하고 언감생심 연못이나 분수 같은 건 턱도 없다. 인테리어를 하는 김에 아주 옆집을 사들여 증축을 하면 어떨까 생각하며 곰곰 정원을 살피던 서진의 눈에 뜬금없이 자라난 풀 하나가 눈에 들어왔다.

제법 무성하게 이파리가 달린 그것은 여름에 담 아래 난 잡초를 해인이 양지바른 안뜰에 옮겨다 심은 것이었다. 가뜩이나 정돈도 안 된 정원에 이파리가 삐죽삐죽한 못생긴 게 있으니 썩 보기 좋지 않았다.

베고니아처럼 그냥 뽑아 버릴까, 서진이 고민하고 있을 때 해인 이 그만두라고 했다. 그거 잡초 아니라고, 산딸기나무라고.

"산딸기나무?"

"응, 사진 검색 해 보니까 그렇대. 그러니까 그냥 놔둬. 나중에 열매 달리면 먹을 수 있잖아."

해인은 연신 싱글벙글이었다.

"어쩌다 그런 게 우리 집에 뿌리를 내렸는지 모르지만, 신기하지 않아?"

서진은 신기하지 않았다. 어쩌다 그런 게 여기에 뿌리를 내렸는 지 알기 때문이었다.

서진이 이 집에 온 다음 날, 해인과 같이 점심을 먹으러 가던 길에 과일 가게 사장이 건네준 산딸기가 바로 이 산딸기나무의원인이었다.

괜히 별것도 아닌 걸로 해인에게 친한 척 구는 남자가 꼴 보기 싫었고, 그게 해인의 입에 들어가는 건 더 싫어서 식당에서 밥을 먹을 때 서진이 종이컵을 슬쩍 빼돌렸다. 대충 길가 아무 데나 버리려다 혹시 누구의 눈에 띌까 담 아래 묻었었는데.

'그게 싹이 나네.'

신기한 마음에 서진이 발로 툭툭 이파리를 찼다. 본래 야생에서 자라는 관목이라 그런가 보통 질긴 게 아니다. 그걸 또 해인은 잡초인 줄 알면서 뽑지 않고 기특하다고 정원 한가운데 떡하니 옮겨 심고 물을 주었다.

'나 같네.'

우연한 기회, 뜻 없는 친절. 그 온기에 기대 저 혼자 무럭무럭 자라난 게.

입술을 비뚤음하게 비틀어 웃은 서진이 산딸기는 내버려 둔 채 몸을 돌려 집 안으로 들어갔다. 창을 닫고 난방을 올렸다. 나중에 해인이 일어났을 때 혹 한기라도 들면 큰일이었다.

카페를 그만두고 오후에 출근하는 아르바이트를 하면서 해인은 점점 기상 시간이 늦어졌다. 그래서 아침은 서진 혼자 간단하게 커피로 때울 때가 많았다.

애초에 서진은 해인이 차량 아르바이트를 하는 걸 반대했다. 아르바이트를 하는 자체도 싫었지만 차를 타는 건 위험해서 더 싫었다.

하지만 해인은 위험한 건 살아 있으면 어디나 다 똑같다고 했다.

집에 가만히 있어도 가스가 터지거나 지진이 날 수도 있다는 실없는 소리나 했다. 서진이 집에 있을 때와 차에 타고 있을 때의 사고 위험성을 확률로 계산해 보여 줬지만 해인은 숫자를 보자마자 골치가 아프다는 듯 외면해 버렸다.

그러곤 예리하게도 '솔직히 말해 봐, 넌 그냥 내가 집에서 나가는 게 싫은 거지?' 하고 정곡을 찔렀다. 아니라고 거짓말을 해야 하는데 타이밍을 놓쳐 버렸다.

해인은 가만히 있는 걸 싫어하고 밖에 나가 움직이고 타인과 교류하며 활기를 얻는 사람이었다. 그렇다고 자신에 대한 관심과 애정이 줄어드는 게 아니라는 걸 머리로는 알면서도 서진은 가끔 서글퍼질 때가 있었다.

정말 그럴까? 싶어서. 정말 나로 괜찮을까? 하는 의구심이 떨쳐지지 않아서.

해인 앞에 서면 서진은 아무것도 자신이 없었다. 사회성 떨어지는 IT 업계 수재들에 대한 편견을 강화하기라도 하듯 오만하고 독선적이란 평을 들은 젊은 CEO는 간 곳 없고, 유리처럼 빈약한 자존감에 의심과 불안이 가득한 못난이만 있었다.

그도 그럴 게 서진은 그럴싸하게 내세울 게 없었다. 예민하고 결벽증적인 성격에 유머 감각이 있지도 않고 솔직하지 못한 데다 질투, 집착도 많다. 화목한 가정 환경도 없고 우정 깊은 친구도 없다. 취미랄 것도 없어 같이 있어 봐야 재미도 없는 사람이다. 장점보다 단점이 더 많다는 건 서진 자신도 알고 있었다.

그런 데다 해인보다 나이도 어리다. 서진을 받아 주긴 했지만 해인은 결혼 생각은 전혀 없었다. 언젠가 서진인 너무 어려, 결혼은 무슨, 하고 일축하던 해인의 목소리를 떠올리면 아직도 가슴에 통증이 왔다.

아마 진짜 다니엘이었다면, 이제 서른인 남자를 만났다면 해인도 자연스럽게 결혼 생각을 했을 것이다. 의지할 만한, 충분한 연륜과 경험을 갖춘 어른으로 봐 줬을 것이다.

그런 생각이 들 때마다 서진은 제 나이가 미워 견딜 수가 없었다. 몇 년만 더 일찍 낳아 줬으면 얼마나 좋았을까, 이미 없는 부모님을 향해 되지도 않을 원망을 하기도 했다. 한편으론 나이는 핑계가 아닐까 하는 의심이 들기도 했다. 그냥 그 정도로, 생을 함께할 동반자로까진 생각이 들지 않아서 내세운 핑계.

'됐어, 그만 생각해. 이미 프러포즈도 받았잖아.'

이런 생각이나 하는 걸 해인이 알면 한숨을 쉴 것이다. 찌질하다고 싫어하고 지겨워하게 될 게 분명하다. 그래서 서진은 꾹 참았다. 이 불안을, 아무도 모르고 어떤 위험도 없는 곳에 해인을 가둬 두고 자신만 보게 하고, 그 눈에 저만 담고, 그 머리로 자신의 생각만 하게 하고 싶다는 이 위험하고 해소 불가능한 욕구를 해인은 절대 알지 못하도록 꽁꽁 숨겼다.

당연한 대가다. 세상에서 가장 귀한 보물을 손에 넣은 사람이라면 응당 이 귀한 걸 누가 훔쳐 가지는 않을까, 제 부주의로 망가트리진 않을까 전전긍긍할 수밖에 없다. 소유한다는 건 얽매인다는 것이다. 자유 같은 건 없다.

커피를 마시며 서진은 휴대폰을 열어 간단한 메일 답장과 쌓인 일들을 처리했다. 그리고 해인이 먹을 아침 겸 점심을 준비하러 냉장고를 열었는데 마음에 차는 식재료가 없었다. 어젯밤 자기 전에는 추어탕을 끓여 줘야지 했는데, 막상 오늘이 되니 좀 가벼운 게 낫지 않을까 싶었다.

마음을 정한 서진이 해인이 일어나기 전에 얼른 장을 보고 올 요량으로 차 키를 집어 들 때였다. 뒤에서 불쑥 뻗어 온 팔이 서진의 허리를 휘감고 따끈한 몸을 붙여 왔다.

"잘 잤어?"

해인이 등에 얼굴을 댄 채 낮게 웅얼거리자 그 진동이 온몸으로 퍼졌다. 여지없이 떨리는 가슴을 느끼며 서진이 몸을 돌려 해인을 마주 꽉 안았다.

"일찍 깼네."

"……반어법이야?"

아니, 서운함이다. 서진은 제 손으로 해인을 깨우는 게 좋았다. 일어나라고 흔들며 입을 맞추면 비몽사몽인 해인이 내는 고양이 같은 소리며, 애교 부리듯 머리를 비비는 몸짓 따위를 보는 게 좋았다. 그때마다 행복이 뭔지 알 것 같았다. 해인이 정신을 차리려는 듯 부스스한 머리를 털듯이 흔들고 기지개를 켜며 하품을 했다.

"어디 가려고?"

"시장에 좀."

"왜?"

"마땅히 아침 할 게 없어서."

해인이 냉장고 문을 열어 보더니 어처구니가 없다는 듯 허, 소리를 냈다.

"혹시 좀비 사태가 벌어지거나 홍수가 나서 집에 고립돼도 한 달은 끄떡없을 것 같은데."

"……."

"그 눈빛은 뭐야? 설마 바라는 거야?"

서진이 뒤늦게 고개를 저었지만 해인이 너는 진짜 웃긴다며 피식 피식 웃었다. 농담인지, 그냥 하는 소리인지는 모르겠지만 서진은 해인이 자신 때문에 웃을 때마다 고목에 움이 트듯 가슴이 간질거렸다.

"전화가 와서 깼어. 태희한테."

"아."

서진이 입을 다물었다. 미하엘의 편지 이후, 해인이 드디어 태희에게 서진의 얘기를 했다. 자기와 별다른 상황도 아닌데, 태희는 휴대폰이 터져 나가라 천둥 같은 노호성을 내지르며 당장 그놈을 집에서 쫓아내라고 했다.

음침한 사기꾼인 것도 모자라 결혼 전부터 여자한테 빌붙어 사는 놈은 안 봐도 뻔하다며, 해인에게 호구니 등신이니 하는 심한 말을 쏟아 냈다. 당장이라도 한국으로 날아올 것 같은 기세에 서진은 화상으로 투자 유치 설명회 수준의 자기소개 PPT를 해야 했다.

그리고 다음 달인 12월, 태희는 드디어 미하엘과 다니엘과 함께 한국으로 올 예정이었다.

"일정에 변동은 없대?"

"응."

"그래?"

"왜 실망한 것 같지? 안 왔으면 좋겠냐?"

아니라고 했지만 이번에도 해인은 속지 않았다. 해인이 혀를 끌 끌 차며 서진의 머리를 쓰다듬었다.

"태희가 좀 무섭긴 하지."

"무섭긴 누가 무섭다고 그래?"

"걱정 마. 너 혼내지 못하게 할게. 내가 너 하나 못 지킬까 봐."

"그런 거 아니래도."

그냥 서진은 태희가 해인에게 다른 소릴 할까 봐 불안했다. 네 결정은 바보짓이라거나 결혼을 재고해 보라는 둥의. 그런 말에 해 인이 흔들리고 아니고를 떠나 그런 말 자체를 듣게 하는 게 싫었다.

그리고 해인이 다니엘이나 미하엘을 만나는 게 싫었다. 사진으로 본 그들은 객관적으로 미남이라고 할 만한 외관을 갖추고 있었다. 그들이 실제로 경쟁 상대가 될 가능성이 있고 없고를 떠나 그냥 해 인이 그런 그들을 눈에 담는 자체가 싫었다.

"어이구, 우리 강아지는 이렇게 나만 봐서 어떡하냐."

안타깝다는 어조와는 달리 해인은 기분이 좋은 것 같았다.

"너 불편한 거 알아. 그래도 집에 와도 좋다고 해 줘서 고마워."

"아니야. 네 가족이잖아……."

"벌써부터 처가 눈치 보게 하고 그러면 안 되는데. 그런 걸로 도망 안 갈 거지?"

"그럴 리가 없잖아."

처가라는 말에 어쩔 수 없이 서진은 입꼬리가 느슨해졌다. 서진의 얼굴을 빤히 들여다보고 있던 해인이 빙긋 웃더니 오늘 아침은 자기가 하겠다며 주방으로 들어갔다.

"네가?"

"응, 기대해. 아냐, 기대는 하지 마."

서진이 주방엔 들어오지도 못하게 해서 요리 실력이 줄었다며 해인이 엄살을 부렸다. 몇 번이나 냉장고와 싱크대 사이를 왔다 갔다 하던 해인이 계란프라이 괜찮냐고 물었다. 서진은 자신이 제일 좋아하는 요리가 계란프라이라고 했다.

"너는 근데 계란프라이가 왜 제일 좋냐."

해인이 이해할 수 없다는 듯 물었다.

"편해서 좋긴 한데. 돈도 많은 애가 좋아한다는 음식이……."

"계란프라이가 어때서. 매일 먹어도 지겹지 않잖아."

"그건 그래. 어? 쌍란이다! 서진아, 이거 노른자가 두 개야!"

프라이팬을 들여다보고 있던 해인이 로또 당첨이라도 된 것처럼 호들갑을 떨었다.

"이것 봐, 진짜지?"

해인이 보란 듯 내미는 접시보다 해인의 얼굴에 시선을 두고 있던 서진이 맞장구치듯 웃으며 그러게, 하고 대답했다. 해인이 큰 선심이라도 쓰듯 너 줄게, 하며 쌍란이 얹힌 접시를 서진 앞에 놓아 주었다. 어찌나 으스대는지 마치 자신이 쌍란을 낳은 닭이라도 된 듯했다.

"너 오늘 운 좋았어. 아침부터 쌍란 먹는 게 쉬운 줄 알아?"

숟가락으로 샛노란 노른자를 톡 깨트려 한 입 떠먹자 서진은 가슴이 따뜻해지는 것 같았다. 깜깜한 터널을 지나 양지에 들어선 듯 세상이 단숨에 밝아졌던 그때처럼.

"맞아, 나 운 좋지."

너를 만났으니 세상에서 제일 운 좋은 사람이다.

서진이 웃었다.

* * *

전날부터 기분이 좋지 않던 서진은 아침이 되어서도 마찬가지였다. 며칠째 금세라도 눈을 쏟아 낼 것처럼 잔뜩 찌푸리고서도 기어코 눈송이 하나 떨구지 않는 하늘처럼 저기압이었다.

예견된 일이었다. 태희가 제 무리를 이끌고 한옥에 입성하면서부터, 서진은 굴을 빼앗긴 토끼처럼 전전긍긍했다. 처음부터 서로를 좋게 볼 이유도, 의지도 없었던 둘은 1차 세계 대전 직전의 영국과 독일처럼 사사건건 으르렁대며 한옥을 일촉즉발의 긴장 상태로 몰아갔다.

다행히 눈치 빠른 미하엘이 태희와 다니엘을 데리고 재빨리 근처 호텔로 숙소를 옮기면서 유혈 사태까지 가진 않았다. 하지만 그 분리 정책은 해인이 호텔에 가서 살다시피 하는 부작용을 낳았다.

그런저런 이유로 팽팽하게 긴장되어 있던 서진의 신경 줄은 해인이 요 일주일 사이, 세 번이나 만취해 귀가하면서 한계에 다다랐다. 와중에 해인이 오늘 저녁에도 술 약속이 있다고 하자, 결국 뚝 끊어져 버리고 만 것이다.

"오늘 마지막 출근이라고 관장님이 송별회는 꼭 해야 된다고 하잖아."

해인이 서진의 뒤를 졸졸 따라다니며 변명을 늘어놓았다. 서진은 입을 한일자로 다문 채 아침부터 굳이 할 필요도 없는 집안일을 애써 찾아서 하며 바쁜 척 해인에게 눈길도 주지 않았다.

"가족 같은 직원인데 그냥 보낼 수는 없다고."

"가족, 같은 소리 하네."

'족'에 강세가 들어가 왠지 욕 비슷하게 들렸지만 해인은 우연의 일치일 거라 여기고 넘어갔다.

"대신 오늘은 진짜 그렇게 술 안 마실게. 진짜야."

"……."

"내가 또 그렇게 취해서 들어오면 개, 아니, 토끼 새끼다. 네 종이야."

호언장담에도 서진은 싸늘한 표정으로 레인지의 후드를 박박 문질러 닦기만 했다. 지난 세 번의 술자리도 비슷한 소리를 해 놓고 네 발로 기어들어 왔으니 또 공수표를 남발한다고 여길 만도 했다.

하지만 해인도 할 말이 있었다. 그간 서진과만 붙어 있느라 인간 관계에 소홀했다. 오랜만에 만난 태희나 친구들 앞에서 뺄 수가 없었던 것이다.

"너도 가도 돼."

해인이 이제 다용도실로 옮겨간 서진의 뒤를 쫓아가며 회유하듯 말했다.

"너도 같이 가자. 관장님이랑 체육관 사람들도 다 좋아할 거야. 어?"

서진이 싸늘한 표정으로 청소기 전원을 누르자 위잉 소리가 울려 퍼지며 해인의 목소리를 잡아먹었다. 해인이 싹싹한 표정으로 내가 하겠다고 손을 뻗었지만 서진이 청소기 손잡이를 쥐고 있던 손을 뒤로 빼 버리며 거절했다.

결국 분위기를 완화하는 데 실패한 해인은 오도카니 소파에 앉아 서진이 청소기를 밀며 이 방, 저 방을 돌아다니는 것을 시무룩하게 보고 있을 수밖에 없었다. 그러는 동안 어느새 아르바이트를 갈 시간이 임박했다. 샤워를 하고 나갈 준비를 마친 해인이 툇마루로 나가며 외쳤다.

"나 갔다 올게!"

청소기 소리가 뚝 끊겼다. 거치대에 청소기를 꽂고 다가온 서진이 못마땅한 눈으로 해인의 위아래를 훑었다. 해인이 최대한 순한 표정으로 그를 향해 눈을 깜박이며 빨리 올게, 하고 말했다.

"그러고 간다고?"

"어, 왜?"

"머리 안 말려?"

"대충 말렸어."

해인이 대꾸하며 여전히 축축하게 물기를 머금고 있는 머리카락 끝을 숨기듯 꾹 쥐었다. 서진이 짜증스러운 눈으로 짧게 기다려, 하더니 드라이기를 가져와 선 채로 해인의 머리를 말리기 시작했다.

"아, 아파. 살살해."

평소보다 손길이 좀 거칠긴 했지만 아플 정도는 아닌데 해인은 일부러 악악 소리를 내며 엄살을 떨었다. 웃음이 나왔다. 열받아 죽겠다는 얼굴을 하고서도 기어코 제 손으로 머리를 말려 주는 서진이 사랑스러워 가슴이 간질거렸다.

"나 머리 자를까?"

머리를 다 말리고 드라이기의 선을 빙빙 돌려 정리하는 서진을 보며 해인이 물었다.

"맨날 네가 말려 주는데 귀찮잖아. 시간도 오래 걸리고."

서진은 대꾸하지 않고 힐끔 해인을 일별한 뒤 드라이기를 가져다 놓으러 가 버렸다. 해인이 입술을 삐죽 내민 채 히죽거리며 몸을 돌리는데 서진이 다시 나타났다.

"코트 벗어."

"응? 어우 야아, 무슨 소리야. 나 지금 일하러 가야……."

"너야말로 헛소리하지 말고."

서진이 가차 없이 중도에 말을 자르며 해인을 향해 턱짓을 했다.

"그거 어제 너 취해서 정원에 뒹굴 때 입은 거야."

"아."

그러고 보니 코트 뒤쪽에 뭔가 시커먼 게 묻어 있었다.

"세탁소 맡기려고 내놨는데."

"아, 난 또 나보고 입으라고 내놓은 줄 알았지."

해인이 눈을 찡긋하며 웃자 서진이 터벅터벅 다가와 신경질적으로 코트를 벗겨 내기 시작했다. 반듯한 미간에 주름이 가도록 인상을 팍 쓴 채, 잘못 접힌 해인의 터틀넥을 반듯하게 새로 접고, 겹쳐 입고 있던 셔츠의 단추도 목 끝까지 채웠다.

"이 날씨에 코트는 또 무슨 코트야? 오늘부터 한파인 거 잊었어?"

핀잔을 주더니 서진이 털이 달린 두꺼운 패딩을 가져왔다. 서진이 턱, 하고 짧게 말하자 해인이 고개를 한껏 치켜들었다. 서진이 패딩의 지퍼를 끝까지 쭉 채우더니 그 위에 목도리를 칭칭 감고 모자도 씌웠다.

장갑까지 끼우자 해인의 몸에서 살갗이 드러난 부위는 얼굴 중앙 부분 정도였다. 충전식 손난로까지 주머니에 하나씩 넣자 해인은 곧 사냥을 떠날 에스키모라도 된 것 같았다.

바쁘게 옷을 입히는 와중에도 서진은 끊임없이 잔소리인지 불평인지 모를 것들을 늘어놓았다.

"가뜩이나 새벽까지 술 마시고 돌아다니느라 감기 기운도 있는 주제에, 무슨 자신감으로 목도리도 안 하고 나가? 어? 잊어버려도 되니까, 무조건 나갈 땐 들고 나가라고 했지? 차 타고 내릴 땐 추우니까 장갑도 꼭 챙기라고 했어, 안 했어?"

그렇게 해인을 뚱뚱한 눈사람처럼 만들어 놓고 조금 물러선 서진이 또 뭐 빠트린 건 없나 살피는 눈으로 해인을 훑었다. 달리 흠을 찾지 못했는지 서진이 작은 손가방을 건넸다.

"보온병에 생강차 담았으니까 가져가. 기사 아저씨 것도 따로 넣었으니까 저번처럼 같이 마시지 말고."

"응."

"길에서 애들하고 쓸데없이 떠들지 말고, 내려 주고 나면 바로 문 닫고."

"알겠어요, 엄마."

"그리고."

서진이 말 같지도 않은 소리는 넘기고 눈을 치뜨고 해인을 똑바로 쳐다보았다.

"그러기만 해 봐."

"응? 뭘?"

"머리, 자르기만 하라고."

해인이 사르르 웃었다. 활짝 웃으며 두 팔을 쫙 벌리자 못마땅한 표정을 지으면서도 서진은 해인을 꼭 안아 주었다. 두툼한 패딩을 입고 있어도 서진의 넓은 가슴과 긴 팔은 해인을 품고도 넉넉했다.

"갔다 올게."

"응."

"전화할게."

대문 앞까지 나와 지켜보는 그를 향해 몇 번이고 손을 흔들고 해인이 체육관으로 갔다. 서진이 그렇게 손꼽아 기다리던 마지막 출근이었다. 직원들이야 며칠 전부터 다들 알고 있었지만 학생들에겐 그만둔다고 따로 이른 적도 없는데, 아이들은 어떻게 벌써 다 알고 있었다.

"선생님 진짜 그만둬요? 왜 그만두는 거예요?"

매 타임 돌아오는 질문 공세에, 해인은 같은 대답을 몇 번이나 해야 했다. 선생님 원래 하던 일이 있어서 그걸 하러 가는 거고, 계속 체육관에 올 거니까 영영 못 보는 것도 아니고, 다음에 오는 선생님은 더 좋은 분이다.

그럼에도 유치부나 초등 저학년부 어린이들은 더러 눈물을 보이기도 했다. 하나가 울자 다른 녀석들도 지지 않겠다는 듯 일제히 울어 대 난감하기도 했다.

"춥다, 빨리 타라."

해 질 무렵 등원하는 고학년들은 나이답게 소식을 듣고도 의연하게 반응했다. 추위를 피해 체육관 계단 안쪽에 차가 오길 기다리며 와글와글 모여 있던 아이들은 해인이 부르는 소리에 와다다 달려왔다.

고학년이라도 자리다툼은 저학년과 똑같이 치열했다. 해인은 넘어진다고 뛰지 말라고 소리를 질렀다.

"선생님, 결혼 때문에 그만두는 거예요?"

"아니, 꼭 그런 건 아니고."

"그 반지 백금이에요?"

해인의 옆에 앉아 있던 아이가 장갑을 벗은 해인의 손을 가리키며 물었다. 해인이 그렇다고 고개를 끄덕이자 백금은 다른 금보다 더 비싸냐고 물었다.

"아냐, 금은 다 똑같아. 색깔이 아니라 중량으로 가격이 정해지는 거야."

"예쁘다. 나도 그런 거 사고 싶어요."

초등 고학년이면 한창 패션이나 액세서리에 관심이 많을 때였다.

"비싸죠? 진짜 금은."

"음, 아무래도 금이니까."

"어디서 샀어요? 저기 시장 앞에서 샀어요?"

"글쎄, 내가 산 게 아니라 잘 모르겠다."

알면 가서 가격이라도 살펴볼 기세였다. 서진이 이걸 어디서 샀든, 시장 앞 금은방은 아닐 게 분명했지만 해인은 어설프게 웃으며 대답을 피했다.

얼마 전 오랜만에 나간 모임에서 친구들은 해인을 보자마자 곧바로 너 혹시 결혼하냐고 물었다. 아직 아무에게도 말도 하지 않았는데 어떻게 알았냐고 해인이 눈을 크게 뜨자 일제히 해인의 손을 가리켰다.

"그런 걸 끼고 있는데 누가 몰라. 누가 커플링을 그런 걸로 해."

"이게 어떤 건데?"

유명한 명품 이름 몇 개쯤은 해인도 알고 있었고, 친구들의 입에서 나온 주얼리 브랜드도 알긴 했다. 하지만 대표적인 시그니처 디자인이 아닌 그 회사 모든 제품을 일일이 알 리가 없었다.

돼지 목에 진주라고 놀려 대는 친구들이 얘기해 준 반지 가격을 듣고 해인은 기함하고 말았다. 무식하면 용감하다고, 해인은 어지간한 전셋값을 덜렁덜렁 끼고 다녔다. 그걸 끼고 차량 지도를 하고 체육관에서 운동도 했다.

이제 와 못 끼겠다고 하려니 서진이 너무 실망할 게 눈에 선해서 말도 꺼낼 수 없었다. 가격을 듣고 며칠은 몸을 사렸지만 나중엔 해인도 익숙해지고 말았다. 어쩌면 친구들이 잘못 안 것일지도 모른다. 아니면 비슷한 디자인의 다른 제품일지도 모른다고 자기 암시를 걸었다.

그러지 않으면 감당이 안 됐다. 반지는 시작이었다. 딱히 취미랄 게 없다던 서진은 드디어 새로운 취미에 눈을 뜬 듯했다. 해인에게 입힐 옷이며 신발이며 액세서리들을 수집하는 게 그것이었다.

해인이 보기엔 그냥 눈에 띄는 대로 막 사는 것 같은데 본인은 아니라고 했다. 신중하게, 해인이 부담스러워하는 거 아니까 심사숙고해서 정말 필요하다 싶은 것만 산다고 하는데 그게 매일 새 옷을 입어도 몇 년이 가도 다 못 입을 정도면 좀 과한 게 아닐까.

결국 더 둘 데도 없다고 해인이 화를 내자 그럼 옆에 보관용 건물을 하나 살까 하는 소리를 해서 해인의 뒷목을 뻣뻣하게 했다. 말 잘 듣는 척하면서 은근 멋대로 하는 걸 알기에 해인은 진짜 그가 어딘가 집 한 채를 산 게 아닌가 염려가 됐다.

그쯤 되어서야 해인은 서진이 정말 부자라는 실감이 났다. 그 전엔 해인이 몰랐던 게 아니라 서진이 잘 숨겼다. 결혼까지 약속하자 더는 거리낄 게 없다는 듯 서진은 맘껏 제 재력을 과시했다.

집은 해인이 해 왔으니 인테리어는 자신이 하는 게 마땅하다며 견적을 내온 것이 죄다 최고급이라 과장을 좀 보태 집을 새로 한 채 사고도 남을 것 같았다. 혼수라고 억 소리 나는 차를 제멋대로 뽑아 오기도 했다.

아르바이트를 하면서 학교 앞이나 도롯가에서 아이들을 기다리고 있다 보면 사람들이 저를 보고 수군대는 소리가 들렸다.

"저거 짝퉁이야."

"그렇겠지?"

설령 해인에게 대놓고 묻는다 해도 답해 줄 수 없는 부분이었다.

서진의 재력은 서진 스스로의 힘으로 이룬 것이었다. 서진과 지내는 시간이 늘어나면서 자연스럽게 해인은 그가 어떤 일을 했는지, 그 가치가 어느 정도인지를 알게 되었다. 이런 인재가 작은 한옥에 들어앉아 밥하고 빨래하며 제 수발이나 들고 살다니.

"조심해서 들어가고, 앞으로도 운동 열심히 하고."

마지막으로 내리는 소년을 배웅하며 해인이 그의 머리를 쓰다듬었다. 내내 고개를 숙인 채 말이 없던 그가 갑자기 메고 있던 크로스백에서 뭔가를 주섬주섬 꺼내더니 해인에게 쑥 내밀었다.

"결혼 축하해요, 선생님."

"어?"

"호, 혹시 그 남편 될 사람이 속 썩이면 저한테 얘기하세요."

"뭐?"

해인이 어안이 벙벙한 얼굴로 소년을 쳐다봤다. 소년은 붉게 충혈된 눈으로 어딘가 드라마에서 본 듯한 대사를 읊더니 행복하세요! 하는 외침을 남기고 그대로 날듯이 달려 사라졌다.

울지도, 웃지도 못한 채 입술을 씰룩거리며 해인이 차에 탔다. 사이드 미러로 그 광경을 보고 있던 기사와 눈이 마주치자 동시에 웃음이 터졌다. 해인이 피식피식 웃으며 소년이 건넨 종이 가방을 열어 보았다. 조그만 카드와 함께 뜬금없이 아기 양말이 들어 있었다.

"이게 뭐야."

해인은 애도 참 앞서간다 싶어 웃음을 그칠 수가 없었다. 또 한 명, 둘째가라면 서러울 앞서감의 선두주자, 서진이 이걸 보면 무슨 말을 할지도 뻔히 예상이 갔다.

"하하하하."

해인은 결혼식 자체에 큰 로망이 없었다. 자신이 그랬기에 서진도 그럴 줄 알았다. 결혼만 할 수 있으면 형식 따윈 일일이 신경 쓰지 않을 줄 알았다. 하지만 아니었다.

우연히 들어간 서진의 방에서 해인은 두툼한 파일을 발견했다. 백과사전만 한 두께의 파일 속엔 결혼과 관련된 온갖 판타지들이 세세하게 총망라되어 있었다. 웨딩드레스의 소재, 디자인, 베일과 부케의 종류와 모양, 부케로 쓰기 좋은 꽃, 턱시도의 형태, 웨딩 슈즈, 신랑 신부 헤어스타일, 식장 스타일, 결혼하기 좋은 시간, 장소. 실내 결혼, 야외 결혼의 장단점.

혼자 스케치까지 해 가며 꼼꼼히 스크랩해 둔 자료 중엔 서진이 초등학생 때 수집한 것도 있었다. 웨딩 카페는 한두 군데 가입해 둔 게 아니었다.

"어디든 네가 가고 싶은 곳에서. 하와이나 몰디브나 카리브해의 어느 섬이나."

말은 그렇게 했지만 이미 장소도 정해져 있을 것이다. 해인은 그가 스크랩해 놓은 사진 중 별표까지 해 둔, 바다 아래로 떨어지는 일몰을 배경으로 하얀 모래가 깔린 해변을 보았다. 어딘지는 몰라도 지상 낙원처럼 아름다운 곳이었다.

거기가 아마도 그들의 결혼식장이 되겠지.

[나 결혼 선물 받았어.]

그대로 곧장 차를 타고 송별회 장소로 이동했다. 해인이 휴대폰을 꺼내 서진에게 메시지를 보냈다. 답장이 오기도 전에 곧바로 양말 사진도 찍어 보냈다.

[내가 신기엔 좀 작겠지만 우리 토끼 발엔 딱 맞겠다. 그치?]
[누가 줬는데?]

금방 답장이 왔다. 귀엽고 어린 남자라고 답을 보내자 서진은 대답이 없었다.

[나 지금 송별회 장소로 가는 중인데 너 정말 안 올 거야?]

[혹시 마음 바뀌면 와.]

그리고 식당 위치를 나타낸 링크를 첨부했다. 해인이 송별회 장소인 삼겹살집에 도착하자 벌써 도착한 체육관 사람들이 한창 판을 벌이고 있었다.

해인은 미리 와 있던 영원 옆에 가서 앉았다. 무슨 옷을 이렇게 껴입었냐고 핀잔을 주는 그 옆에는 주미와 다른 친한 회원들도 있었다. 두 시간쯤 뒤, 저녁 타임 수업을 마치고 온 관장과 사범도 합류했다.

"자자, 올 한 해도 고생 많았습니다. 내년에도 우리 체육관의 무궁한 앞날과 발전을 위해 많은 관심과 협조 부탁드립니다."

송별회는 핑계고 송년회 같았다. 어차피 해인도 차량 지도를 그만두는 거지 체육관 회원인 건 마찬가지였기에 크게 아쉬워하는 사람도 없었다.

자리가 파할 때가 되어도 서진에게선 연락이 없었다. 해인이 계속해서 메시지를 보냈지만 답도 없었다. 읽었다는 표시는 뜨니 꼬박꼬박 확인은 하는 모양이었다. 막바지쯤, 마침내 전화벨이 울려 후다닥 꺼내 보니 태희였다.

"어, 태희야. 나 이제 거의 끝나 가. 넌? 어? 어디라고?"

태희는 오늘 미하엘과 어머니와 새아버지와 함께 간단한 식사를 하기로 했다. 그 자리에서 뭔가 좋지 않은 일이 있었는지 목소리가 영 좋지 않았다. 끝났으면 이리로 와 한잔하자는 말에 해인은 고개를 끄덕일 수밖에 없었다.

영원과 같이 태희에게 가는 길에 어쩌다 보니 소민과 준서, 정훈도 연락이 되어 같이 합류하게 되었다.

"태희야."

막상 도착해 보니 태희는 그다지 기분이 나빠 보이지 않았다. 무덤덤하게 손을 흔드는 해인을 물끄러미 보기만 하는 태희 대신 미하엘이 붕붕 손을 흔들며 맞아 주었다.

어깨까지 내려오는 검은 직모를 한 태희와 달리 미하엘은 복슬강아지처럼 만지면 기분이 좋을 것 같은 부드럽게 휘어지는 금발을 가졌다. 성격도 그처럼 유연하고 밝고 상냥했다.

해인은 그와 말이 안 통하는 게 천추의 한이었다. 분명 영혼의 단짝처럼 잘 맞을 텐데. 그래도 둘은 꿋꿋하게 손짓 발짓과 휴대폰 번역기를 동원해 가며 대화를 나누었다. 다니엘은 어디 갔냐고 하니 앱으로 사귄 친구들과 클럽에 놀러 갔다고 했다.

곧 도착한 소민과 준서, 정훈도 인사를 했다. 일전에 한 번 본 적이 있기에 미하엘과도 그리 어색하지 않았다. 영어가 두렵지 않은 똑똑하고 젊은 대학생들은 벤츠라는 세계적 대기업에 근무하는 외국인에게 흥미가 많았다. 넷이 대화인지 인터뷰인지 모를 것을 하는 사이, 자연히 해인은 태희와 영원과 주로 이야기를 나눴다.

"우리 예전에 이렇게 셋이서 술 자주 마셨었는데."

"그랬지. 나는 그때 차영원이 너 좋아하는 줄 알았는데."

뜬금없이 태희가 던진 말에 영원은 먹던 안주가 목에 걸린 듯 캑캑거렸고 해인은 눈을 동그랗게 떴다.

"저렇게 지지부진 시간만 끌다가 놓치지 싶었는데 진짜 그렇게 됐잖아."

"야, 너 지금 무슨 그런 소릴……!"

"음? 나는 영원이가 태희 너 좋아하는 줄 알았는데."

이건 또 무슨 소리냐는 듯 영원이 이번엔 핏발 선 눈을 해인에게 돌렸다.

"그래서 태희 결혼 얘기 듣고 너 좀 걱정되더라고."

"뭐? 야, 넌 대체 어디서 그런, 뭘 근거로 그런 얼토당토않은 상상을……."

영원은 기가 막혀 말도 제대로 못 했다.

"너 취했냐? 정신 나갔어? 나랑 얘가 얼마나 싸웠는지 알면서……."

"그러니까. 원래 좋아하면 싸우고 그러는 거 아냐?"

"그게 무슨 소리야……."

태희가 눈을 굴려 금방이라도 속이 터져 죽을 것 같은 영원을 보았다. 특유의 무덤덤한 검은 눈에 조금 동정하는 빛이 실린 것 같았다. 영원이 울분을 토하듯 테이블을 탕 치며 크게 외쳤다.

"절대 그런 거 아니야! 난 너희 둘 다 싫어! 너희 자매 다 똑같이 싫다고! 너네랑 결혼하는 저 남자들이 불쌍할 지경이라고."

"알았어. 뭘 그렇게까지 말해. 아니면 그만이지."

"기분 나쁘니까 그런 오해 하지 말란 말이야!"

"알았어, 알았다니까. 자자, 마시고 풀어."

화풀이라도 하는 양 연거푸 잔을 비우는 영원을 따라 해인도 잔을 비웠다. 그리고 힐끗 휴대폰을 쳐다보았다. 술을 마시는 중에도 계속 주시하고 있었지만 새로 들어온 메시지는 없었다. 그 침묵이 더 무서웠다.

서진과의 대화창엔 태희와 미하엘을 만나러 간다는 해인의 메시지가 마지막이었다. 말 안 해도 엄청 화가 났겠지.

"너 왜 자꾸 휴대폰 봐? 서진 씨 때문에?"

"그럼 오라고 해. 혼자 집에서 뭐 한대?"

"그래요, 서진 형님 오시라고 해요."

열화와 같은 성화에 힘입어 해인이 전화를 해 봤지만 서진은 받지 않았다. 많이 화났나 보다며 해인이 시무룩해하자 태희가 혀를 찼다.

"뭐 그런 걸로 화를 내? 자기도 같이 놀면 되잖아."

"어, 그런데 내가 요즘 술을 좀 과하게 마시긴 해서……."

"그런 사회생활도 이해 못 한다고 하면 헤어져."

태희가 딱 잘라 말했다. 자기한테 한 말도 아닌데 소민과 무슨 얘기를 하고 있던 미하엘이 움찔하며 제 배우자를 쳐다보았다. 헤어져, 란 한국어는 아는 모양이었다.

"안 그래도 좀 찜찜했는데 너 그 결혼 꼭 해야 돼?"

태희가 한국에 와서 몇 번이나 한 말을 다시 했다.

"어차피 동거하잖아. 그냥 그렇게 좀 살면 안 돼?"

좋을 때는 그게 영원할 것 같지만 그것도 끝이 있고 사람 마음은 변한다. 하물며 서진은 이제 겨우 20대 초중반이다. 그 시기가 얼마나 어리석고 변화무쌍하고 부침이 많은지 알지 않냐고 태희가 말했다.

"연애랑 결혼은 다르잖아. 엄연히 기록이 남는다고."

"그렇지."

"뭐가 그렇게 급하다고 그래? 좀 뒤에 해도 되잖아. 나이 별거 아니라지만 무시할 것도 아니야. 적어도 남자가 20대 후반은 되어야……."

"급해. 그래서 못 미뤄."

해인이 말했다.

"나랑 결혼하려고 열세 살 때부터 마음먹고 신랑 수업까지 받은 애야."

대학에 입학하고 혼자 살 만큼 여유가 생기면서 서진은 호텔 주방장 출신 셰프에게 일대일로 요리를 배웠다고 했다. 이미 초등학교 때부터 할머니가 돌아가시고 혼자 살면서 적당한 요리는 할 수 있었지만 서진은 그것만으론 불충분하다고 여겼던 것이다.

"그리고 걔 없으면 나도 안 돼."

"……."

"내가 싫어. 내 눈앞에, 손 닿는 곳에 있어야 해. 안 그러면 불안하고 허전해."

해인이 약간 멋쩍은 듯 쓸쓸하게 웃으며 말했다.

"웃기지? 나도 내가 이럴 줄 몰랐는데."

사람은 계절 같은 거라고 생각했다. 좋다고 마음대로 붙잡을 수도 없고, 때가 되면 지나가는. 그게 당연한 거라 어쩔 수 없다고 체념했다.

"서진이는 나를 무슨 엄청 대단한 사람처럼 생각해. 난 진짜 아무것도 아닌데. 그냥 길가에 널린 돌멩이처럼 평범하고 흔한 사람인데 걔는 날 보석처럼 봐 줘. 내가 빛난다면 그렇게 봐 주는 자기 때문인데 그것도 모르고."

해인이 작게 중얼거렸다.

"그런 애를 내가 어떻게 놓고 살겠어."

"……."

"죽을 때까지 움켜쥐고 안 놓을 거야."

"……."

"나 그래서 결혼하는 거야."

정적이 흘렀다. 어느새 미하엘과 소민, 준서와 정훈도 이야기를 멈추고 해인의 말에 귀를 기울이고 있었다. 태희는 묵묵한 눈으로 해인을 쳐다보며 아무 말도 하지 않았다. 마침내 영원이 이 어색한 분위기를 타개해 보려는 듯 둘이 똑같네, 하고 말했다.

"아주 부창부수야. 부부끼리 집착이 이만저만이 아니네."

"그러게요. 비슷하면 잘 산다잖아요."

준서가 웃으며 거들었다. 그때 창가 바로 옆에 앉아 있던 정훈이 밖을 가리키며 소리쳤다.

"어? 눈 와요!"

"정말? 어디?"

다들 창으로 시선이 쏠린 가운데 해인도 눈을 크게 뜨고 어둠이 내린 밖을 바라봤다. 먹지 같은 하늘에서 정말로, 바스라기 같은 작은 눈발이 날리고 있었다.

"와, 진짜 눈이네."

해인이 자리에서 벌떡 일어났다.

"나 갈게."

"뭐? 갑자기?"

"아니, 잠깐만……."

"첫눈은 우리 서진이랑 봐야지."

한두 걸음 걷는다 싶던 해인이 갑자기 휘청했다. 하마터면 넘어질 뻔한 그녀를 영원과 준서가 놀라 잡았다.

"아, 괜찮아. 괜찮아."

송별회부터 지금까지, 꽤 많이 마시긴 했지만 통 겉으로 표가 나지 않아 해인이 그렇게 취한 줄 아무도 몰랐다. 아마 해인 자신도 모르는 것 같았다. 영원과 준서의 손을 놓고 괜찮다고, 멀쩡하다고 양손을 들어 보이며 비틀비틀 걸어가던 해인이 다시 그 자리에 쿵 넘어졌다.

태희가 고해인, 외치며 벌떡 일어났다. 쟤 좀 붙잡으라고 하는데 바로 그들이 앉아 있던 뒷자리에서 길쭉한 인영 하나가 벌떡 일어났다. 곧바로 성큼성큼 해인에게 다가간 그가 축 늘어진 해인의 몸을 안아 올리다시피 붙잡았다.

"어, 어…… 서진아?"

해인이 고개를 돌려 절 안아 든 사람을 보고 발그레 웃었다.

"눈 온다, 서진아."

눈을 끔뻑이며 비밀이라도 고백하듯 속삭이는 걸 서진은 물끄러미 보고만 있었다.

"나, 나 너랑 눈 오는 거 보려고, 애들 다 놔두고 먼저 왔어. 잘했지?"

"네가 간 게 아니라 걔가 온 것 같은데."

언제부터 거기 있었던 거냐고 영원이 떨떠름하게 중얼거렸다. 서진은 연체동물처럼 이리저리 휘어지는 해인을 단단히 붙들고 목도리와 모자, 장갑을 차례로 꼼꼼히 씌우더니 그대로 업고 일행에게 인사를 했다.

해인이 너무 취한 것 같아 먼저 간다고, 계산은 미리 다 해 뒀으니 더 드시고 싶은 게 있으면 드시라는 말을 하는 그를 잡을 사람은 아무도 없었다.

"으으, 너 누구야? 서진이야……?"

업힌 채 다리를 달랑거리며 이동하던 해인이 물었다.

"나 집에 가면 안 되는데에. 우리 서진이 화 많이 났을 텐데……."

"그걸 아는 사람이 이렇게 술을 마셔?"

"어어, 그런데, 그건 그런데……."

해인이 횡설수설하다 서진의 목덜미에 이마를 팍 박았다.

"미안해애······."

"······."

"내가 잘못했어어······."

그래도 화내지 마, 무서워, 하고 해인이 중얼거렸다.

"무섭기는 해?"

"응······ 나는 네가, 서진이가 제일 무서운데에······."

혀 꼬인 음성이 흘러나왔다. 빵빵한 패딩 탓인지 자꾸 미끄러지는 몸을 서진이 한 번 더 고쳐 업었다. 으으, 아아, 하고 뜻 없는 외마디만 흘리던 해인이 또다시 서진아, 불렀다.

"어, 언젠가 내가 별 볼 일 없는 사람인 거, 알아도, 그래도 나 좋아해 줄 거야?"

"당연하잖아."

"지금처럼 계속 사랑해 줄 거야?"

"그래."

"고마워."

"······."

"정말 고마워."

"······누가 할 소릴······."

서진의 목소리가 흐릿하게 들렸다. 해인이 지금 그의 얼굴을 볼수 있었다면, 아마 눈가에 맺힌 눈물을 볼 수 있었을 텐데.

"고해인."

"으응……."

"너무 좋아해."

"……어어, 나도……."

"죽을 때까지 사랑해."

"으응……."

"다시 태어나도 너만 사랑할 거야."

마지막 대화는 꿈인지 현실인지 구분이 가지 않았다. 해인이 다시 눈을 떴을 땐 혼자 방 안 이불 속에 누워 있었다. 속이 울렁거리고 머리가 깨질 것 같았다. 최근 들어 낯설지 않은 숙취에 고통스럽다기보단 덜컥 겁이 났다.

'어쩌지.'

안 취하겠다고 해 놓고 필름까지 끊겼으니 서진은 화가 머리끝까지 났을 거다. 잠깐 초조해하던 해인이 금세 태세를 전환하고 안면을 싹 바꾼 채 몸을 일으켰다. 어쩌긴 뭘 어쩌겠나. 손이 발이 되도록, 무릎이 다 닳도록 싹싹 빌어야지.

"아, 머리야……."

골이 울려 제대로 걷기도 힘들었다. 몇 발짝 걷던 해인이 문 앞에 쪼그리고 앉았다. 아예 이대로 무릎을 꿇은 채로 기어 나갈까, 그러면 서진이 더 가륵해하지 않을까 생각하는데 드르륵 문이 열렸다. 고개를 들자 트레이를 든 서진이 무표정한 얼굴로 저를 내려다보고 있었다.

"어어, 서진아……."

"잘 잤어?"

"으응……."

"머리 아프지? 꿀물 마셔."

해인이 불안하게 눈을 굴리며 서진이 건넨 컵을 받아 들었다. 일단 마시고 확인하듯 다시 눈을 올리는데 역시 이상했다. 서진의 기분이 좋은 것 같다. 왜?

"다 마셨으면 일어나. 해장부터 하고 씻자."

"어, 응. 근데……."

"왜? 못 일어나겠어?"

업어 줄까? 하고 묻는 서진의 얼굴에서 반짝반짝 광이 났다.

"아니, 괜찮아. 근데 너 뭐 기분 좋은 일 있어?"

"딱히?"

"근데 왜 기분이 좋아 보이지."

서진이 어깨를 한번 으쓱하더니 창 쪽을 힐끗 보았다.

"날씨가 좋아서?"

"날씨가 좋다고……?"

덩달아 반쯤 서리가 낀 창가로 눈을 돌린 해인이 떨떠름하게 말했다. 날씨가 좋기는커녕 어제와 똑같이 잔뜩 흐린 하늘이 보기만해도 추워 보였다.

"완전 흐린데……."

비 올 것 같은데, 하고 고개를 빼고 확인하듯 한 번 더 밖을 내다보는 해인의 턱을 잡고 서진이 제 쪽으로 돌렸다. 휘둥그레진 눈을 하고 저를 보는 해인의 입술 위에 서진이 쪽 입을 맞췄다.

"아냐, 햇빛이 찬란해. 내 눈엔 그래."

서진이 웃었다. 이쪽이야말로 찬란한, 일순 눈앞이 흐릿해질 만큼 아름다운 미소였다.

"좋아해."

햇빛이 해인의 얼굴에 다시 한번 내려앉았다.

"사랑해."

나의 봄, 나의 겨울, 시작과 끝.

나의 연인, 나의 단 하나뿐인 가족, 나의 태양, 나의 전부.

나의 해인.

〈완결〉